DOZE DIAS

Publicado mediante acordo com Bloodhound Books. Edição original do livro, *Twelve Days*, publicada por Bloodhound Books.

COPIDESQUE Lígia Alves
REVISÃO Thiago Carlos dos Santos
Adaptação de capa e PROJETO GRÁFICO Bruno Santos
CAPA Bloodhound

Dados Internacionais de Catalogação na Publicação (CIP)
(Câmara Brasileira do Livro, SP, Brasil)

Williams, Paul
Doze dias / Paul Williams ; tradução UBK Publishing House. --
Rio de Janeiro : Ubook Editora, 2020.

Título original: Twelve days

ISBN 978-65-87549-95-8

1. Ficção de suspense 2. Ficção inglesa I. Título.

20-42831 CDD-823

Ubook Editora S.A
Av. das Américas, 500, Bloco 12, Salas 303/304,
Barra da Tijuca, Rio de Janeiro/RJ.
Cep.: 22.640-100
Tel.: (21) 3570-8150

PAUL WILLIAMS

DOZE DIAS

TRADUÇÃO
UBK Publishing House

ubook UBK Publishing House

UMA PERDIZ EM UMA PEREIRA

O Castello di Rocca ficava à beira de um abismo.

Examinei as janelas escuras, a pedra pesada, as torres. Castelos como aquele foram construídos na Idade Média com o objetivo de parecerem ameaçadores para os inimigos. Para inspirar medo.

Olhei para trás. Somente nuvens e nevoeiro agora, como se o mundo tivesse sido engolido.

— *Benvenuti nella casa propria del diavolo.*

— Quem mora lá? — perguntei ao motorista.

— Um velho louco. Ele abre o castelo para aqueles *mazzo di turisti* excêntricos. — O motorista pontuava suas frases com movimentos das mãos, o que me deixava nervoso porque para isso ele era obrigado a largar o volante, mesmo em curvas fechadas, a fim de se fazer entender. — Normalmente eles vêm para ver os instrumentos de tortura. Mas o *museo* fica fechado no inverno. É a principal atração turística de Reggio Emilia no verão. O *signor* Rossi coleciona esse tipo de coisa.

O que me preocupava não era pensar em um castelo cheio de engenhocas feitas para castigar as pessoas. A pergunta mais intrigante era por que o reverendo James Miller havia escolhido esse castelo, em um lugar tão afastado, para promover um reencontro dos escolhidos.

Se não fosse por Suzanne, eu não estaria ali. Nada mais poderia ter me arrastado para encontrar essas pessoas novamente: o missionário que destruiu minha infância e seu grupo de asseclas hipócritas e pretensiosos. Mas Suzanne viria. Durante anos tentei apagá-la da mente, fugir dela, mas foi impossível. A mídia mostrava incansavelmente sua imagem em outdoors e revistas; ela estava no cinema e na televisão, e enquanto isso seu novo corte de cabelo, o vestido ousado com o qual desfilou na noite do Oscar e o último *lifting* facial eram tema de matérias inteiras nas revistas femininas.

Eu esperava que, ao reencontrá-la, pudesse afastar para sempre os fantasmas que me perseguiam.

O Fiat Uno se espremeu por uma estreita passagem entre as pedras. Os rochedos pareciam estar prontos para cair lá de cima. O céu estava denso.

— Vai cair uma tempestade. Veja! — O motorista tirou as duas mãos do volante para indicar as pesadas nuvens baixas.

Dei um puxão na gola do meu suéter.

— Esta é a única maneira de chegar lá? O único caminho para o castelo?

— Sim, *signore.*

Ele apontou para a estrada, e então notei a marca em sua mão esquerda. O motorista percebeu que eu estava olhando e explicou:

— *La volgia.* Marca de nascença.

— Pensei que fosse uma tatuagem.

A mancha marrom e áspera em sua pele tinha o formato do torso de uma mulher de cintura fina; uma parte do desenho tinha pelos cinza escuro.

Ele riu.

— A mulher da minha vida. Você tem uma mulher da sua vida?

— Não.

Eu não tinha uma mulher da minha vida. Eu tinha *mulheres* na minha vida. Uma série de desvios, imitações, cópias malfeitas. Tentando erradicar um protótipo que havia sido implantado nas minhas redes neurais.

Ela.

O Fiat Uno contornou uma última curva e o castelo se ergueu diante de mim, subindo até estar dentro das nuvens. Ponderei que este talvez não fosse o lugar ideal para ficar preso por doze dias com os remanescentes do que hoje considero um culto.

O musgo tinha tomado as paredes, torres e todas as fendas das rochas. Olhando dali de cima, entendi o motivo pelo qual o castelo havia sido construído nesse lugar, uma impressionante cidadela de pedra gigante dominando a paisagem medieval e o vale do rio Enza lá embaixo, totalmente isolada do mundo exterior.

— Como eles compram coisas? Comida? Bebida? *Mangia. Bere.*

— Eu cuido dessa parte, não se preocupe. Eu sou o concierge. Vou cuidar bem de você. Muita comida, como vocês dizem na canção dos doze dias do Natal... dia um, um *pernice.* Eu trouxe tudo.

— E vinho, eu espero.

— Ordens do seu *padrone*: nada de bebida alcoólica!

Lá se vai a comemoração do Natal e do Ano-Novo. Isso é coisa do reverendo James Miller. Ele nunca havia tolerado álcool, cigarro ou dança na congregação da Alegria da Ressurreição. Todos os domingos, quando éramos adolescentes, assistíamos à sua pregação sobre moral. Eu me perguntei se, depois desse tempo todo, ele havia suavizado um pouco seus conceitos extremistas. Provavelmente não. Reclinei-me no banco do carro e tentei relaxar, lembrando que cada curva na estrada poderia ser a última coisa que eu veria por alguns dias.

Os Doze, era assim que chamávamos o nosso grupo.

O motorista parou sobre o cascalho em frente a um amplo hall de entrada. Ele saiu do carro e abriu a porta do passageiro para mim.

— *Grazie. Quanta costa?*

Desejei não ouvir a resposta, pois era dia de Natal e imaginei que o preço do meu traslado seria inflacionado conforme a importância da data.

— Não, não. Tudo pago pelo *signore.*

Apertamos as mãos e senti a textura da sua marca de nascença.

— Dirija com cuidado... Parece que uma tempestade de neve está se formando.

— *Buon Natale!*

Nuvens escuras de neve ameaçavam cair sobre o vale, e a cada momento ficava maior a chance de termos um Natal branco. Fechei um pouco mais o casaco, inspirei o ar gelado e caminhei em direção ao passado.

A sensação estranha no estômago não podia ser ignorada. No entanto, eu já estava ali, e não havia nada a fazer além de andar sobre a fina camada de gelo e neve até a entrada do castelo. A temperatura abaixo de zero congelava minhas narinas enquanto eu batia na pesada porta e depois a empurrava. Suas dobradiças rangeram logo em seguida.

***

— Rafe. Feliz Natal! Você está ótimo! Não mudou nada.

— Feliz Natal para o senhor também, reverendo James.

Sempre o chamei de reverendo porque foi assim que ele nos ensinou quando éramos adolescentes convertidos de sua igreja, a Igreja Alegria da Ressurreição — uma demonstração de respeito pelo seu ofício, ele dizia. Mas agora a designação tinha ficado presa na minha garganta. "Reverendo" significa que a pessoa é digna de ser reverenciada, não é um título. Insistir nessa forma de tratamento, como se fosse, mostrava que esse pastor não obedecia a limites razoáveis, não respeitava o equilíbrio de poder dentro da igreja e havia inventado arrogantemente seu próprio título. Mas acabou se tornando um hábito.

O reverendo James Miller havia envelhecido bem. Ele estava perfeitamente barbeado, e sua cabeça calva brilhava.

— Já faz um bom tempo. Muito tempo. Como você está?

Sem esperar por uma resposta, ele me conduziu para dentro. Uma árvore de Natal se destacava no centro de uma sala de pé-direito alto, e dois homens de costas para mim tiravam enfeites de uma caixa e os penduravam nos galhos. As luzes da árvore acendiam e apagavam. Duas mulheres estavam debruçadas sobre um presépio, arrumando os personagens embaixo da árvore.

Fiquei surpreso. O reverendo James nunca havia permitido árvores de Natal em nossa igreja, por considerá-las símbolos pagãos. Talvez ele tivesse se tornado mais tolerante a esse costume. Uma faixa com os dizeres "Feliz Natal" pendia entre dois grandes lustres. O fogo crepitava em uma grande lareira, e um espelho que cobria toda a parede do lado oposto refletia o brilho e as luzes do lugar. Eu me senti grato pelo calor. Minha apreensão diminuiu por um momento.

O espelho gigante refletia o que acontecia em volta, duplicando os movimentos do pequeno grupo ali reunido. Olhei para meu reflexo ao passar por ele. Minha roupa era casual demais para a ocasião: jeans Levi's preto, camisa Levi's preta, suéter da faculdade, um sobretudo pesado também preto. Os outros estavam vestidos para um jantar formal. Depois me lembrei de que eles sempre se vestiam assim para a igreja e para os dias santos — homens usando terno e gravata, mulheres com vestido longo e de gola alta.

Um dos sujeitos que estavam decorando a árvore se virou para mim.

— É o Rafe! Ei, Rafe!

— Oi, Glen. Como vão as coisas?

— Rafe, assim não vale! Você ainda tem todo o seu cabelo.

Ele soltou a longa fileira de lâmpadas e me estendeu a mão. Para dizer a verdade, mal reconheci o homem magro usando corte estilo militar, camisa engomada, calça cinza e sapatos brilhantes que eu um dia tinha pensado ser meu amigo. Digo "amigo" muito embora tenhamos sido competitivos nos estudos, nos esportes, na popularidade e, claro, no quesito mulheres.

— Feliz Natal, Rafe. Você está ótimo!

Eu queria dizer o mesmo, mas o rosto, os braços e as mãos de Glen tinham cicatrizes. Lesões e o que pareciam ser enxertos de pele cruzavam seu nariz e também as bochechas. Disfarcei o espanto diante de sua aparência.

— Você também.

— Depois de uma vida no quartel, acho que estou em forma. Não tanto quanto você, claro. Você não envelheceu nada — ele disse. E então, olhando cautelosamente em volta, Glen baixou a voz: — Olha, eu sei que você acabou de chegar, e talvez eu não tenha outra oportunidade para te dizer isso, mas... você pode dar um pulo no meu quarto depois do jantar? Preciso falar com você. — Seu olhar ansioso percorreu a sala.

— Claro — respondi. — Então, onde eles nos colocaram?

— Ele enclausurou todos vocês nas celas pequenas onde os monges viviam. Homens e mulheres separados, como sempre. Mas nós somos dez, então alguém vai ter que dormir no antigo quarto da torre. Eu não queria, mas ninguém mais quer ficar sozinho lá em cima. — Apontou para uma escadaria escura no canto da sala.

— Eu fico com o quarto da torre, se você quiser. Não me importo.

— Está tudo bem. Eu sou um solitário por natureza. — Glen então se virou. — Ei, Mike! — E para mim: — Você se lembra do Mike?

— Como eu não me lembraria de um dos Doze?

Mike, a máquina; esbelto, bronzeado e parecendo brilhar de tanta energia. Apertei a mão dele e ele segurou a minha com firmeza. Com firmeza demais, como se ainda tivesse alguma coisa para provar.

— Olá, Mike.

— Eu estou bem, cara, muito bem.

— Você ainda trabalha no negócio de academia e de guia de turismo? — perguntei.

— Sim. E pode acrescentar "montanhismo" a isso aí. Já escalei tudo de que você ouviu falar: Everest, Kilimanjaro, Annapurna, Mont Blanc. — Mike desfilou sua arrogância com a maior naturalidade.

Já na nossa época ele se apresentava como alguém melhor do que todo mundo, e você acabava acreditando nisso. Mas agora ele parecia cansado, como se tivesse exigido demais do corpo ao longo dos anos.

— Glen — disse Mike —, você ainda é militar?

— Aposentado. Ainda bem que os militares podem se aposentar cedo. Muito desgastante.

Mike assentiu.

— E você, Rafe? Ainda escrevendo aqueles livros polêmicos?

Tirei do bolso maior do meu sobretudo um exemplar em brochura. Eu tinha dado uma olhada nele durante o voo, avaliando se faria alguma mudança para a próxima tiragem no Reino Unido. Capa vermelho escarlate, cor de sangue. *Deus está morto.*

— Está vendendo bem. Best-seller internacional, você deve saber. Já está na quinta edição. Então, tenho viajado muito. Nada de descanso também.

Glen sacudiu a cabeça, depois olhou ao redor novamente.

— Não é uma boa hora, Rafey, para um título como esse. É Natal.

Guardei o livro de volta no bolso, desfrutando perversamente do desconforto que pude ver no rosto dos dois.

Mike se voltou para receber outro dos Doze; um homem grande que juro não ter reconhecido. Ele parecia um personagem de um romance de Roald Dahl que tinha comido chocolate demais e estava prestes a estourar.

— Rafe, é o Stephen. Stephen Smith.

Stephen. É claro. Nós já havíamos nos estranhado no passado por causa do meu questionamento sobre a verdade do culto. Ele ainda tinha a cara de nojo, mas abriu um grande sorriso quando me viu. A rusga tinha ficado para trás, aparentemente. O aperto de mão dele foi frouxo. Stephen era um bocó, mimado, convencido. Um olhar que dizia que nunca soubera o que é sofrimento. Nunca precisou lutar para se adaptar, sair de algum atoleiro da vida real ou lutar contra a falta de autoestima. Havia nascido em berço de ouro. Se for verdade aquela história de que é mais fácil um camelo passar pelo buraco de uma agulha do que um rico entrar no céu, Stephen vai ficar do lado de fora dos portões perolados por toda a eternidade.

Glen deu um leve tapa nas costas de Stephen.

— De todos nós, o Stephen aqui foi o que mais se deu bem na vida!

— Sério?

Poxa, eu era um escritor mundialmente conhecido. Suzanne era uma estrela de Hollywood.

Stephen fez um gesto de modéstia com a mão rechonchuda no ar.

— Finanças. Ações. Banco de investimentos.

— O nerd da classe — disse Glen — sempre acaba rindo por último.

Status, dinheiro, carreira. A forma como nos apresentamos. *Olá, eu sou Rafe. Apóstata, ateu, escritor de livros heréticos, professor universitário.*

Para dizer a verdade, pensei, eu provavelmente teria gostado mais de comer baratas vivas do que de passar por essa sessão de reencontro. Tinha fugido para longe dessas pessoas, e havia um motivo para isso. No entanto, eu — como os outros homens — estava nesse lugar por uma razão. Uma única razão.

Eu me perguntei como o reverendo James havia feito para custear esse retiro. Todos nós tínhamos recebido passagens aéreas de primeira classe. Stephen deve ter colaborado de alguma forma com o patrocínio. Tive certeza disso, a julgar pelo seu ar de pavão.

— Quer beber alguma coisa, Rafe? — Stephen despejou suco de maçã com gás em uma taça de champanhe e me entregou. — Que grande milagre tudo isso estar acontecendo. Alguns de nós, mais persistentes, conversamos, levamos a ideia até o reverendo James e percebemos que era isso o que Deus queria.

Os Doze sempre davam crédito a Deus pelas coisas boas que aconteciam. E pelas coisas que davam errado? Bem, a culpa era de Satanás. A visão de mundo do grupo não admitia complicações. Que reconfortante. O mundo dividido entre os salvos e os condenados. Quem dera a vida fosse tão simples assim.

— Glen, você disse que seríamos apenas dez. Quem está faltando? — perguntei.

Glen meneou a cabeça.

— Você não soube? Sobre Sean Philips e Jack Davies?

Sean e Jack eram os dois dissidentes que haviam deixado a Alegria da Ressurreição pouco depois que eu parei de frequentar a igreja.

— Triste, muito triste — Mike comentou. — Os dois tiveram mortes parecidas. Acidente de carro. Horrível. Se bem que... é óbvio que, quando você abre mão da proteção de Deus, tudo pode acontecer.

Mordi o lábio. O tipo de declaração que eu jamais permitiria que um dos meus alunos da graduação deixasse escapar, por ser baseada em uma premissa falsa. Mas me mantive calado. Por enquanto. Eu tinha que lembrar que estava de volta ao velho culto. Eles ainda acreditavam nessa merda. Em tudo isso.

— Por isso é tão importante esse encontro entre os que ficaram — Glen acrescentou.

— Exatamente — Stephen concordou. — Estamos felizes por você ter vindo.

Dei um sorriso e me permiti usufruir de minha própria farsa por um momento.

— Eu não perderia por nada neste mundo!

— Louvado seja o Senhor! — Stephen exclamou. — Tenho certeza de que o reverendo James ficou contente por rever você.

O som de algo se quebrando atraiu a atenção de todos para a árvore de Natal. Uma mulher que estava desembaraçando uma fileira de luzes verdes tinha deixado cair algumas bolinhas vermelhas e verdes, que se estilhaçaram em mil pedaços.

— Desculpem, rapazes.

— Ei — baixei a cabeça para falar no ouvido de Stephen. — Essa é Alison Jones?

Seus óculos ainda eram enormes, com lentes que faziam seus olhos parecerem surpresos o tempo todo. Gola alta, saia de tecido grosso comprida até o tornozelo. Sem expressão, ela me estendeu uma mão vacilante, e não fez menção de me abraçar. Meninos e meninas não se tocavam nem se abraçavam naquela época. O distanciamento entre os sexos precisava ser mantido tão estritamente quanto a zona desmilitarizada entre as duas Coreias.

Segurando o braço de Alison estava ninguém mais ninguém menos que a esposa do reverendo James, Linda, tão miúda, frágil e bonita — e gélida — quanto antes. Ela usava uma saia longa formal e uma blusa de manga comprida abotoada no pescoço. A Rainha do Gelo, era como nós a chamávamos. Cometi o erro de abraçá-la, e ela se afastou de mim rapidamente.

— Prazer em vê-lo — ela disse. — Danny! Quanto tempo! Feliz Natal!

De cabelo escuro, bronzeado, Danny Wilson também não havia mudado desde os tempos da escola. Ainda parecia um ogro com aquelas sobrancelhas pesadas. Ainda gaguejava. Mas ele também estava bem de vida, trabalhando como mecânico de carros. Unhas das mãos pretas. Cabelo engomado. Família de cinco pessoas.

— F-feliz Natal, irmão — ele disse. — Eu orei muito p-p-p-por este momento. Você está bem? Na paz do Senhor?

— Eu estou bem, Danny, mas não na paz do Senhor.

Ele pareceu confuso. E, como Glen havia feito antes, olhou em volta para checar se alguém estava ouvindo.

E alguém estava. O reverendo James colocou a mão no meu ombro, vindo de trás de mim.

— Emily Barnes ficou presa na estação em Reggio — disse ele. —

Pedi um táxi para ir buscá-la. Ela vai estar aqui em breve. Daí nós todos vamos estar presentes e devidamente contabilizados.

— Quer dizer que Suzanne já chegou? — perguntei.

— Ah, sim — respondeu o reverendo James. — Acredito que ela esteja no quarto.

Então, ali estávamos nós novamente: Glen, Mike, Stephen, Alison, Danny, Rafe. Emily chegaria em pouco tempo e Suzanne logo faria sua aparição. O reverendo James e Linda. Dez dos Doze originais. A intenção do reverendo era que um grupo de elite da igreja, formado por doze apóstolos, liderasse o rebanho e saísse pelo mundo espalhando a palavra. Todos nós tínhamos feito um pacto, um voto de preservação da fé.

Eu tinha rompido o pacto. Meu livro mais vendido havia sido duramente criticado por James Miller e sua Alegria da Ressurreição. Eu provavelmente tinha sido alvo da fúria de todos ali. Alguns, tenho certeza, me odiavam.

— Senhoras e senhores! — O reverendo James bateu palmas. — Aproximem-se! Aproximem-se! O nosso retiro começa agora. — Ele ergueu uma cesta de palha. — Não se esqueçam de depositar todos os seus dispositivos eletrônicos aqui.

— De jeito nenhum — disse Mike.

— Não tem sinal mesmo — Danny retrucou, colocando seu notebook e o celular na cesta. — Eu já t-tentei.

Quando ele falou em retiro, em se isolar do mundo exterior, não estava brincando.

— Pelo que estou vendo, as coisas não mudaram muito — comentei com Glen.

Antigamente não havia celulares nem internet, mas nos retiros, na época, éramos obrigados a entregar nossos walkmans e toca-fitas, além de qualquer outro tipo de distração ou tentação que atrapalhasse a comunicação com Deus. Até mesmo os livros eram desencorajados, exceto, é claro, a Bíblia. E ficávamos separados para que a dispersão provocada pelo sexo oposto não perturbasse a nossa meditação.

Glen pegou a cesta.

— Isso vai ficar guardado em um lugar seguro.

Pouco tempo depois, como Glen havia dito, o reverendo James nos levou para áreas separadas no primeiro andar — os homens para os antigos aposentos dos monges, na ala leste, e as mulheres para os cômodos um pouco mais novos, em uma ala que ficava no lado oeste. Até mesmo Linda ficaria com as mulheres, enquanto o reverendo James iria ficar com os homens.

Stephen distribuiu lanternas de doze volts feitas de plástico preto resistente, uma para cada pessoa, e pilhas a mais.

— Mimos do proprietário do castelo. Ele pediu desculpas pela iluminação ruim. O funcionamento da parte elétrica não é grande coisa.

Ele também deu a cada um de nós uma chave em um chaveiro, numerado de um a dez.

— Estas são as chaves dos seus quartos. Por favor, não percam, porque eu não tenho reservas.

Para minha surpresa, as chaves eram finas, modernas e planas.

— Estou um pouco desapontado, Stephen — brinquei. — Eu esperava receber uma grande chave de calabouço feita de latão.

Stephen riu.

— O proprietário garantiu que a maior parte do castelo foi totalmente reformada. Cozinha e banheiros de última geração. Mas por alguma razão a iluminação está com problemas.

— E o aquecimento podia ser melhor — disse Mike, com os braços ao redor do corpo. — Não sei por que não instalaram aquecimento central. Os corredores são de congelar.

— Pelo que me disseram, o sistema de aquecimento estaria adequado — Stephen respondeu. — Mas você tem razão, em alguns lugares está mais frio. Mesmo assim, não precisa se preocupar: todos os quartos têm um aquecedor, e, com aquela lareira maravilhosa na sala de estar, tenho certeza de que vamos ficar bem.

Longe do saguão de entrada aquecido, a passagem escura que levava ao andar de cima estava realmente gelada e era tão pouco iluminada que tornava quase impossível enxergar sem as lanternas. Todos os lugares fora da área de estar cheiravam a mofo. À medida que passávamos pelas janelas, eu olhava para a tempestade se aproximando, parecendo um apocalipse iminente.

Linda conduziu as mulheres aos seus aposentos em uma ala no fim do corredor à esquerda, e o reverendo James levou os homens para as celas individuais em outro espaço à direita. No fim do corredor, quando as mulheres estavam todas em seus quartos, o reverendo James parou e se virou.

— E então, Rafe, você se casou?

Foi uma pergunta surpreendente, sem relação com o que estávamos fazendo ali. Franzi a testa:

— Não.

— Estou surpreso.

Encolhi os ombros.

— É difícil escolher com tanta oferta.

— E você, Glen?

— Com todas aquelas missões militares, nunca tive tempo para relacionamentos.

— Sempre pensei que você e Suzanne ficariam juntos — o reverendo James falou, dirigindo-se a mim.

Em resposta, Glen estendeu a mão direita para o clarão de sua lanterna e mostrou o anel que trazia no dedo mindinho, tirando-o. Um anel de ouro branco com pequenas ametistas em volta de um diamante. Nós nos amontoamos em volta dele.

— Eu me lembro desse anel — disse Mike. — Tive que usá-lo por um dia.

Danny segurou o anel diante de sua lanterna.

— Eu não. Nunca usei. Nunca por ela.

— E quanto a você, Rafe?

— Devo ter usado. Não lembro.

Eu não estava disposto a discutir com esses sujeitos minha obsessão eterna por Suzanne. Na verdade, eu havia usado esse anel como um amuleto em todas as minhas provas de vestibular. Eu ficava fantasiando com ela, e quase reprovei em um exame porque passei o tempo todo sonhando acordado. Ver o anel novamente me fez sentir como se eu tivesse perdido o equilíbrio, como se eu estivesse pisando em areia movediça.

— Eu lembro que você usava! — Glen exclamou. — É claro que não significava nada para ela. Ela jogava conosco como se fôssemos cartas de um baralho.

Mike pegou o anel das mãos de Danny e o colocou em seu dedo mindinho para checar o tamanho. E então o segurou contra a fraca iluminação.

— Então, Glen, no fim você ficou com ele. Sempre me perguntei onde tinha ido parar.

Glen riu.

— Quando nos formamos na escola, eu pedi para ela me dar o anel. Ela respondeu: "Que bando de idiotas." Eu o trouxe para o encontro para ver se ela ainda se lembra.

— Provavelmente não — retruquei.

— Não se desvie para os caminhos dela o teu coração, e não te deixes perder nas suas veredas — Danny recitou. — Reverendo James, o senhor sempre mencionava esse versículo para mim.

O reverendo mirou seu feixe de luz para as portas ao fim do corredor.

— Provérbios 7, versículo 25. Espero que os dias de paixonite por Suzanne tenham ficado no passado.

— Já acabou há muito tempo — Glen disse. Ele subiu um pequeno lance de escada no fim do corredor escuro e frio e virou para a esquerda. — A torre — explicou — fica aqui em cima.

Danny e Mike encontraram seus aposentos, e o reverendo James apontou para o fim do corredor, à direita.

— O seu quarto, Rafe, é aquele. O banheiro fica à direita. O jantar será servido às seis. Até mais tarde.

Embora devesse ser no máximo cinco horas, a noite já havia cercado o castelo. O vento soprou contra algo fazendo um ruído, as persianas talvez, e um estrondo distante ecoou através do corredor.

Enfiei a chave no que parecia ser uma fechadura novinha em folha e entrei em uma sala com janelas estreitas e altas. Acendi a luz. O ar gelado parou minha respiração. Partículas de poeira realçadas pela claridade desciam em espiral. Os esporos grudaram na minha garganta. A história deste quarto falava em séculos de privação, sofrimento, frio e isolamento. As paredes eram grossas o suficiente para que uma pessoa gritasse à vontade e ninguém ouvisse na sala ao lado. Tudo era gelado ao toque. Liguei o aquecedor, que estremeceu levemente até começar a irradiar um calor fraco contra a atmosfera milenar. A escuridão reinava lá fora, embora as luzes do castelo propiciassem um brilho tênue. Notei que o granizo e a neve já haviam coberto todos os vestígios do caminho até a entrada da frente.

Nesse momento, eu me perguntei se poderia chamar um táxi e ir embora. Ter sempre um plano de fuga guardado na manga era lei para mim. Mas dava claramente para perceber, a julgar pelas condições da estrada, que o tempo estava passando de ruim para péssimo e que em breve não haveria quase nenhuma possibilidade de um veículo fazer o trajeto ao redor da montanha.

***

Eu precisava de um banho, mas o banheiro masculino que o reverendo havia me indicado estava ocupado, então saí vagueando pelo corredor até chegar à ala feminina, onde encontrei outro banheiro. Trancado lá dentro, abri as torneiras do chuveiro no máximo. O castelo podia ser velho, mas o banheiro era todo de mármore e vidro. E a água estava pelando.

Ouvi um ruído na porta enquanto me enxugava.

— Só um minuto! Já vou sair.

Vesti a roupa e abri a porta.

— Olá, estranho.

Ela estava parada no corredor mal iluminado, uma toalha enrolada em volta do corpo, as roupas na mão.

— Suzanne. Nossa, o que você está fazendo aqui? — Fui pego totalmente desprevenido.

Ela enrolou a toalha mais apertado ao redor do peito.

— Este é o banheiro das meninas, sabia?

Aquele sorriso irônico no rosto. A voz quente. A mesma Suzanne. Seus lábios ainda eram cheios, as bochechas eram altas e a pele sob os olhos era firme. O cabelo loiro estava puxado em um rabo de cavalo, deixando sua nuca exposta.

Seus olhos estavam fixos em mim, enquanto um passado vertiginoso me atropelava.

— Você parece bem, Rafe.

— Você também. — Vinte anos e ela ainda me tratava como se eu fosse um adolescente desajeitado. — Eu sou escritor. E professor. Nessa ordem.

— Claro, o seu livro. Já ouvi falar dele.

— Você leu? — Não pude deixar de me sentir pequeno, como se precisasse da aprovação dela. Como nos velhos tempos.

Ela riu.

— Eu não tenho tempo para ler!

— Não, claro que não.

Eu estava travando uma batalha ali, não tanto dentro de mim — eu assistia tudo a distância —, mas para não lhe dar o que ela exigia. Agora estava muito clara para mim a maneira como a coisa funcionava. Suzanne sempre esperava alguma coisa, exigia algo, de todos os homens. Ela tinha sido a Rainha da Beleza na escola, começou a trabalhar como modelo e mais tarde, depois de uma série de golpes de sorte, conseguiu chegar a Hollywood — o grande momento.

Ela passou por mim e entrou no banheiro, onde olhou para o espelho e inspecionou o rosto. Sacudiu o cabelo. Eu a segui de volta para dentro do banheiro e a observei no espelho.

— Acabei de fazer um filme e logo vou começar outro — ela contou. — E você? Ouvi dizer que fez PhD.

— Dou aula de filosofia na Universidade da Califórnia.

— Você sempre foi o mais inteligente do grupo. Eu sabia que chegaria longe.

— Longe é uma metáfora. É questão de opinião.

Ela não respondeu.

— Como está Jerry?

Os tabloides a perseguiam o tempo todo: o namoro, o casamento, a lua de mel nas Ilhas Seychelles, a barriga que começou a crescer, o primeiro bebê. Os paparazzi precisavam de alguém para seguir, e ela os havia conduzido em uma dança alegre durante anos, até que alguém mais jovem ocupou seu lugar e ela se contentou em interpretar o papel de mulher sexy de meia-idade.

— Jerry está bem. Nós estamos meio separados agora, como você deve saber.

— Eu não acredito em tudo o que leio nos tabloides.

— Bem, desta vez eles estão certos.

— Como Hollywood tem tratado você?

Ela andou até o chuveiro e o ligou. Testou a temperatura da água.

— Aquilo lá é horrível, você sabe. Nós moramos em Santa Rosa. Nossos dois filhos já estão quase adultos.

— O tempo voa quando você faz o que gosta.

Suzanne parecia inquieta. Lembrei-me vagamente de um escândalo em Hollywood em que ela havia se envolvido, com algum diretor de cinema, um frenesi midiático nos tabloides. Mas para ela eram ossos do ofício. Ela vivia sob os holofotes. Era surpreendente que não houvesse paparazzi à sua caça ali perto do castelo. Bem, agora estávamos isolados do mundo. Isso provavelmente era um alívio para ela.

Apontei para a porta.

— É melhor eu...

— Até mais tarde, então.

Fechei a porta do banheiro atrás de mim. Meu coração batia forte. Mas é claro que ela fazia isso com todo mundo. Não era à toa que era uma estrela de cinema. Eles lhe pagavam milhões de dólares para dar aquele sorriso amuado, cuidadosamente ensaiado, mas que tinha o poder de enfeitiçar o coração carente de qualquer homem.

***

Às seis da tarde nos reunimos de volta na sala de estar; todos exceto Suzanne. Os homens lançavam olhares famintos na direção das escadas que levavam às celas das mulheres, mas ela estava, presumi, fazendo seu habitual jogo de estar visivelmente ausente. Era uma arte que ela vinha aperfeiçoando havia décadas.

O reverendo James tinha um anúncio a fazer. Ele bateu palmas para chamar a atenção e nós o cercamos como se ainda fôssemos um bando de adolescentes.

— Alguns de vocês expressaram o desejo de conhecer o museu da tortura. Ele está oficialmente fechado para o inverno, mas o concierge me deu permissão para levá-los para dar uma olhada. — Ele segurava uma grande chave de bronze. — Só não toquem em nada. Sigam-me.

Ele nos conduziu novamente escada acima, para a ala sul, longe dos quartos. Atravessando uma grande porta de madeira, chegamos a um aposento frio, escuro, de teto alto e com janelas pequenas. Um objeto sombrio se destacava no centro da sala. Stephen apertou um interruptor e o ambiente foi inundado por uma luz gótica fraca, vinda de quatro lustres cobertos de teias de aranha. Olhei para cima e notei uma lâmina de aço polido na parte superior de uma estrutura de madeira. Na base dessa estrutura havia uma plataforma, posicionada abaixo da lâmina da guilhotina.

— Uau — disse Glen. — Veja onde a cabeça fica. No ângulo exato para ser decepada.

Alison se encolheu.

— O *signor* Rossi é famoso pela coleção de instrumentos de tortura. Ele os conserva muitíssimo bem para que os turistas possam vir conhecê-los — explicou o reverendo James.

Acima da guilhotina, Glen apontou para oito manequins suspensos por cordas que pendiam de uma barra no teto, laços de forca ao redor dos pescoços.

Alison estremeceu e, após um rápido olhar, passou a evitar levantar o rosto.

— Que coisa macabra! — exclamou Danny.

Linda examinava os itens expostos em uma vitrine.

— Isso é de virar o estômago!

Li os dizeres afixados acima dos objetos para os quais ela estava olhando.

— "Anéis de ferro com parafusos, usados para apertar o polegar. Escócia, por volta do século XVII." "Extrator de língua, possivelmente da Espanha, 1501-1800."

— Que horror.

O reverendo James se posicionou diante de outros objetos expostos sobre uma longa mesa do tipo cavalete.

— Cilício. Gato das nove caudas, chicote para autoflagelação. E vejam só essa máscara!

Mike apontou sua lanterna para uma máscara de ferro.

A face de um demônio havia sido gravada em seu exterior: orelhas pontiagudas, língua bifurcada, olhos ferozes. No interior, dois espetos longos haviam sido plantados voltados para a direção dos olhos, dois menores para as narinas e um garfo curvo comprido de duas pontas representava a boca.

Tive a impressão de que o reverendo James estava gostando de mostrar cada instrumento de tortura, conjecturando sobre sua capacidade de provocar dores lancinantes. Enquanto o encarava, uma aversão antiga brotou em mim. Para qualquer outra pessoa, seria um absurdo passar o Natal em um castelo isolado que abrigava instrumentos de tortura medieval macabros.

— Meus olhos doem e minha garganta fecha só de pensar nisso — exclamou Alison.

— É monstruoso — Linda reagiu.

— Morte lenta por asfixia — Mike refletiu. — Essa máscara furaria os seus olhos, bloquearia sua respiração, arrancaria sua língua e fecharia sua traqueia.

— A Idade Média era b-b-bárbara mesmo — disse Danny.

— Fale mais sobre esse tal de sr. Rossi — Mike pediu. — Ele é meio assustador.

— Stephen e eu o conhecemos quando estávamos preparando as coisas para a nossa estadia no castelo — Glen explicou. — Ele é o típico homem de negócios. Muito elegante, educado e totalmente obcecado pelo passado.

— E aparentemente o movimento de turistas é grande por aqui — completou Stephen. — As pessoas são fascinadas por assuntos ligados à tortura.

— Olhem só esta coisa. — Mike mirou a lanterna para um sarcófago aberto e apoiado em pé no canto da sala. Seu interior era revestido com estacas de aço afiadas tanto no fundo como na tampa, parecendo um sorriso cheio de dentes. — Bastava colocar um homem aqui e ele era... transpassado.

— Ou uma mulher — sugeri.

"A dama de ferro", dizia a placa. Por fora do sarcófago havia sido esculpida a figura nua de uma mulher exibindo os seios fartos e a parte inferior do corpo. Seu rosto era uma máscara de terror e angústia.

Alison apertava o estômago com força. Ela parecia prestes a vomitar.

Linda correu os dedos ao longo de uma estrutura retangular de madeira presa ao chão, com uma roda em cada uma das extremidades.

— Este é o cavalete — disse Stephen. —Você amarra a vítima aqui e vai esticando o corpo da pessoa até as articulações saírem do lugar.

— Parece uma daquelas rodas de fiar — ponderou Linda. Ela tocou na barra central, afixada na grande roda de madeira, e a girou. O mecanismo rangeu bem alto.

Stephen observou o diagrama exposto logo acima da peça, que trazia explicações sobre seu funcionamento.

— Você prende a vítima a esta barra e gira a alavanca... até quebrar os ossos da vítima!

— A roda de Santa Catarina — leu Mike. E continuou: — Batizada assim em homenagem a Santa Catarina de Alexandria, que foi amarrada aos seus sete raios e torturada. Vamos ver como é?

— Claro — respondi. — Você primeiro.

— Seja quem for esse *signor* Rossi, ele é um sádico desequilibrado — indignou-se Mike, lendo as informações.

— Isso tudo é história — Stephen replicou.

— É fascinante — Glen murmurou.

— Eu achei horrível. — Linda se virou de costas.

Alison parou ao lado de um touro feito de metal no outro canto da sala.

— E isto aqui?

— "O touro de bronze" — Mike leu a placa presa ao traseiro da peça. — Esta deve ser a pior maneira de morrer. Eles colocavam a vítima dentro do touro por esta abertura — ele abriu um alçapão no lugar que corresponde ao traseiro do touro — e acendiam o fogo embaixo da barriga do animal de bronze até que a vítima fosse literalmente assada viva e derretesse na sua própria gordura. *Urgh.*

Li em voz alta.

— "O touro tem um aparato acústico que converte gritos em mugidos, para deleite de quem assiste."

— Este negócio já foi usado — comentou Mike, apontando para alguns pedaços de lenha e briquetes debaixo do touro e para sua barriga escurecida. — Você acha que eles demonstram esses instrumentos de tortura para os visitantes?

Alison fez um sinal negativo com a cabeça.

— Não seja bobo.

— Ei, este touro tem úberes. — Eu me agachei para examinar a parte de trás do animal, onde tubos ocos com furos na extremidade tinham sido soldados em sua barriga; logo abaixo uma vasilha havia sido colocada. — Diz aqui que esse é o reservatório para onde os líquidos escorrem e onde a gordura da vítima é recolhida.

Glen deu um tapinha no touro de bronze e nós ouvimos um som oco.

— Dá para perceber que esses torturadores não eram muito bons em anatomia.

— Eca — disse Linda. — Qual é o sentido de recolher a gordura da pobre vítima?

— Rendia uma sopa nutritiva — respondi.

— Pare com isso, Rafe — ela retrucou.

Li o texto afixado no pedestal:

— "O touro de bronze foi inventado por Perilo de Atenas, que apresentou seu engenhoso método de executar criminosos a Fálaris da Sicília no ano de 550 antes de Cristo. O tirano siciliano ficou tão entusiasmado com a ideia que, para testá-la, usou como cobaia ninguém menos que o próprio Perilo. Confeccionado segundo as proporções exatas de um touro vigoroso, inclusive em detalhes como os magníficos chifres e os genitais proeminentes, o touro de bronze foi bizarramente 'aperfeiçoado' pelos romanos, que lhe adicionaram úberes, transformando-o em uma espécie de travesti bovino. Os úberes foram acrescentados para que os humores provenientes da vítima escoassem de dentro do touro e esse 'leite' encantasse os espectadores. Dizia-se que o tal 'leite' era recolhido e consumido. Segundo registros históricos, quando o touro era aberto após o término da execução, os ossos da vítima estavam 'brilhando como joias e eram transformados em braceletes'."

— Estou passando mal — Mike anunciou.

Alison apertou o estômago com mais força.

— Podemos ir embora?

— Só um momento — pediu o reverendo James. Ele ergueu as mãos. — Há uma razão pela qual eu os trouxe para conhecer este museu da tortura hoje.

Arrá. Ele era metódico em sua loucura. Tinha organizado esse passeio macabro como um prelúdio para um sermão improvisado. Eu conhecia esse homem muito bem.

— Amanhã é a Festa de Santo Estêvão, o primeiro mártir — continuou o reverendo James. — A cada dia de nossa estada aqui, vou ler para vocês um capítulo de *O Livro dos Mártires* de John Foxe, que fala sobre os primeiros cristãos. Eles eram torturados até a morte por causa da sua fé. Sofriam castigos terríveis em nome da sua crença.

Aula de moral número um.

Eu havia subestimado meu poder de resistência. Tinha ido até ali para exorcizar os fantasmas da minha paixão, mas não havia calculado como seria realmente passar doze dias na companhia de um bando de fanáticos religiosos liderados por um maluco. Especialmente se o objeto da minha paixão não fosse sequer estar no jogo.

***

O jantar foi servido pouco tempo depois. Guiado pelo aroma da carne assada, percorri os corredores labirínticos até chegar às escadas e entrar na sala de jantar.

O fogo ardia na lareira no extremo da sala, sobre cujo aparador havia um grande calendário do Advento, em celebração ao Natal. Na árvore, as luzes brilhantes piscavam em padrões sequenciados e os enfeites cintilavam. Mas não vi presentes embaixo dela. Olhei para o reverendo James pelo espelho na parede, que refletia todas as nuances da reunião.

E quem diabos é esse signor *Rossi?* pensei. Quartos assustadores, instrumentos de tortura, espelhos por toda parte. Aquilo estava mais para uma cena de romance gótico de assassinato. Ou para um cenário de filme pornô decadente.

— A tempestade está piorando — comentei.

Mike olhou pela janela com surpresa, como se não tivesse notado o vento uivando, o granizo tamborilando na janela, a escuridão profunda.

— Vamos passar um bom tempo aqui, Rafe — respondeu o reverendo James. — Doze dias.

— Ter um Natal branco vai ser o máximo, não? — Glen comemorou.

Todos os lugares haviam sido sinalizados com nosso nome escrito em um pequeno envelope branco. Ele encontrou o seu e se sentou.

O reverendo ocupou seu lugar à cabeceira da mesa.

— Eu só espero que Emily consiga chegar. Supondo que o motorista vai ser capaz de passar pela estrada, ela deve estar chegando.

— Não vejo como um carro pode vencer essa tempestade — Mike disse.

Encontrei meu envelope com a identificação à esquerda de Alison e me acomodei.

— Quem é o grande chef? — Mike perguntou. — O cheiro está ótimo.

— *Signor* Antonio Alfieri, o concierge — Stephen respondeu. — Ele não só é um maravilhoso anfitrião e motorista como cozinha muito bem. Preparou toda a nossa comida para esses doze dias.

O reverendo James se inclinou para a frente.

— Senhoras e senhores, estamos vivendo tempos sombrios. Obrigado por atenderem ao meu chamado, ou melhor, ao chamado de Deus, para participarem deste retiro. Alguns de vocês vieram de longe: Estados Unidos, Canadá, Inglaterra.

— Tempos sombrios mesmo — concordei, gesticulando na direção das janelas. Um galho seco de árvore arranhava o vidro, como se fosse a garra de um espírito fantasmagórico tentando fugir do frio.

— Por favor, peguem o envelope endereçado a vocês e olhem dentro dele. Mas não deixem que os outros vejam. Isso é entre vocês e Deus.

— Não vamos esperar pela Suzanne? — Glen perguntou, batendo os dedos em seu envelope, mas ainda sem abri-lo.

O reverendo James franziu a testa e olhou para a esposa, que apontou para a escadaria. Pelo movimento dos olhos, ela estava dizendo, naturalmente, que Suzanne estava se comportando como uma diva.

Dei uma rápida olhada dentro do meu envelope e vi o número oito, acompanhado de uma ilustração de oito criadas ordenhando uma vaca. Entendi. Para cada um de nós havia sido designado um dos doze dias do feriado do Natal. Quer dizer que iríamos participar de algum joguinho idiota.

Linda despejou o que parecia ser espumante tinto em cada uma das taças, e o reverendo James fez um brinde.

— Às doze noites do Natal. Que o bom Deus nos abençoe a todos.

O gosto era de suco de uva. Eu não esperava um Gutturnio ou um Lambrusco, mas parecia um crime estar em uma das melhores regiões vinícolas da Itália e não conseguir provar um vinho.

— Saúde! — toquei minha taça nas de Glen, Stephen e Danny. — É bom ver todos vocês novamente.

A porta da frente se abriu, e uma rajada de vento gelado e neve soprou pelo corredor. Emily se materializou diante de nós, um novelo de cachecóis e casacos. Ela se desembrulhou próxima ao fogo, libertando uma massa de cabelo comprido, liso e ruivo. Emily Barnes. Meu primeiro sentimento foi de alegria: eu não a via fazia anos, e éramos amigos íntimos. O segundo sentimento foi de culpa. Eu perdera o contato com ela por anos. Simplesmente tinha desaparecido da sua vida.

— Emily! — comemorou o reverendo James. — Você conseguiu. Feliz Natal!

Ela tremeu de frio.

— Nós quase não conseguimos. Deus! Está um frio de rachar lá fora. Não sei como o motorista conseguiu passar por aquela tempestade absurda. Estamos bem no meio dela.

Stephen se levantou para ajudá-la a tirar o casaco. Ela passou os dedos pelo cabelo.

— Oi, meninos — disse. — Que bom rever todos vocês. Quanto tempo, hein?

Stephen enfiou a cesta embaixo do nariz dela.

— Algum aparelho eletrônico? Pode ir colocando aqui.

Ela deu a ele um olhar de sofrimento, procurou o celular no bolso e o encontrou. Olhando para o telefone com tristeza, deixou-o cair na cesta e tomou seu lugar ao meu lado. Depois de sorrir, me beijou na bochecha.

— Rafe! Eu não acredito que você veio. Mandou bem.

Ela colocou a cabeça no meu ombro e bateu os cílios em um gesto exagerado. Eu lhe dei um abraço apertado. Os sentimentos de calor e afeto infantil voltaram a se manifestar.

— Eu falei para o senhor que era melhor esses dois não sentarem juntos — Glen reclamou.

O reverendo James alertou:

— Emily, o seu lugar é ali. Veja o seu nome. O envelope. Todos os assentos são demarcados por um motivo. Tudo faz parte do plano.

— Nós temos um plano? — Mas Emily não mudou de lugar, então Stephen lhe entregou o envelope com sua identificação.

O concierge, que agora usava chapéu e avental de cozinheiro brancos, veio da cozinha empurrando um carrinho cromado desses que se usam para transportar refeições.

— *La cena è pronta.*

— Nós estamos esperando uma pessoa. — Glen virou o pescoço na direção da escadaria escura.

Todos nós já estávamos acostumados. Suzanne era assim. Fosse qual fosse a festa ou a ocasião, ela chegava mais tarde, depois que a reunião estava em andamento, para que sua entrada gerasse mais comoção.

Alison serviu uma bebida para Emily, que virou a taça de um gole só.

— Humm. Buquê vintage. Eu diria que é um bom Cabernet Sauvignon dos anos 1950.

Eu a cutuquei por baixo da mesa.

— Comporte-se.

Ela pegou o envelope que Stephen havia colocado na sua frente.

— Pode olhar, Emily, mas por favor não mostre nem conte para ninguém — ordenou o reverendo James.

Depois de cortar a lateral do envelope com a unha, ela olhou em seu interior.

— Ah, já vi. Maravilhoso. — E sussurrou para mim: — Sete cisnes nadando. Qual é o seu?

— Oito criadas...

— Que sexy.

Os outros foram distraídos por uma aparição que descia a escadaria usando um vestido verde decotado, seu cabelo loiro reluzindo como se tivesse chegado para a cerimônia do Oscar. Até mesmo o concierge parou de servir para admirá-la.

— Sinto muito pelo atraso — disse Suzanne.

É claro que ela sentia.

O efeito que ela causou foi palpável. Os homens ficaram instantaneamente desconcertados e inseguros; as mulheres fecharam a cara como se estivessem vendo alguma coisa que lhes fazia mal. Ela conseguiu perturbar o equilíbrio instantaneamente. Nada como a sabedoria adquirida com a maturidade... Danny sorria feito um garoto de escola, Mike inflou feito um baiacu e Glen se empertigou na cadeira. Todos ainda suscetíveis ao feitiço dela. Nada havia mudado. Eu me recusei a olhar na sua direção por mais de dois segundos.

Até mesmo o reverendo James parecia atordoado.

— Agora que todos estamos aqui, podemos começar. — Ele guiou Suzanne até o seu lugar, em frente a mim. — Vamos dar graças.

A oração enfadonha durou algum tempo. Todos nós havíamos sido abençoados por estarmos juntos novamente, e estávamos ali para nos renovarmos e para ouvir a Ele e conhecer seus planos para nós. E ainda para revitalizar a nossa fé e o compromisso com os Doze.

— Amém!

— Por favor, comam. E, enquanto isso, quero falar a vocês sobre "Os doze dias do Natal". Essa música era cantada por cristãos perseguidos para ajudá-los a manter a fé, para lembrar e transmitir os princípios das suas crenças sem que os perseguidores soubessem disso. Cada símbolo carrega um significado importante. Vamos começar com o dia de hoje, o dia de Natal, o primeiro dia do feriado do Natal. A perdiz em uma pereira.

Aqui vamos nós novamente. O interminável sermão do reverendo James. Na Igreja Alegria da Ressurreição, ele tagarelava por horas e horas, atrasando o almoço de domingo de todos. E, exatamente como eu fazia durante os sermões todos aqueles anos atrás, meus olhos procuraram os de Suzanne. Naquela época, se ela olhasse para mim, minhas emoções disparavam. Esta noite, porém, mantive os sentimentos sob controle.

O reverendo James espetou uma fatia de carne com seu garfo e a levantou no ar.

— Que carne nós estamos comendo aqui na nossa festa de Natal?

— Peru — Mike respondeu.

— Faisão — Alison arriscou.

— *Pernice* — colaborei. — Perdiz.

O reverendo olhou para mim com surpresa.

— Está correto.

— Captei, captei — disse Danny, radiante. — E aposto que vamos ter p-p-pera de sobremesa.

O reverendo James fez um movimento afirmativo com a cabeça. — E o que representa a perdiz?

— Cristo. — Essa foi Alison, limpando a boca com um guardanapo enquanto falava.

O reverendo James levou uma garfada de carne à boca e mastigou antes de responder.

— A perdiz representa Cristo, pendurado na cruz de madeira por nós. A ideia mais importante do Natal.

— E — Linda completou — nós comemos da sua carne, do seu corpo, e bebemos do seu sangue. É tudo simbólico.

— Delicioso — comentou Emily, de boca cheia. — Tem gosto de frango.

— Você não muda — sussurrei para ela. — Para ser sincero, tem gosto de fio velho mergulhado em alho.

Ela riu e o reverendo James nos mirou com um olhar penetrante.

Danny levantou a mão.

— Não consigo compreender uma coisa. Se Cristo é a perdiz, então quem é o "meu verdadeiro amor" da canção?

— No primeiro dia do Natal, o meu verdadeiro amor me disse... — recitou o reverendo James, com a boca cheia de carne de perdiz e molho.

Alison foi mais rápida que de costume.

— De novo, a resposta é obviamente Jesus Cristo. — Ela empurrou os óculos para cima do nariz.

Lembrei por que era difícil gostar dela. Ela e os outros conheciam a Verdade com V maiúsculo, e a Verdade era imutável. Tinha que ser pronunciada com aquele ar de piedade presunçoso mais irritante do que cinquenta fariseus insolentes.

O reverendo James apertou os dedos uns contra os outros.

— Nós somos a noiva de Cristo. A Bíblia muitas vezes se refere a

Cristo como o verdadeiro amante, o marido. Nos Cânticos de Salomão...

Uma vez filósofo, sempre filósofo. Eu não podia ficar de boca fechada. Tinha que denunciar a falta de lógica desse simbolismo.

— Mas, se o meu verdadeiro amor, Cristo — desenhei aspas no ar —, me deu uma perdiz em uma pereira, Cristo — mais aspas no ar —, então ele deu ele mesmo para mim? Isso não faz sentido.

Suzanne me deu um sorriso em admiração proibida, como se eu fosse a única pessoa no mundo. Como se estivesse compartilhando um segredo comigo. Ela era boa nisso. Mas eu estava praticando a imunidade. Já não sentia mais aquilo, a velha agitação no coração. Estava livre. Com certeza.

Stephen me lançou um olhar fuzilante.

— Nunca questione o reverendo James Miller, muito menos o interrompa quando ele estiver ensinando a Verdade.

Alison me encarou com ar arrogante.

— Cristo se sacrifica por nós. Ele se entrega a nós. É óbvio.

— É óbvio — repetiu Emily, me dando um cutucão na costela. — Você não entende, Rafe.

Mais uma vez, eu me perguntei como iria sobreviver doze dias ao lado de Stephen Sobrancelha, Santo Danny e Mike Máquina, Alison Cara de Sofrida, Linda Santidade e Sua Reverendíssima. Minha única aliada ali era Emily, e a única graça salvadora tinha sido o olhar que Suzanne me deu.

— Agora comam — disse o reverendo James. — Desfrutem, pois este é o corpo de Cristo, partido para vocês.

— O jantar está maravilhoso.

O concierge, que ainda estava na sala, fez um gesto de agradecimento.

— Se precisarem de mais alguma coisa, por favor me chamem. Vou preparar a sobremesa. — E empurrou o carrinho de volta para a cozinha.

Suzanne não disse nada durante a refeição, mas manteve um sorriso irônico no rosto. De vez em quando ela arqueava uma sobrancelha daquele jeito típico de quem é superior a tudo, uma expressão muitas vezes explorada em seus filmes. Esse comportamento estava incomodando o grupo, dava para notar. Ela prendia a atenção de todos os homens — sim, incluindo o reverendo James, que não parava de lançar olhares furtivos para ela, como se até mesmo ele estivesse buscando sua aprovação. Danny, Mike, Stephen e Glen estavam babando. Não acontecia o mesmo com as mulheres: Alison não conseguia disfarçar o desprezo por Suzanne; Linda olhava para seu decote demonstrando aflição, como se o vestido lhe provocasse dor física; Emily a ignorava completamente.

Eu conseguia mensurar, agora, a distância entre minha paixão de adolescência e os danos causados naquele tempo e agora. Na maturidade eu era capaz de enxergar todos os seus truques, os disfarces, os feitiços que antes me encantavam.

Finalmente Mike reuniu coragem para falar diretamente com ela.

— Suzanne, como você faz aquilo?

— O quê?

— Desempenhar todos aqueles papéis. Como você consegue fingir que é tantas pessoas diferentes?

Suzanne piscou para ele.

— Você nunca é outra pessoa além de si mesmo?

— Não — Mike respondeu.

Captei uma troca de olhares entre Linda e Glen. Apenas um milissegundo, mas foi um olhar que não consegui decifrar.

— Mas e as coisas que você não faz na vida real? — Stephen complementou a pergunta. — Por exemplo, o cigarro. Qual era aquele filme em que você fumava o tempo todo? *Bola de fogo*, era isso?

— E aquele filme em que você precisou engordar? — Emily quis saber.

Suzanne exibiu seus implantes perfeitos de dentes brancos e alinhados.

— É só um trabalho. E todas aquelas pessoas que eu interpreto não são eu. Tem uma parede de vidro entre mim e o meu personagem.

Talvez, pensei, *tenhamos algo em comum, afinal.*

— É v-v-v-v-verdade — Danny tomou a palavra — que você c-c-c-c-consegue chorar sempre que tem vontade?

Notei que a gagueira piorou muito quando ele se dirigiu a ela.

Suzanne olhou para ele, piscou algumas vezes, assumiu uma expressão de piedade e, claro, lá estavam as lágrimas rolando pelo seu rosto.

— Incrível! — Stephen exclamou. — Então quer dizer que não podemos confiar em você?

— Por que vocês confiariam? — ela perguntou.

Eu tive que retrucar:

— Não confiaríamos.

— Não tiro a sua razão.

Por trás da brincadeira estava uma história de mágoa. Eu sabia que cada um desses homens havia sofrido por ela, e, a julgar pela sua reação diante da aparição de Suzanne, nunca tinham se curado completamente. Durante a conversa, Glen manteve a testa franzida, desviando o olhar sempre que ela tentava encará-lo. Sinais de um possível fascínio adolescente prolongado. Depois de todos esses anos.

O concierge serviu a sobremesa, que era, com certeza, feita de pera em lata com sorvete. E então ele anunciou que estava indo embora.

— Aproveitem o retiro — disse. — Estarei de volta em doze dias!

— Obrigado, Antonio! — disse Alison.

O reverendo James bateu palmas, como se fosse um mágico fazendo algo desaparecer.

— Que comecem os doze dias do feriado do Natal! Coloquei uma Bíblia, um bloco de notas e uma caneta no quarto de cada um. Eu desejo que este seja um tempo para limpeza. Confessem-se a Deus. Purifiquem-se. Cada um de vocês, escrevam uma confissão secreta para Deus. Alguma coisa pela qual vocês querem ser perdoados. Um vício. Um pecado. Uma transgressão. Orem por isso. Então, amanhã de manhã, tragam essa anotação e nós vamos queimar o papel neste fogo.

Emily me deu um safanão por baixo da mesa.

— Você está com cara de quem vai matar alguém — sussurrou.

— Desculpe. Estou me perguntando por que eu vim parar aqui.

— Eu também. — Ela enganchou o dedo no meu por baixo da mesa, um gesto que tínhamos inventado na escola quando precisávamos do apoio um do outro.

Eu sabia que o reverendo James conseguiria tirar uma confissão de um santo. Percebia os pensamentos correndo na mente de cada pessoa, cada um decidindo não se tinha um vício, mas qual deles confessar. Eu não acreditava no pecado, nem em Deus nem em qualquer antropomorfismo neurótico das mais profundas inseguranças da humanidade. Mas havia muitos vícios que eu podia compartilhar. Vários deles. Se ele queria pecados, eu tinha vários para oferecer.

— Eu sugiro que nos recolhamos cedo — disse o reverendo James.

Glen se levantou.

— Atenção, pessoal. Este castelo fica em um lugar remoto, como vocês devem ter percebido. Há várias áreas que não podemos frequentar, por questões de segurança.

— A torre é uma delas — interrompi. — O lugar onde você está hospedado.

— Todo o lado norte da torre é uma área interditada. A minha ala, a sul, não tem problema nenhum. Mas não fiquem andando por aí à noite. Uma escadaria que vai até o porão desabou. O teto da adega desmoronou. Ninguém está autorizado a descer lá.

— Boa noite a todos — o reverendo James se despediu. — Amanhã começaremos nosso programa, então não deixem de descansar um pouco. Começaremos a nossa hora da devoção bem cedo. Orações às seis da manhã.

***

Alison e Suzanne acompanharam Linda escada acima e pela passagem à esquerda até os aposentos das mulheres; Mike, Stephen e Danny seguiram o reverendo James pela passagem à direita que levava aos aposentos dos homens. Glen permaneceu no corredor e segurou Emily e a mim.

— Preciso falar com vocês dois — disse, em voz baixa.

Fomos atrás dele até o fim do corredor dos homens, ao longo de uma passagem estreita, e subimos os degraus de pedra sinuosa até a torre. O quarto da torre se projetava para fora no lado leste do castelo. Olhei para trás procurando Emily, e ela encolheu os ombros. Na escadaria, passamos por fendas escuras cobertas de teias de aranha. Emily estremeceu.

— Ui.

— Tempos sombrios mesmo — repeti.

— Está fedendo a esgoto.

— Bem-vindos à torre. — Glen fechou a porta atrás de nós.

Reparei nas janelas de chumbo de duas folhas e na sacada estreita que mostrava o exterior logo em frente. O grande quarto pentagonal estava bem aquecido.

— Não é tão ruim quanto você disse, Glen — comentei. — É tipo uma cobertura.

— E é aconchegante — Emily elogiou.

Glen empurrou as portas da sacada e saiu para o pequeno parapeito com vista para o vazio negro da tempestade. Uma violenta rajada de vento soprou uma cortina de neve e gelo para dentro do quarto.

— Você ficou louco? — disse Emily. — O tempo está terrível aí fora.

— Venham para cá!

Saímos para a sacada, enfrentando a incrível força da nevasca. Glen tentava se manter parado.

— Uau, isso aqui não está para brincadeira!

— Tem certeza de que estamos seguros aqui? — gritei.

A sacada era uma laje de pedra que saía da parede, e parecia capaz de quebrar ou desabar se qualquer peso fosse depositado em cima dela. Uma grade de madeira nos protegia. Acima de nós pendia uma grande gárgula de pedra com as dimensões de um ser humano. Um demônio com a língua de fora espreitava por cima da borda da sacada. Parecia abatido e desgastado pelo tempo, como se o mais leve movimento pudesse tirá-lo dali. Eu me agarrei à balaustrada gelada. A neve e o sono beliscaram meu rosto, meus olhos. O vento uivava ao redor das minhas orelhas.

— Estou ficando com vertigem — avisei.

— É bonito — disse Emily, batendo os dentes. — Agora vamos conhecer o inferno por dentro.

De volta ao quarto, Glen fechou as portas da sacada. Ficamos trancados lá dentro. O lugar tinha esfriado drasticamente.

— Sentem-se, sentem-se.

Eu estava tremendo de frio, e minha cabeça girava. Emily segurou minha mão.

— Meus dedos estão gelados. Os seus estão quentes.

Sentamos no sofá enquanto Glen andava de um lado para outro.

— Rafe... Emily, é bom você ouvir isso também. Acho que nós somos os únicos não crentes aqui. E talvez Suzanne. Os renegados.

— Eu pensei que você tivesse mantido a fé — interrompi.

Glen sorriu.

— Pelo contrário. Nós somos os estranhos no ninho neste lugar.

De fato.

— E Suzanne.

— E Suzanne — ele repetiu, melancólico. Estendeu a mão em que usava o anel e então o examinou contra a luz.

— Meu Deus! — Emily exclamou. — Você ainda tem o anel dela.

Ele assentiu e então cruzou os braços.

— Estou preocupado com as intenções do reverendo com tudo isso.

Emily riu.

— Ele quer saber se ainda consegue nos prender com seu poder magnético.

— O homem evidentemente tem uma esperança vã, mas persistente, de que ainda pode trazer as ovelhas perdidas de volta ao rebanho — opinei.

— Não. Na minha opinião, é mais sinistro do que isso — disse Glen. — Ele quer trazer as coisas à tona.

— Que coisas? — eu quis saber.

Percebi que havia medo nos olhos de Emily.

— Não — ela reagiu. — Não é isso. Ele não se atreveria. — Seu rosto ficou vermelho.

— Está acontecendo algo que eu não saiba?

Glen me ignorou e continuou tentando argumentar.

— Estou falando sério, Emily...

Ela ficou de pé. Algo a havia perturbado.

— De repente fiquei muito cansada. Rafe, por favor, me acompanha até o meu quarto?

— Desculpe, Em — Glen se lamentou. — Eu não devia ter... Eu não queria ter falado nisso.

— Não, eu só preciso ir dormir.

— Já vou deixar vocês saírem. Por favor me escute, pessoal. Só preciso dizer mais uma coisa...

E essa única coisa que ele disse iria me perturbar por todos os doze dias que estavam por vir.

— Por favor, amigos, tranquem as suas portas. Não é seguro aqui.

Glen não parecia apenas preocupado: ele parecia apavorado. Seus olhos estavam arregalados, e ele mexia com o anel no dedo, movendo-o para cima e para baixo, virando-o, como se tentasse tirá-lo e não conseguisse.

— Como assim? — Emily indagou.

Ele nos levou até a porta e a manteve aberta para que pudéssemos passar.

— Cuidado. As coisas não são o que parecem.

— Glen!

Mas Glen já tinha fechado e trancado a porta.

Emily pegou meu braço e nós caminhamos de volta pelo corredor. Tínhamos acessado o quarto da torre pela ala masculina, mas percebi que era possível chegar lá por qualquer uma das duas asas, então seguimos a passagem certa para o lado feminino.

— Ele está sendo meio paranoico — minimizei. — O que o está assustando? O reverendo James?

Mas Emily não disse nada até estarmos perto do seu quarto. Na frente da sua porta, ela se virou para mim.

— Rafe, sinto muito.

— Por favor, me diga o que está acontecendo.

A escuridão invadiu o castelo de fora para dentro. O ar ficou mais frio, se é que isso era possível. O granizo deslizava pelas janelas como dedos fantasmagóricos. O vento furioso sacudia as persianas.

— Tudo ficou tão amargo — disse ela.

— O quê?

— Algumas coisas ruins aconteceram depois que você deixou os Doze.

— Entre você e Glen?

— Não quero falar nada agora. Talvez amanhã. Está bem? — Ela se esticou e me deu um beijinho no rosto e, depois de um segundo de hesitação, um abraço. Meu rosto se enterrou em seu cabelo.

— Senti sua falta, Rafe.

— Você está congelando — comentei.

Ela estava tremendo, mas não só de frio. Emily se manteve abraçada a mim por alguns longos minutos e depois se afastou. — Nós éramos muito maiores do que somos agora — ela disse. — Tínhamos ideais tão grandes. Tanta esperança. E agora olhe para nós. Adultos. Esperanças encolhidas, encaixadas em um mundo deteriorado.

— Você não parece tão mal.

Ela me olhou fixamente. Tinha olhos verde-claros que, mesmo no escuro, pareciam brilhar.

— Você ainda é apaixonado por ela. Já devia ter superado isso, porra. Ela é oca, não tem nada ali... Deixa essa história pra lá, cara, de uma vez por todas. Por favor.

— Não é...

— Todos vocês. Pra ser sincera, vocês me dão nojo.

— Eu não... Não mais.

— Ah, pare com isso. Nem vou discutir com você. De qualquer forma, já é tarde. Bem tarde. Boa noite. — Elegantemente, ela fechou a porta na minha cara e depois a trancou.

Olhei para a porta fechada. Pela primeira vez percebi como deve ter sido para ela, todos aqueles anos atrás, ser a coadjuvante, a segunda opção, a irmã, não a rainha; ouvir nossas queixas de amor sobre Suzanne. Como deve ter sido desagradável!

Encontrei o caminho de volta ao meu quarto, e, embora não quisesse ser paranoico, virei a chave na fechadura. *Não é seguro aqui.* O que ele quis dizer com isso? Coloquei o pijama e me enrolei em posição fetal (os lençóis estavam tão frios que pareciam molhados), intrigado com a reação de Emily ao comentário de Glen. As coisas haviam ficado amargas depois que eu saí do grupo. Tentei entender o que ela queria dizer, mas estava tão cansado que rapidamente mergulhei em um sono sem sonhos.

DUAS POMBAS

Acordei por volta da meia-noite. Sentei na cama, olhei para as sombras, acendi a luz. Nada. Examinei embaixo da cama, atrás das cortinas. Talvez fossem apenas as tábuas vacilantes do assoalho. O vento uivava lá fora. Um deus furioso atirava neve contra as janelas. Árvores arranhavam o vidro, tentando entrar. De volta à cama, me enterrei no edredom pesado de novo e esfreguei os olhos fechados. Foi só a tempestade.

Mas espere. Eu estava certo de que tinha ouvido algo do lado de fora da porta. Perplexo, afastei o edredom novamente, depois me envolvi nele como um roupão — porra, estava frio. Destranquei a porta e espreitei na escuridão. Podia jurar que via sombras, ouvia vozes. Deslizei para o corredor, então avancei na direção dos degraus que levavam à torre. Vislumbrei duas figuras encostadas à parede do lado de fora do quarto de Glen. Uma das silhuetas era alta — tinha que ser Glen; a outra era menor. Uma mulher.

Eu também me achatei contra a parede e apurei os ouvidos, mas não consegui ouvir qualquer coisa inteligível.

A porta de Glen se abriu e os dois entraram. Ouvi o clique da fechadura. Nada mais. Agora eu só ouvia meu coração batendo.

Não podia ser quem eu pensava que era. Mas, mesmo que fosse, eu não deveria me importar.

Um antigo sentimento de inadequação me atingiu no estômago. Eu era um menino de dezesseis anos novamente. Pensei no anel de Suzanne no dedo mindinho de Glen, ele insistindo em mostrá-lo a todos, como se fosse um troféu; deixando claro que tinha alguma coisa que pertencera a ela, alguma coisa dela. Posse. Domínio. Ciúme. Pensei que isso tudo tivesse ficado no passado.

Eu esperei. Mas meus dentes batiam e meus pés estavam gelados. Não fazia sentido ficar vagando pelo corredor. Peguei o caminho de volta ao meu quarto, tranquei a porta com os dedos gelados e me deitei novamente. Meu tremor ia além da sensação de frio.

Devo ter caído em um sono profundo logo depois, porque, quando acordei com batidas na porta, estava desorientado e sentia a cabeça latejar. Do lado de fora da janela, a noite ainda estava escura. Eu me desprendi do edredom e destravei a porta. A passagem estava estranhamente fria, como um túnel de vento, enquanto eu olhava para dois rostos desesperados do lado de fora. Stephen e o reverendo James, de pijama, roupão e chinelos.

— O que está acontecendo?

— Estamos procurando Glen — o reverendo James passou por mim e entrou no quarto.

— Por quê?

Tive a resposta ao olhar para seus rostos pálidos.

— Rafe, não estamos encontrando Glen.

Joguei meu casaco por cima do pijama, calcei os tênis (sem meias, o que me causou arrependimento depois) e os segui até o fim da passagem que levava ao quarto da torre. A porta estava aberta (eu jurava que me lembrava de ouvi-lo trancar por dentro). Danny e Mike estavam bisbilhotando logo na entrada, catando algumas peças de roupas. A primeira coisa que notei quando cheguei foi que as portas da sacada estavam bem abertas, presas pelo vento. Redemoinhos de neve invadiam o ambiente. Mas o que...?

A grade da sacada tinha desaparecido. Um edredom estava pendurado na madeira podre que sobrara. Segurei firme na estrutura da porta e me inclinei sobre o precipício. A neve e a chuva gelada chicotearam meu rosto.

— É uma nevasca — disse Stephen.

— Saia daí, Rafe — chamou o reverendo James. — Essa sacada não é segura.

— Onde está Glen?

Peguei o edredom e o puxei para dentro. O quarto estava uma bagunça. O vento tinha feito estragos ali, e a neve já se acumulava do lado de dentro. Parecia que alguém tinha revirado tudo com violência. A mala de Glen estava no chão, a roupa espalhada. Um travesseiro estava caído perto da janela aberta. Uma cesta vazia estava tombada ao lado da janela, e eu a reconheci como aquela em que todos nós tínhamos depositado nossos celulares. Identifiquei um perfume doce no ar.

— É o que nós queremos saber — Danny respondeu.

— Stephen chegou aqui primeiro — explicou o reverendo James. — O quarto dele é o mais próximo da torre.

— Ouvi a porta de Glen batendo, abrindo e fechando — Stephen contou.

Danny fez um sinal afirmativo com a cabeça.

— Eu p-p-pensei que fosse a tempestade. Um trovão.

— Aqui está a chave! — Mike segurou a chave fina e nova que havia encontrado sobre a cômoda.

Stephen tirou a peça da mão dele e a guardou no bolso.

— Eu vi a porta aberta, então entrei. Glen não estava em lugar nenhum do quarto, e as portas da sacada estavam batendo desse jeito. O edredom e os travesseiros...

— Talvez ele esteja no banheiro — arrisquei. — Ou em algum outro lugar do castelo. Se ele estivesse com uma amante, é possível que os dois tenham ido discretamente para o quarto dela. Quem sabe os quartos das mulheres. A passagem da torre também leva à ala delas.

O reverendo James sacudiu a cabeça.

— Nós achamos melhor não incomodá-las por enquanto...

Bati com o punho contra a moldura da porta.

— Que droga!

— Por favor, Deus — pediu Mike. — Vamos rezar para que ele não estivesse em nenhum lugar perto da sacada quando a grade caiu.

— Senhor Jesus, tenha piedade — disse o reverendo James.

Espiei por cima da borda novamente. A neve tinha coberto tudo, mas consegui enxergar alguns fragmentos de cor, uma forma alongada que poderia ser uma mala.

— Não consigo entender por que todas as coisas dele estão lá fora.

Stephen encolheu os ombros.

— O vento, provavelmente.

E então eu vi o que estava procurando. Meu sangue congelou.

— Olhem!

Cerca de vinte metros abaixo da borda do penhasco, sobre uma rocha que se projetava, consegui distinguir o formato de duas pernas, dois braços e uma cabeça, contornada de vermelho. A neve tinha coberto, soprado e remexido, mas eu estava certo quanto ao que tinha avistado.

— Ele está lá. Vejam!

— Glen! — Danny chamou.

Foi uma coisa estúpida isso que ele fez... gritar para o vento, para o vazio, para a neve morta. O reverendo James segurou meu braço.

— Temos que chegar até ele.

— Você acha que ele pode estar... vivo? — Danny indagou.

A neve esbofeteou meu rosto.

— Meu Deus. A cabeça dele parece esmagada — falei.

— Nós temos que conseguir ajuda! — Mike exclamou.

Tirei as mãos do reverendo do meu braço.

— Ligue para a polícia. Nós precisamos de um telefone.

— Ei, pessoal, o que está acontecendo?

Eu me virei. Suzanne, Alison, Linda e Emily tinham invadido o quarto. Suzanne vestia um roupão cor-de-rosa que parecia um marshmallow, Emily estava usando um conjunto de moletom largo e Linda e Alison haviam se enrolado firmemente em mantas que arrastavam no chão.

— Quem deixou as moças entrarem? — perguntou o reverendo James.

— Desculpe, Jay. — Linda olhou ao redor da sala, com terror nos olhos. — Emily insistiu.

Emily passou entre as demais.

— O que está acontecendo, afinal? — Ela olhou pelas portas da sacada e se virou. — Onde está Glen?

— Uma coisa t-t-terrível — disse Danny. — Horrível.

Estendi a mão, peguei o braço de Emily e a conduzi para longe dali.

— Aconteceu um acidente.

— Parece que a balaustrada da sacada desabou — Mike contou. — O corpo de Glen está lá embaixo, no meio do gelo.

— Não! — Suzanne colocou a mão na boca.

Olhei para ela, pensando na sombra menor que tinha visto no meio da noite. Algo em seu comportamento me fez encará-la novamente. Nossos olhos se encontraram. Havia medo nos olhos dela — talvez mais do que medo: culpa.

Emily pegou meu braço.

— Rafe, nós temos que resgatá-lo.

Eu me inclinei novamente sobre a borda da sacada, até onde me atrevi, e examinei o precipício cheio de pedras. Glen estava agora meio enterrado na neve, e de repente um torrão escorregou para revelar uma cabeça de cabelo escuro — e uma mão azul. Tentei memorizar a localização para que, caso o corpo ficasse completamente coberto, a polícia soubesse onde procurar. Esquadrinhei a montanha, constatando imediatamente que aquela era a parte mais inacessível do vale. Uma parede de pedra maciça.

— Mike, será que alguém consegue descer até lá? Qual é a sua opinião?

Mike meneou a cabeça.

— Nós precisaríamos de cordas, equipamento de escalada e um guincho.

— Pessoal, eu acho que nós devemos sair daqui — alertou o reverendo James. — Todo o quarto da torre me parece instável.

Ele afastou as mulheres de perto das portas abertas da sacada e voltou para o corredor. Nós o seguimos. Stephen fechou a porta atrás de si, como que para bloquear o horror.

— Vamos ficar na sala de estar — chamou o reverendo James.

***

Nós nos aglomeramos junto ao fogo, que ainda estava crepitando. Danny juntou mais alguns galhos e logo a chama estava queimando com mais força. O reverendo James assumiu o comando.

— Estão todos presentes e devidamente contados?

Contei nove pessoas.

— Todos. Exceto Glen.

— Onde está o concierge? — Mike quis saber. — Onde ele dorme? Nós precisamos encontrá-lo agora mesmo.

Stephen meneou a cabeça.

— Ele foi embora depois do jantar, lembra?

— Mas ele conseguiu ir embora no meio da n-nevasca? — Danny estranhou.

Pressionei o reverendo James.

— Onde diabos estão os telefones?

Ele parecia a personificação da morte: pele pálida, pegajosa, lábios trêmulos. Ouvir a palavra "diabos" o incomodou mais do que a acusação em si.

— Um retiro, Rafe. Era para ser um retiro. Eu não sabia que isto iria acontecer.

Eu tinha visto um telefone fixo, um aparelho preto antiquado com um fone grande, no saguão de entrada. Fui até ele e peguei o aparelho. Não havia tom de discagem. Apertei o gancho repetidamente. Stephen caminhou até onde eu estava e colocou o fone no lugar. Sua mão estava tremendo e seus olhos estavam transtornados de medo.

— Não adianta, Rafe. Não está funcionando — ele conseguiu dizer. — Nós descobrimos isso ontem.

Eu o empurrei para o lado a fim de voltar a falar com o reverendo, que estava se aquecendo perto do fogo.

— Mas com certeza deve haver algum canal para um contato de emergência. Nós precisamos daqueles telefones.

O reverendo James olhou para Stephen e eu percebi algo que me pareceu combinado entre os dois. Como se eles soubessem de alguma coisa que eu não sabia e estivessem tentando esconder de mim.

— Glen tinha levado todos para a torre. Ele ficou responsável pelos aparelhos. Eu procurei por eles lá. Sumiram!

— Tem certeza?

O reverendo James novamente lançou aquele olhar conspiratório para Stephen.

— Nós... nós pensamos que a torre seria o melhor lugar. Glen disse que ia deixá-los trancados.

Stephen reforçou:

— Eu entreguei a cesta para ele.

— Era isso que n-nós estávamos p-p-procurando.

— A questão é: nós precisamos manter a calma — afirmou o reverendo James. — Especialmente na frente das mulheres. Não queremos assustá-las.

Ele parecia tão presunçosamente autocentrado que eu queria lhe dar um soco.

— Eu não acredito nisso! Você é o responsável pela nossa segurança neste lugar, e não tem sequer um telefone!

O reverendo James deu as costas para mim. De cócoras, junto ao fogo, ele jogou um galho pesado nas chamas e cutucou as brasas com um atiçador. O fogo ardeu com fúria. Dava para sentir que ele desejava estar espetando a mim naquelas brasas. No espelho, uma segunda chama atirava chamas paralelas do outro lado da sala. Nove imagens espelhadas do que restou de doze antigos membros atordoados reunidos em suas roupas de dormir em busca de calor.

— Pobre Glen — Alison choramingou. — Ele deve ter ido até a sacada, encostou na grade de madeira podre e...

Encontrei os olhos de Emily. Diabos, nós estávamos lá com ele algumas horas antes.

— Que acidente esquisito — disse Stephen, mais para si mesmo do que para qualquer outra pessoa. — E eu ia ficar naquele quarto. Mas Glen disse que não tinha problema para ele.

— Você não pode se culpar por isso — disse o reverendo James.

— Não consigo suportar pensar no que aconteceu — Emily se lamentou. — Pobre Glen.

O reverendo James ficou de pé, o atiçador em sua mão.

— Moças — chamou —, vamos tomar um café.

Eu tinha esquecido como as mulheres na igreja eram obrigadas a ser submissas. Mesmo assim, foi um choque ver Linda se levantar e obedecer mansamente.

— Claro.

Alison se juntou a ela, e Suzanne e Emily as seguiram a contragosto. O reverendo James esperou que todas desaparecessem na cozinha antes de falar novamente, em voz baixa.

— Vamos todos tentar ficar calmos. Não devemos assustar as garotas.

— S-Será que ele ainda pode estar vivo? — Danny indagou.

Mike negou com a cabeça.

— Ninguém iria sobreviver a essa queda. Ele caiu em cima das pedras. Eu sei como é. Vi alguns acidentes trágicos como esse no monte Everest.

O reverendo James concordou.

— Ele já estava morto quando bateu no chão. Não sofreu.

Olhei fixamente para ele.

— Como você pode dizer isso?

O reverendo James me devolveu o olhar fixo.

— Eu posso. Eu sei.

— Nós temos que ir buscá-lo — Danny exigiu. — O que estamos esperando? Mike é montanhista.

Mike sacudiu a cabeça.

— Com esse tempo, seria suicídio. Além disso, está muito escuro para enxergar qualquer coisa.

— Os serviços de emergência devem conseguir chegar lá — alertei. — Eles são treinados para isso.

O reverendo James golpeou as chamas com o atiçador.

— O que nós precisamos fazer é rezar. O pânico, o medo e a dúvida não são o caminho do Senhor. O Deus que fez o universo conta até os cabelos das nossas cabeças. Temos que nos manter fortes.

Tirei o atiçador da mão dele e o atirei no fogo, fazendo as faíscas dispararem. Eu não podia acreditar no que estava ouvindo.

— Devemos ficar bem aqui — continuou o reverendo James. — É hora de ter fé. Nós estamos sendo testados. Precisamos rezar. — Ele estendeu as mãos para Danny e Mike. Danny pegou minha mão, mas eu a puxei para trás. Stephen voltou o rosto para o teto, enquanto Mike abriu as palmas das mãos e fechou os olhos. O reverendo James tinha os olhos bem fechados. Eu conservei os meus abertos. — Senhor, nos mantenha seguros. Em sua sabedoria, o Senhor nos manteve a salvo. Guia-nos, Senhor, no que devemos fazer neste lugar. Nós oramos pela alma de Glen, que ele esteja na Tua paz. Amém.

— Amém.

As mulheres chegaram com o café (a cafeína de alguma forma escapou da rede de coisas proibidas) e nós nos servimos da bebida superdoce, gratos porque seu calor amenizou o bater dos dentes, a dormência gelada por dentro do corpo. Olhos arregalados, vapor, mãos aquecidas nas xícaras. Observei aquelas pessoas no espelho. Alguma coisa não estava certa. O reverendo James e Stephen continuavam trocando olhares significativos. Linda roía as unhas e olhava nervosamente para o marido, mas, assim que ele se virava, ela desviava o rosto. Não era uma reação normal à morte de um amigo íntimo. Parecia... culpa.

Suzanne abriu um sorriso hollywoodiano enquanto colocava uma caneca de café nas minhas mãos. Mas suas mãos estavam tremendo. Ela também parecia se sentir culpada.

— Meninas — disse o reverendo James —, nós colocamos tudo nas mãos de Deus. Confiem nEle.

Deixei que o café aquecesse minha garganta e perguntei:

— Não há mais nada que possamos fazer? E quanto ao corpo de Glen?

— Não podemos fazer nada agora — respondeu Stephen. — Vamos tomar um banho e nos encontraremos em meia hora para o café da manhã.

***

Tentei conter a raiva que queimava em meu peito. Estava tremendo, mais de frio do que de raiva, então tirei o pijama e vesti uma roupa íntima térmica, jeans, camiseta, camisa, suéter, casaco e meias grossas. A vaidade daquelas pessoas! Mesmo com a morte presente, elas se apequenavam em banalidades. Eu estava sozinho ali, já tinha percebido.

Tentei sair pela porta da frente e me preparei para o vento gelado. Meu plano era encontrar um caminho até o pé da montanha para ver como estava o corpo. No entanto, assim que pus o pé fora da porta, soube que a intenção era inútil. A neve tinha coberto a estrada, e não dava para ver onde pisar. O limite do penhasco era traiçoeiro, uma gota transparente na encosta. Espreitei por cima da borda e vi o chão desaparecer em uma névoa grossa. Se quisesse ir até lá embaixo, eu teria que esperar a névoa se dissipar. Não conseguia sequer ver o corpo. Iríamos precisar da ajuda de um helicóptero, paramédicos, e ainda assim seria uma operação perigosa. Rajadas de neve me atacaram, o vento me açoitou e eu comecei a tremer violentamente. Tentei me convencer de que Glen não estava lá deitado vivo e sentindo dor, esperando pelo resgate — ele deve ter morrido instantaneamente, ou, se sobreviveu ao impacto, depois de todos os destroços que o esmagaram, deve ter morrido por causa da exposição.

Voltei para dentro do castelo, tirei a roupa suja, tomei um banho quente e coloquei peças secas. Aquilo não foi um simples acidente. Não com os pertences de Glen espalhados por todo o quarto. Alguém havia entrado lá — uma visita que aconteceu tarde da noite —, e tinha acontecido uma luta, uma briga.

Pena que eu não tenha sido o primeiro a chegar à torre. Só podia contar com a palavra de Stephen para entender o que acontecera. Eu notara aqueles olhares entre o reverendo James e Stephen. Linda. Até mesmo Suzanne. Um cheiro de conspiração.

Uma batida na porta do banheiro interrompeu meus pensamentos. Terminei de me vestir rapidamente e a abri para encontrar o rosto pálido de Stephen me encarando.

— Rafe, o reverendo James tem algumas novidades. Precisamos todos nos encontrar lá embaixo.

Mike, Danny, Stephen e o reverendo James estavam diante do fogo barulhento na sala de estar. Ouvi as mulheres na cozinha preparando o café da manhã.

O reverendo James me chamou para me juntar a eles.

— Eu orei sobre o que aconteceu, e Deus nos deu uma resposta. Precisamos permanecer firmes aqui durante a tempestade, e, quando a estrada estiver liberada, a polícia vai chegar até nós.

Eu o encarei fixamente.

— Você já entrou em contato com a polícia?

— Não se preocupe com isso, Rafe — disse o reverendo James. — Enquanto eu fazia as minhas orações, uma paz caiu sobre mim, uma voz baixa e estável me dizendo para confiar em Deus.

— Há um corpo congelando no jardim da frente....

— Vamos orar.

Os homens fecharam os olhos, curvaram a cabeça e levantaram

as mãos até o teto. Eu me limitei a cruzar os braços e a ficar olhando para todos eles.

— Todos de olhos fechados e de cabeça curvada — ordenou o reverendo James. — Fiquem em silêncio e saibam que eu sou o Senhor. Pai Celestial, ajude Rafe a aceitar agora a Tua vontade.

Dei um soco na parede.

— Eu não acredito no que estou ouvindo. Desculpe, reverendo James, mas um homem morreu. Na minha opinião, rezar não vai ajudar ninguém neste momento.

O reverendo James permaneceu em pose de oração, ignorando-me. Stephen abriu os olhos e colocou a mão no meu ombro.

— Todas as coisas cooperam para o bem daqueles que amam a Deus.

— Ele cuidará de tudo — garantiu o reverendo James. — Nós só precisamos ficar tranquilos aqui.

— Mas que merda — falei entre dentes.

Nossa sessão de oração foi interrompida pelo grito de uma das mulheres na sala de jantar.

— Reverendo James, venha até aqui! Rápido!

Nós nos viramos para ver as quatro mulheres em volta da cadeira que Glen havia ocupado na noite anterior. O reverendo James correu até elas, e nós o seguimos. Alison deu um passo para trás para deixar que ele visse o que precisava ser visto.

— Eu ia arrumar a mesa para o café quando...

O envelope contendo o símbolo secreto de Glen estava aberto. O papel dentro dele, uma ilustração de duas pombas, tinha sido rasgado ao meio. Duas palavras haviam sido rabiscadas em cada pedaço: *Antigo Testamento. Novo Testamento.*

Alison olhou para o reverendo, que empalideceu.

— O que significa isso, reverendo?

O reverendo James pressionou os dedos sobre os olhos. — Senhor, hoje é o dia seguinte ao Natal.

— Não estou entendendo — disse Alison.

— No segundo dia do Natal, o meu verdadeiro amor me deu duas pombas — ele nos lembrou. — As duas pombas significam o Antigo e o Novo Testamento.

Suzanne fez a pergunta que todos queriam fazer.

— Será que ele... fez isso? Antes de morrer?

— Deve ter feito — o reverendo James respondeu. — Ele resolveu o seu enigma do segundo dia do Natal.

— Ele estava tentando nos dizer alguma coisa? — Suzanne colocou os dedos sobre os lábios.

Não pude deixar de sentir que ela estava interpretando. Ainda que estivesse sendo sincera, não havia como ter certeza de nada.

Aquele bilhete havia sido plantado ali. Tudo premeditado.

Linda deu um puxão de leve na manga do marido, que assentiu.

— Vamos comer.

Tomamos nossos lugares, o reverendo James murmurou suas graças e nós nos servimos de bacon, ovos, salsichas e torradas. Eu me alimentei sem apetite, olhando para as mulheres uma de cada vez.

Alison chorava e dizia "Pobre Glen" o tempo todo.

Linda parecia mais branca do que nunca, e permanecia calada com o rosto inexpressivo. "Meu Deus, meu Deus."

Suzanne olhava fixamente para a cadeira vazia e para o envelope.

Uma de vocês esteve com Glen ontem à noite. Uma de vocês sabe de alguma coisa.

Emily me deu uma olhada rápida. *Nós precisamos conversar*, disseram os olhos dela.

— O que você acha de tudo isso, reverendo? — Mike perguntou.

O reverendo James terminou de mastigar os ovos e limpou os lábios com um guardanapo.

— Ele só fez o que eu queria que todos vocês fizessem: resolveu o mistério dos doze dias do Natal. Cada um dos dias que eu designei para vocês é um enigma. Glen solucionou o dele. Mas isso não tem relação com a sua morte.

Percebi que suas mãos estavam trêmulas. Aquele olhar. Ele estava mentindo. E ele percebeu que eu o estava analisando. Falava com o grupo, mas continuava a me encarar.

— Eu tinha planejado revelar cada dia do Natal e falar sobre seu significado, mas o que aconteceu me fez mais forte na minha determinação. Para homenagear Glen, nós vamos continuar. Hoje, no segundo dia do

Natal, eu ia fazer um sermão sobre as duas pombas, o significado do Antigo e do Novo Testamento. O Novo Testamento cumpre o que o Antigo determinava...

Soltei a faca e o garfo na mesa. Empurrei meu prato para longe. — Isso é inacreditável.

Ele me ignorou. Os demais continuaram atentos à pregação.

— O mais importante do Natal é Cristo. O segundo fundamento sobre o qual repousa nossa fé é a Bíblia. As duas pombas simbolizam o Espírito Santo descendo sobre nós, dando-nos a compreensão de suas verdades. O Antigo e o Novo Testamento são vozes gêmeas da verdade de Deus, falando tanto de sua ira quanto de seu amor. Meditem sobre essa verdade. Deus a ordenou. Ele quer que levemos isso a sério.

Enquanto o reverendo divagava, eu observava Suzanne. Ela mordia o lábio inferior com os dentes de cima, do jeito que fazia quando era jovem. Inquieta, olhava para o reverendo com preocupação, e, quando percebeu que eu a encarava, fez um apelo silencioso com os lábios.

Os sermões do reverendo James sempre foram absurdos e ilógicos, mas, enquanto não consegui escapar de sua visão de mundo tacanha para fazer faculdade de filosofia, permaneci enfeitiçado por seus discursos. Tudo está nas mãos de Deus, ele garantia. Não compreendemos os planos de Deus, por isso tudo o que devemos fazer é confiar e obedecer. *Feliz o homem que deposita sua confiança no Senhor! Nunca tema! Nenhuma dúvida ou medo, nenhum suspiro ou lágrima permanecem enquanto confiamos e obedecemos.*

Ouvi a pregação do reverendo por vinte minutos e assisti aos demais ficarem sentados mansamente como se fossem ovelhas, como se o corpo do nosso colega não estivesse caído no meio da nevasca. Ninguém tinha sequer sugerido que tentássemos conseguir ajuda. Embora eu tivesse vontade de sair dali, permaneci na sala de jantar, não para ouvir a prédica, mas para analisar todos de perto.

***

Depois do sermão, as mulheres recolheram tudo e foram para a cozinha lavar a louça. Puxei Emily na direção do corredor. — Vamos dar uma volta.

— Boa ideia.

— Eu quero te mostrar uma coisa.

Ela me acompanhou pelas escadas e ao longo do corredor, na direção dos aposentos dos homens.

— Pensei que não fôssemos... É perigoso ficar na torre.

— Se quiser pode voltar.

Ela apertou meu braço.

Subimos o curto lance de degraus e descobrimos que a porta do quarto de Glen estava trancada.

— O reverendo James trancou? — ela perguntou. — Ou foi Stephen?

— Por que trancariam?

— O que você queria ver lá dentro?

— Eu queria olhar a sacada mais uma vez. E ter certeza de que os celulares desapareceram mesmo.

— Sem chance agora.

Estendi o olhar para o corredor mal iluminado. Pensei ter visto algo se movendo nas sombras, mas, quando olhei novamente, encontrei apenas um canto coberto de teias de aranha.

— Ontem à noite eu vi Glen aqui fora, depois que todos vocês foram dormir. Ele estava com uma mulher.

— O quê?

Fiz que sim com a cabeça.

— Exatamente aqui, em frente ao quarto dele, onde nós estamos agora. Eles estavam conversando, pareciam estar discutindo até. Entraram no quarto, ele trancou a porta e eu fiquei esperando ela sair. Começou a demorar, então eu fui dormir. Ela deve ter voltado para a ala das mulheres antes de ele ir até a sacada e despencar lá para baixo.

Ela arregalou os olhos.

— Ou então ela estava aqui quando ele... caiu.

Nós dois analisamos as possibilidades. Ela saiu antes do acidente; ela estava lá e foi testemunha do que aconteceu, e depois fugiu; ou... ou...

— Faltava alguma das mulheres quando você foi dormir?

— Não que eu saiba.

— Onde você estava?

Ela me deu um soco no braço.

— Não me interrogue. Nós somos aliados aqui, lembra? Se nós formamos um time, temos que confiar um no outro. Nada de segredos.

— Desculpe. É que o filósofo em mim é obrigado a seguir cada argumento. Tem que examinar todas as premissas.

— Tudo bem, professor.

Ela enganchou o dedo mindinho no meu.

— Jure que vai me contar tudo. Irmãos de sangue.

Apertei a ponte do nariz com os dedos e fechei os olhos, tentando afastar uma dor de cabeça.

— Desculpe, Em. Você tem razão. Eu confio em você. Mas tudo isso é meio estranho.

— É mais do que estranho. O que você acha que aconteceu aqui?

— Nada faz sentido. Mas o meu instinto me diz que não foi um acidente.

Instinto, intuição: maneira simplória de explicar um processo muito complexo que ocorre na nossa mente. A intuição não é um sexto sentido místico, mas um cálculo de milhões de bits envolvendo os dados que o cérebro recebe sobre uma pessoa ou uma situação. O processamento, o cálculo e a soma de todas essas informações nos fornecem um "sentimento" sobre essa pessoa ou situação que é tão preciso quanto qualquer conta matemática ou hipótese científica testada.

— Pense comigo. Ele nos chama para vir até o quarto porque quer nos alertar sobre alguma coisa específica. Nós ficamos na sacada com ele...

— E todos nós poderíamos ter sido mortos.

— Ele rasga o cartão com as duas pombas para mostrar a James que decifrou seu joguinho natalino idiota. Ele encontra uma mulher antes de ir dormir. Discute com ela. E então a tragédia acontece. Um acidente. Mas as coisas dele estão espalhadas pela encosta da montanha. Convenientemente, todos os celulares desapareceram.

— Convenientemente.

— Como se ele mesmo tivesse dado um sumiço nos aparelhos. Ou quem sabe outra pessoa. A mulher que estava no quarto dele.

— *Shhh!*

Ouvi os passos antes de enxergar a silhueta no corredor atrás de nós.

— Rafe... e é você, Emily?

— Stephen!

— O que vocês dois estão fazendo aqui?

— Quem trancou a porta de Glen? — questionei.

— Fui eu. Não é seguro ficar nesta área. Se a grade da sacada quebrou, quem sabe o que mais pode desabar? São ordens do reverendo James.

— Nós queríamos tentar encontrar algum celular ou outro aparelho.

— Já falei que não estão aí. Eu mesmo procurei.

Eu me perguntei o quanto Stephen tinha ouvido da nossa conversa.

— Venham comigo. O reverendo James pediu para ficarmos todos juntos. Está quase na hora do almoço.

***

Ninguém tinha apetite para almoçar. À mesa, o lugar de Glen estava arrumado, como se estivéssemos esperando que ele aparecesse. O reverendo James disparou um sermão sobre trazer ovelhas de volta ao rebanho. A pregação foi dirigida a mim. E a Emily. E talvez a Suzanne. Os não crentes.

Suzanne fazia movimentos com a cabeça ao ouvir alguns pontos, o tempo todo conferindo seu reflexo no espelho da parede. Os homens igualmente a examinavam, em olhares furtivos para esconder o fato de que as palavras do reverendo James não podiam competir com a deusa entre eles. Mesmo em plena tragédia, ela atraía a atenção de todos. Linda e Alison não agiam diferente. As narinas de ambas inflavam de ressentimento enquanto mediam cada movimento dela. Apenas Emily parecia imune ao poder da grande estrela, seus olhos repousavam sobre mim.

Tínhamos sido aprisionados por algo mais que uma nevasca. E, no meu caso, também pela curiosidade. A natureza sinistra daquela morte, a raiva e a injustiça diante da ocultação do fato. Eu deveria ao menos tentar chamar alguém assim que o tempo melhorasse. Enquanto isso ficaria por ali e tentaria entender as coisas.

O reverendo James prosseguia com o sermão.

— Nada acontece por acidente. Nada acontece sem que Ele saiba. Mas Satanás anda rondando como um leão, buscando quem ele possa devorar. — E seu olhar se voltou para mim.

— Satanás? — repetiu Alison.

Os olhos do reverendo se estreitaram.

— Não tenha medo, Alison. Satanás não tem poder sobre nós. — Ele repousou a mão sobre sua Bíblia.

— E quanto àqueles que não acreditam em Satanás? — Não resisti.

Alison me fuzilou. Devolvi o olhar. O reverendo James, no entanto, se voltou para mim e sorriu. E atrás do sorriso dele havia uma ameaça sombria.

— Se não se arrependerem, todos vocês também perecerão — respondeu. — É o que está escrito em Lucas, capítulo 13, versículo 3.

Mastiguei o que havia sobrado da minha *pernice*. Limpei o molho com um pedaço de pão, cruzando meu olhar com o dele.

Emily colocou uma mão no meu braço para me conter, mas não teve sucesso.

— O que você está querendo dizer, reverendo James?

Ele manteve a voz baixa, mas eu percebi que estava perdendo a paciência. Não era um homem que gostava de ser questionado. — Não sou eu que estou dizendo, e sim a Bíblia. É a palavra de Deus que está dizendo. — O reverendo James enfiou a mão no bolso e tirou um livro que parecia ter mil anos de idade. A encadernação de couro estava gasta e as bordas, esfoladas. Sempre muito teatral, ele o levantou no ar e esperou até ter a atenção de todos antes de continuar. — *O Livro dos Mártires* de John Foxe. — Abriu o exemplar em uma página marcada. — No segundo dia do Natal, Santo Estêvão foi martirizado.

Ouvindo a menção ao santo ao qual seu nome homenageava, Stephen pareceu assustado, como se tivesse sido pego em flagrante. O reverendo James fez uma pausa para avaliar o efeito de suas palavras.

— Martirizado — repetiu ele. — E é por isso que hoje nós celebramos o dia de Santo Estêvão. Como diz o hino...

Emily se intrometeu, entoando os versos iniciais.

— O bom rei Venceslau ficou atento, na festa de Estêvão...

Eu a cutuquei para fazê-la parar, mas o reverendo optou por ignorar a invasão impertinente.

— Correto. Santo Estêvão foi um dos primeiros diáconos ordenados da Igreja e o primeiro mártir cristão.

Ele brandiu o livro no ar e se inclinou sobre a mesa como se estivesse em um púlpito.

— E quem leu Atos, capítulo 7, sabe como ele morreu.

Danny levantou a mão.

— Ele foi apedrejado até a morte.

— Sim. No segundo dia do Natal, ele foi enterrado sob as pedras. Esmagado até a morte.

Alison tapou a boca com a mão. Linda se empertigou na cadeira em um movimento abrupto, como se tivesse sido empurrada.

Eu me recusei a participar do dramalhão.

— O que você quer dizer com isso? Do ponto de vista lógico, estou perguntando.

O reverendo James colocou o livro sobre a mesa e repousou a mão sobre ele.

— No mundo de Deus, nada acontece por acaso.

Que monte de baboseiras, eu queria dizer. A maioria das coisas acontece por acaso. Sim, existe o determinismo causal, a ideia de que todo evento é causado por outro, de acordo com as leis da natureza, mas não era disso que o reverendo James queria nos convencer. Ele desejava alegar que quaisquer eventos do universo eram aprovados e orquestrados por Deus, tanto um massacre como um terremoto ou um acidente de carro. E agora a morte de Glen.

— Você está afirmando que Deus arranjou uma enorme e significativa coincidência aqui para combinar com *O Livro dos Mártires*?

O reverendo James fechou os olhos e juntou as pontas dos dedos. E falou para a escuridão.

— Não há acidentes no mundo de Deus. Tudo está previsto, designado.

Explodi em irritação.

— Não consigo acreditar que estou ouvindo isso — apelei à expressão escandalizada de todos que estavam à mesa. — Tenho certeza de que nenhum de vocês acha que aquilo fez parte de algum plano inexistente de Deus.

Entretanto, a julgar pelo olhar vidrado de todos eles em mim, percebi que achavam, sim. A cabeça calva do reverendo James brilhava contra a iluminação.

— Deus “faz todas as coisas, segundo o conselho da sua vontade... Com o fim de existirmos para louvor da sua glória”. Efésios, capítulo 1, versículos 11 e 12.

— Amém — concordaram Mike, Danny, Alison e Linda.

Minhas palavras haviam caído no abismo. Olhei pela janela distante. A neve caía implacavelmente. Agora o corpo de Glen devia estar completamente soterrado, impossível de ser encontrado.

— Ouçam, amigos — disse o reverendo James, batendo palmas. — Está na hora de meditarmos sobre os nossos pecados. Escrevam sua confissão na folha que eu deixei com vocês. Sejam honestos. Ninguém estará vendo a não ser Deus.

***

Sem chance de eu passar a tarde compilando uma lista dos meus pecados. Tracei um plano. Vesti minha roupa mais quente e voltei para a sala de estar. As condições do tempo não tinham melhorado, em compensação havia luz suficiente para encontrar o caminho até a borda do precipício. Se não tivéssemos como nos comunicar com o mundo exterior, eu precisava pelo menos saber como chegar até o corpo. Não queria ser acusado de omissão de socorro. Ou de não notificar as autoridades sobre a presença de um cadáver. Ou de obstruir a justiça. Mais do que isso, eu não queria fazer parte dessa conspiração de Deus, dessa falta de atitude. Já havia esperado demais.

Alison e Linda se enfiaram na cozinha, e Emily se juntou a elas para discutir sobre o cardápio do jantar. Danny estava agachado em um canto lendo a Bíblia, enquanto Mike rabiscava em sua folha de papel. O reverendo James e Stephen estavam sentados no sofá junto ao fogo, inclinados para a frente com os olhos fechados, as palmas para cima, voltadas para Deus. Orando. Suzanne estava sozinha, sentada de frente para o espelho. Havia terror em seu rosto. Contudo, quando viu que eu a encarava, ela me deu um meio sorriso.

— Aonde você vai, Rafe?

— Vou dar uma caminhada. Isso aqui está me dando claustrofobia.

— Lá fora? Você enlouqueceu?

Ajeitei meu pesado casaco de inverno, vesti uma balaclava, calcei luvas, enrolei um cachecol no pescoço e abri a porta da frente. O reverendo James fez menção de se opor, mas eu empurrei a porta antes que ele tivesse a chance de falar.

Meu plano tinha dois objetivos: eu queria mais uma chance de chegar até o corpo de Glen, mas também iria procurar os telefones que haviam sido soprados da janela da sacada. O frio me atingiu como uma muralha, mas desta vez eu estava bem protegido. O vento havia cedido um pouco e a tempestade tinha diminuído, mas o frio dava um jeito de passar por cada fenda exposta da minha armadura. A umidade nos olhos parecia querer congelar. A cobertura de neve estava profunda, mas caminhei devagar ao redor do castelo até conseguir enxergar a torre acima de mim e a sacada com a maior parte da balaustrada faltando. Parei diante do abismo onde Glen havia caído. Os escombros que tínhamos visto antes estavam agora cobertos de neve. Não dava para ver os celulares em nenhum lugar. Protegi os olhos contra o brilho, já que a tarde estava surpreendentemente clara e a neve estava luminosa. A névoa tinha baixado um pouco, e então avistei uma forma envolta em metros de neve lá embaixo. O vento tinha criado um cobertor gelado à sua volta. Coloquei um pé da bota logo à frente e senti o chão vacilar. Não havia como descer por ali. Eu precisava de equipamentos, cordas, alguém para me ajudar.

Consegui ver partes do casaco vermelho dele, o ombro e o braço, os calcanhares das suas botas. A cabeça estava contornada por uma mancha marrom, e seus membros, posicionados de forma desajeitada, estavam quebrados.

E ali estava, em sua mão esquerda, no pulso exposto, um objeto cintilante em seu dedo mindinho. O anel de Suzanne. Eu me perguntei como ela se sentiria ao saber que Glen tinha morrido com aquele anel no dedo. Ela provavelmente nem sabia que ele o estava usando.

A menos que tenha sido ela quem estivera no quarto de Glen.

Alguns cenários prováveis se passaram na minha cabeça. Ele a havia convidado para ir até o seu quarto, mostrado o anel, declarado seu amor eterno. Ela tinha feito pouco-caso da declaração, tinha dado um fora nele, e Glen ameaçara se suicidar. Ele se dirigira à sacada e então um ato de Deus ou da natureza tinha providenciado o desfecho. Ele havia escorregado e se segurara à grade, que acabou se soltando. E então caíra, esmagado sobre a rocha. Suzanne havia testemunhado tudo, horrorizada, mas fugira do quarto e, com medo, não dissera uma palavra a ninguém.

Ou então: ele havia ameaçado se suicidar e se atirara da sacada, espatifando a grade ao cair. Ela havia fugido para ocultar seu horrível segredo.

Ou...

Não, isso seria fantasioso demais.

Eu não conseguia vê-la como uma assassina. Ela não tinha motivo.

A neve se espalhava sobre o corpo de Glen, escondendo o sangue. Os respingos do ferimento em sua cabeça haviam manchado até mesmo sua mão, que ganhara uma marca marrom. Senti uma necessidade ilógica de chegar até ele e limpá-lo. Eu me perguntava quem iria fazer esse serviço, depois que ele fosse resgatado. A neve estava cobrindo o corpo de Glen, e em pouco tempo o cadáver estaria enterrado. Procurei, então, dois tijolos e os dispus na beira do abismo para me ajudarem a lembrar de onde ele estava.

***

Batendo os pés para espantar o frio, de todas as pessoas, encontrei Suzanne me esperando no corredor.

— Graças a Deus você está bem, Rafe. O que você foi fazer lá fora?

Por que ela estaria tão interessada no que eu tinha encontrado lá fora? Tirei o cachecol e mexi os lábios congelados.

— Como posso estar bem quando uma pessoa sofreu uma queda fatal?

Olhei para ela e senti sua fragilidade. E nesse momento ela não estava fingindo. Uma repentina e imensa compaixão pela menina que habitava aquele corpo de atriz nasceu em mim antes que a suspeita me invadisse. Se ela tivesse estado no quarto dele, restariam apenas três possibilidades. Acidente. Suicídio. Assassinato. E, ao se manter em silêncio, ela estava implicada em qualquer uma delas.

Ela colocou a mão no meu braço para me prender no saguão por mais um momento.

— O que nós podemos fazer?

— Se o reverendo James não assumir a responsabilidade pela morte de Glen, alguém tem que fazê-lo — sussurrei. — Você não está curiosa para saber como ele morreu?

O breve momento de vulnerabilidade se foi e a Suzanne de sempre estava de volta. Ela tirou a mão de mim e se encolheu novamente.

— Por que está me perguntando isso?

Senti mais frio naquele momento do que tinha sentido na parte externa do castelo.

— O que você estava fazendo ontem à noite quando tudo isso aconteceu? Você ouviu as portas batendo?

Um lampejo de medo cruzou seus olhos.

— Eu estava dormindo pesado. Emily me acordou e contou que alguma coisa estava acontecendo.

Ela descruzou os braços e passou os dedos pelo cabelo — ambos bons sinais se eu fosse capaz de decifrá-los. Você pode descobrir a verdade interpretando os gestos de uma pessoa, a menos que essa pessoa tenha sido treinada na arte de mentir. Entretanto, os olhos dela me revelavam tudo. Ela sabia mais do que estava dizendo. Decidi insistir.

— Você sabe alguma coisa a mais sobre isso.

Suas mãos estavam tremendo.

— Eu não sou responsável por nada aqui. Eu não... Por que as pessoas sempre pensam... Rafe, por favor. — Olhei nos olhos dela e ela virou o pescoço para trás, para confirmar se estávamos sozinhos. Olhos tão verdes e insondáveis quanto eu me lembrava. — Rafe, por favor — ela pediu. — Você é a única pessoa lúcida entre nós. Por favor, nos tire daqui. Rafe, eu...

O reverendo James entrou no hall e o apelo de Suzanne morreu na garganta.

— Está tudo bem com vocês?

***

O jantar foi um ritual reconfortante. Lugares marcados, todos em volta da mesa. Rotina. Como se tudo isso fosse normal. Canja de galinha e pães aquecidos.

— A chefe trabalhou muito bem! — elogiou o reverendo James.

— Obrigada — disse Alison. — Emily adicionou seus doze ingredientes secretos. E Linda fez os pãezinhos.

— Que esta refeição seja abençoada.

Assistimos à noite cair enquanto comíamos.

Eles insistiam em evitar o assunto, mas eu o trouxe de volta. Não ia deixá-los mergulhar em negação.

— Nós temos a responsabilidade legal de denunciar um cadáver.

Alison e Linda baixaram os olhos. Os homens voltaram os seus para o reverendo James. Ele era a única autoridade ali. O reverendo mexeu a sopa, ignorando minha pergunta.

— Reverendo James, estou preocupado com o corpo que está lá fora. E nós aqui dentro como se nada tivesse acontecido.

Ele me deu um olhar sem interesse.

Mike olhou rapidamente para o reverendo James e então me contou que eles já haviam discutido esse assunto em particular.

— Na verdade, aquele é o melhor lugar para ele ficar.

Eu o encarei, confuso.

— Não entendi.

Ele mergulhou seu pãozinho na sopa e deu uma mordida antes de responder.

— No Everest existem no mínimo duzentos cadáveres sepultados no gelo.

— E daí?

— Não há como resgatá-los. Quando eu estive lá, havia um ponto de referência em uma caverna que avisava os escaladores de que eles estavam perto do topo. Sr. Botas Verdes. Nós o chamávamos de sr. Botas Verdes. Um cadáver congelado. Eternamente deitado lá, com as suas botas verdes para fora.

Alison pousou a colher no prato.

— Por favor, Mike. Estamos comendo.

Mike deu a ela um olhar sentido e depois abriu as mãos.

— O que eu estou dizendo — continuou — é que aquele é o melhor lugar para preservar um cadáver até a polícia chegar.

— Nós ainda nem temos certeza se ele está morto — Suzanne replicou. — Eu tenho a fantasia terrível de que ele ainda está vivo, debaixo daquele frio todo e sem conseguir sair do lugar.

Ela estava mordendo o lábio e não havia tocado na sopa. Alison estava segurando o estômago e também não tinha começado a jantar. Emily parecia estar com o apetite inabalável e tomava sua sopa quente lentamente enquanto assistia à conversa. O reverendo James também observava a ação em silêncio, seus olhos fluindo de mim para Mike e Suzanne.

— Um c-c-corpo pode congelar e ainda estar vivo? — perguntou Danny.

Mike fez um movimento de cabeça demonstrando que a resposta era sim.

— Sim, mas a pessoa não sobrevive por muito tempo. Uma vez um alpinista do Everest fez uma parada em uma caverna para descansar e seu corpo congelou. Ele não conseguia se mexer. Outros alpinistas pensaram que tinha morrido e passaram direto por ele. Mas então alguém o ouviu gemer, percebeu que estava vivo e o resgatou.

Os olhos de Suzanne se arregalaram enquanto ela baixava a colher.

— Que história terrível, Mike. Isso é possível?

Balancei a cabeça em negação.

— Glen caiu de uma altura de vinte metros em cima de uma pedra. A cabeça dele foi esmagada. Ninguém conseguiria sobreviver a isso.

O silêncio pesou sobre a sala de jantar. Ninguém se atreveu a comer por alguns minutos.

— Pobre Glen — Alison suspirou, ainda com as mãos no estômago.

— Ele teve morte instantânea — o reverendo James a tranquilizou. — Está em paz agora.

Eu me abstive de bater com o punho na mesa. Em vez disso, reduzi meu pão a pedacinhos.

— Vou perguntar novamente, reverendo. Como você pode ter certeza disso? Está falando só para nos fazer sentir melhor?

O reverendo James colocou a mão sobre a Bíblia, que nunca ficava longe dele. *Droga! Eu tinha acabado de disparar o gatilho para ou-*

tro sermão.

— Não precisamos nos preocupar com o corpo, que é apenas carne, o templo terreno da alma. Na morte, a alma deixa o corpo. Meditem sobre isso. — Pausa dramática. — Porque nós sabemos que, se for destruída a temporária habitação terrena em que vivemos, temos da parte de Deus um edifício, uma casa eterna no céu, não construída por mãos humanas. Enquanto isto, gememos, desejando ser revestidos da nossa habitação celestial.

O reverendo definitivamente conseguia se isolar deste mundo para viver sua própria realidade, cercada por um muro de citações da Bíblia e revestida de prepotência. Suas respostas floreadas não eram racionais; só serviam para sustentar sua autoridade. Ou então ele estava deixando as coisas confusas de propósito porque tinha algo a esconder.

***

Depois do jantar, Emily se juntou a mim perto da janela e nós dois ficamos vendo a neve se espatifar contra a vidraça.

— Mais alguma ideia? — ela perguntou. — Suspeitas?

Fiz que sim com a cabeça.

— Eu também. Preciso lhe contar uma coisa. Mas não aqui.

Dei uma olhada em volta para localizar os outros. Estavam reunidos ao redor do fogo.

— Vamos para o meu quarto. Podemos conversar lá. Você dá um tempo e vem atrás de mim depois de alguns minutos, certo?

Deixei a sala rapidamente, depois de checar se alguém perto da lareira estava me observando, e então marchei até meu quarto. Aumentei a temperatura do aquecedor. Dois minutos depois, Emily abriu a porta.

— Este espaço é melhor que o meu. Mas está gelado.

Joguei meu casaco para ela e depois tranquei a porta.

Quando me virei, ela estava nos meus braços. Nós nos abraçamos como se corrêssemos o risco de cair se nos soltássemos. Então ela me empurrou para trás a fim de olhar nos meus olhos, ainda me segurando pela cintura.

— É bom ver você de novo, Rafe. Muito bom.

Tirei o cabelo dela do rosto com os dedos. Você era uma menina da última vez que nos vimos. Tinha dezesseis anos. Aliás, ainda parece ter dezesseis.

— E você sempre foi o rebelde. São Tomé, o descrente do grupo. Ainda é daquele jeito?

Eu ri.

— Se Deus realmente existisse, seria necessário aboli-lo. É claro que sim. Acho que me tornei um anarquista. Ou um pós-anarquista. A vida não se cansa de oferecer possibilidades.

Ela me apertou forte na cintura e me abraçou de novo.

— Não fique filosofando comigo, Rafe. Eu sou uma enfermeira. O mundo é o mundo. Essa é a minha filosofia.

— E funcionou para você, Em. Você está casada e feliz. Marido rico. Filhos.

Ela meneou a cabeça.

— Aconteceram coisas horríveis comigo depois que você foi embora.

Olhei em seus olhos verdes novamente.

Ela me soltou e nós nos separamos.

— Depois que eu deixei a Igreja, segui em frente, me casei. Mas nunca perdoei você por ter me abandonado. Nós éramos irmãos de sangue, e você sumiu. Eu queria ter conversado com você, falar sobre o meu casamento, saber como estava a sua vida. Me disseram que você ainda é solteiro.

Eu ri de novo.

— Sim, religiosamente.

Ela mordeu o lábio inferior.

— Sempre achei que você se casaria com Suzanne.

— O casamento é uma prisão que eu tenho conseguido evitar.

Emily levantou as sobrancelhas.

— Eu percebo que você olha para ela pelo espelho o tempo todo. Ainda está enfeitiçado.

Balancei a cabeça. Peguei a mão dela de novo e a aqueci dentro da minha.

— Para ser honesto, eu acho que ela sabe mais do que deixa transparecer.

Seus olhos se arregalaram.
— Sobre o quê?
— A pessoa que eu vi com ele, no quarto dele, sabe o que aconteceu.
— Isso é terrível — ela disse.
— Eu tenho minhas suspeitas, mas nada de concreto. Falei com Suzanne rapidamente antes do jantar. Ela está agindo como se sentisse culpa por alguma coisa.
Emily apertou meus dedos.
— Você continua a persegui-la, né?
Suspirei.
— Sim. Agora como um detetive.
Ela fez círculos com os dedos e os colocou sobre os olhos, fingindo que usava um binóculo.
— Investigando. Claro.
— Estou falando sério. Ela está assustada com alguma coisa. E o reverendo James e Stephen sabem mais do que estão deixando transparecer. Como é que o reverendo James pode acreditar que Deus deixou a proteção da sacada cair para matar Glen? Que isso tudo faz parte do plano de Deus, que por acaso coincide com o segundo dia do Natal, quando Santo Estêvão foi morto a pedradas?
Emily descansou a cabeça no meu ombro.
— É tanta besteira. Foi exatamente por isso que eu deixei a Igreja Alegria da Ressurreição. Tudo o que aconteceu, e algumas coisas bem ruins aconteceram lá depois que você saiu, simplesmente "tinha que acontecer", e "não devíamos nunca questionar a vontade de Deus". Ninguém tinha o direito de tentar consertar as coisas, ou de entender o que estava errado. Era tudo Deus. Ou Satanás. Que lixo.
Tirei seu cabelo do rosto novamente.
— Então você vai me contar? — Ela tirou minha mão do seu cabelo e a segurou com força. — Ontem à noite, no quarto de Glen. Você e ele mencionaram um segredo. Do que ele estava falando?
Ela apertou minhas duas mãos. Suspirou. Olhou para os pés.
— É tanta coisa.
— Comece pelo começo.
Emily olhou para trás para garantir que a porta estava trancada.

— Tenho certeza de que a mulher que você viu era Linda — afirmou.

Franzi a testa.

—Linda? E não Suzanne?

Ela segurou minhas mãos com mais força.

— Glen e Linda estavam tendo um caso.

Demorei alguns minutos para processar.

— Glen? Linda? — Tentei imaginar a Rainha do Gelo, pele pálida, olhos frios, sentindo paixão por qualquer coisa, qualquer um. — Você só pode estar brincando. A *mulher* do pastor era amante do Glen?

Emily envolveu os dois dedos mindinhos em torno do meu. O sinal da verdade. A dupla verdade. Irmãos de sangue.

— O assunto foi abafado. Mas as coisas ficaram muito feias, até que Glen foi embora. Eu me perguntei como seria este retiro, Glen de volta aos Doze. Eu sabia que eles teriam que se encontrar pelo menos para esclarecer as coisas.

Balancei a cabeça. Tentei me lembrar das trocas de olhares entre Linda e Glen e o reverendo James no primeiro dia. Não tinha percebido mais do que isso.

— Ontem à noite, as pessoas que eu vi estavam discutindo. Se uma daquelas pessoas era Linda, faz algum sentido. — E ali estava a pergunta capciosa. — Você acha que ela teve algum envolvimento na morte, já que aconteceu poucas horas depois desse suposto encontro?

Emily baixou a voz, que ficou quase inaudível com o vento soprando contra as vidraças.

— Não tenho dúvida quanto a isso.

TRÊS GALINHAS FRANCESAS

O vento uivou e a neve caiu sobre a noite do segundo dia do Natal, dia de Santo Estêvão, 26 de dezembro. Os nove membros restantes dos Doze estavam reunidos na sala, os rostos amarelados pelo reflexo das chamas dançantes. A mensagem de Deus recomendava ficar em silêncio, manter a calma e resistir à tempestade. Não tínhamos como entrar em contato com o mundo exterior, então a polícia não fazia ideia de que estávamos presos. E ali estávamos nós, envolvidos em joguinhos idiotas.

Senti antigas emoções borbulharem. Ela ainda exercia poder sobre mim. Não importava o quanto eu negasse, Suzanne continuava a mexer comigo. Eu havia passado uma vida chorando e lamentando, sofrendo por ela; não por ela exatamente, mas por uma imagem dela que eu idealizei. Eu a via em todos os lugares e me apaixonara por um monte de cópias suas. Ela assumira a forma do meu desejo, e eu estava ali para resolver essa situação de uma vez por todas. Suzanne tinha construído sua personalidade por meio de uma coleção de fotos de bancos de imagens; o mundo todo, inclusive eu, havia se apaixonado por uma quimera.

Ela me flagrou olhando para seu reflexo no espelho e eu desviei o olhar. O medo em sua expressão era inconfundível.

***

O reverendo James estendeu uma vasilha de vidro, e cada um de nós depositou dentro dela os pedaços de papel bem dobrados contendo nossas confissões. Tive que admitir que era uma estratégia brilhante: pedir que confiássemos a ele nossos segredos mais profundos e sombrios. Era questão de confiança mesmo, porque ele podia tranquilamente desdobrar os bilhetinhos e ler as anotações. Mas ele não o fez. Ergueu a tigela até a altura do lustre e nos pediu para fechar os olhos e rogar a Deus, silenciosamente, por absolvição. Esperou até que todos os olhos estivessem fechados.

— Emily. Rafe. — Obedeci, e Emily fez o mesmo. Quando abri os olhos novamente, o reverendo James havia colocado a vasilha sobre a mesa baixa do café junto ao fogo. — Amém.

Ele levantou o recipiente mais uma vez, e eu o vi despejar seu conteúdo diretamente no fogo. Alguns papéis se desdobraram enquanto se acastanharam e se tornaram cor-de-laranja.

— Que o Senhor perdoe as nossas ofensas, lave todos os nossos pecados e perdoe a quem nos tem ofendido.

Nenhuma novidade nesse ritual. Era uma conhecida estratégia psicológica usada pelos terapeutas para desprender os pacientes da culpa, obsessão e do hábito. Mas ali, naquela sala, o exercício transformou o rebanho do reverendo James em um bando de pecadores dependentes e penitentes.

— O que você escreveu? — Emily sussurrou, cutucando minha costela. — A sua lista deve ter ficado grande.

Segurei os dedos dela para impedi-la de repetir o gesto.

— Não tanto quanto a sua.

— Eu daria tudo para saber o que as pessoas escreveram.

Eu tinha observado cada um colocar seu pedaço de papel dobrado na vasilha.

— Duvido que alguém tenha confessado os seus verdadeiros pecados — observei.

— Não tenha tanta certeza.

E então o reverendo James iniciou um novo sermão. Eu entrei em alfa enquanto olhava fixamente para Linda, fascinado pelo que Emily havia contado. Linda permaneceu ali sentada, inexpressiva, enquanto os papéis queimavam. Agora, cada gesto dela parecia assumir um significado.

Eu tinha escrito uma "confissão" bem sarcástica. Não acreditava em um Deus que guarda uma pontuação de nossos pecados e nos envia para o inferno para todo o sempre para que sejamos torturados caso não nos arrependamos. O universo não funciona dessa maneira.

Agora, porém, aquele cenário de confissão tinha adquirido um sentido maior. Estaria o reverendo James tentando forçar a verdade a aparecer? Ou estava dando um jeito de esconder a verdade ao chamar a atenção para os pecados alheios?

— Não sabeis que os injustos não hão de herdar o reino de Deus — o reverendo James proclamou de olhos fechados (como costumava fazer ao citar as escrituras sagradas.

O jogo estava travado nessa fase. Se Glen havia sido assassinado ou colocado um fim em sua própria vida era uma questão em aberto, mas eu suspeitava que houvesse alguma sujeira por trás do que aconteceu. O suspeito óbvio era o próprio reverendo James. Ele teria encontrado sua esposa com Glen — novamente —, invocado a ira de Deus, e este lançara um relâmpago que atirara Glen contra as rochas. Adúltero!

Ou o reverendo James tinha dado um flagrante nos dois, encurralara Glen na sacada e, em sua fúria cega, terminara por empurrá-lo. Glen se segurara na grade, ela se quebrara e ele teria despencado lá embaixo.

Ainda com o olhar em Linda, outro cenário se desenrolou em minha mente: Glen teria dito que não a amava e que se recusava a resgatá-la de seu casamento infeliz com o missionário fanático. Ela então o teria empurrado na sacada e assistido a sua agonia enquanto ele mergulhava para a morte.

Por algum motivo eu não conseguia acreditar que um desses cenários fosse real.

Stephen olhava fixamente para o fogo, com a testa molhada de suor. Talvez ele tivesse punido Glen pela apostasia...

Balancei a cabeça para me livrar dessas fantasias sinistras. De acordo com o princípio da navalha de Ockham, a explicação mais simples é provavelmente a mais correta. Foi um acidente, simples assim.

Mas que acidente, não? Não me surpreendia o fato de que o reverendo James pudesse aplicar lições de moral. Na Bíblia os adúlteros são apedrejados até a morte. Era compreensível que esse homem de Deus assumisse a situação toda como destino, não como uma retribuição moral enviada do plano superior.

O sermão continuou. Parecia ter sido concebido em homenagem a Linda. Ou poderia se aplicar a todos nós.

— Não erreis — entoou o reverendo, ainda de olhos fechados —, nem os devassos, nem os idólatras, nem os adúlteros, nem os efeminados, nem os sodomitas, nem os ladrões, nem os avarentos, nem os bêbados, nem os maldizentes, nem os chantagistas herdarão o reino de Deus.

Emily me cutucou novamente na costela.

— Ele está falando de você.

Tapei sua boca com a mão.

O desejo do reverendo James era claro. Ele estava mais determinado do que nunca a alcançar os objetivos do retiro, para nos ajudar a encontrar o caminho de volta a Deus. E, se uma morte horrível nos ajudaria a nos atirarmos nos braços de Jesus, então, louvado seja o Senhor, que assim fosse.

***

Após o sermão, todos se recolheram para seus espaços de meditação. Olhei para a lareira, onde alguns pedaços de papel, agora acinzentados, ainda mantinham sua forma. Tentei distinguir alguma escrita, os rabiscos escuros em contraste com aqueles fragmentos.

— Rafe, preciso dar uma palavrinha com você. — Eu me virei para ver o rosto pálido de Stephen.

— Claro.

Com um olhar malicioso lançado na direção dos demais, Stephen me acompanhou até o saguão de entrada, longe das atenções do grupo, que se reunia em um grande círculo para discutir o sermão. Suzanne me seguiu com os olhos. Parecia ansiosa. Assim como Emily.

Stephen me levou para o andar superior sem seu habitual acanhamento. Não hesitou por um momento sequer, mesmo quando passamos por um trecho escuro onde as luzes estavam completamente apagadas. Chegamos a um cômodo embolorado diante da área onde ficavam os quartos e ao lado do museu da tortura. Ele apertou o interruptor e eu me vi em uma biblioteca revestida por pesadas prateleiras de madeira que iam do chão ao teto. Notei as lombadas dos livros velhos bem apertadas e enfileiradas, a maioria dos títulos em italiano ou em latim.

Stephen se postou ao lado da janela e olhou fixamente para a névoa branca, manchas granulosas de neve e granizo batendo no parapeito como uma chuva de meteoros esmurrando uma nave espacial. Ele não disse nada. Esperei enquanto se preparava, olhava de volta para a porta aberta e continuava em silêncio.

Então eu dei início à conversa.

— A polícia não vai ser chamada. O reverendo James vai nos manter presos aqui a fim de nos submeter aos sermões dele até que todos nós nos arrependamos. Esse é o plano. Você faz parte do plano, então por favor me diga.

Stephen empurrou os óculos sobre o nariz, um gesto nervoso que ele costumava fazer nos tempos de escola.

— O reverendo James sente que nós precisamos tranquilizar a todos, acalmá-los, fazê-los entender que tudo está sob controle.

Olhei para a nevasca. A neve tinha se empilhado até formar barreiras na estrada, perto dos muros, nas árvores. Eu não reconhecia mais o lugar aonde tinha desembarcado um dia antes.

— Mas não é meio estranho não fazermos absolutamente nada a respeito da morte de Glen? Isso não incomoda você?

Stephen estava suando. O metabolismo dele estava todo comprometido. Bem, ele estava usando um enorme suéter com o logotipo do McDonald's estilizado como um brasão na frente, um cachecol enrolado no pescoço e uma touca que cobria as orelhas. Limpou o suor da testa.

— O que nós podemos fazer? Logo a polícia vai estar aqui. Depois que a nevasca passar, tenho certeza que...

— Então por que você me trouxe até esta sala? — Fiz um gesto abrangendo os móveis cobertos por panos, desejando voltar ao calor da sala de estar.

Ele ainda falava aos sussurros.

— Eu fiz os preparativos para os doze dias. Rafe, eu ouvi você e Emily conversando — checou nervosamente a porta para ter certeza de que estávamos sozinhos — sobre Linda e Glen. Sobre ter sido um acidente ou não.

Meu coração começou a bater mais forte. Será que finalmente eu ia conseguir algumas respostas?

— Eu acho que sei o que aconteceu. E você é o único a quem eu posso contar. — Stephen lambeu os lábios. Cravou os olhos em mim e se afastou. Parecia um réptil nesse momento, com a pele marcada, a papada gorda, a meia-idade evidente. Um réptil usando trajes de inverno.

Uma tábua de assoalho do lado rangeu forte do lado de fora da porta semiaberta da biblioteca. Stephen ficou pálido. Ele se manteve de costas, os olhos arregalados.

— Tenho que ir.

— Foi só o vento — eu o tranquilizei.

Nós dois apuramos os ouvidos. Meu coração bateu ainda mais rápido.

— Me encontre na sala da guilhotina quando estiver amanhecendo. Eu quero lhe mostrar uma coisa. — Ele ajustou o cachecol e espreitou para o corredor, escuro do chão ao teto. — E, por favor, Rafe, não comente com ninguém sobre o que eu falei.

— Você não falou nada — bufei. — Nada que faça sentido, pelo menos.

Tentei persegui-lo, mas Stephen desapareceu pelo corredor. Voltando para a biblioteca, comecei a examinar a coleção de livros, entre abalado e intrigado.

Os títulos não eram nada relaxantes. *A tortura medieval. A história da inquisição. O garrote. As execuções francesas.*

Minha mente estava presa às palavras de Stephen. *Eu acho que sei o que aconteceu. Fiz os preparativos para os doze dias.* A pergunta era: o que tinham pedido para ele fazer? E mais, indo direto ao ponto, quem havia feito esse pedido? O que estava obrigando Stephen a manter o silêncio?

Uma voz me chamou da porta.

— Rafe? É você?

Surpreso, eu me virei para ver Suzanne entrando na sala, iluminada pela claridade da vidraça. Manchas fantasmagóricas do granizo desenhavam seu rosto.

Meu coração acelerou. Verifiquei o corredor escuro para onde Stephen tinha fugido.

— Você estava... Você ouviu essa conversa?

Suzanne tocou a bochecha com o dedo.

— Que conversa? — Ela fechou a porta atrás de si e caminhou na minha direção. Seu cabelo estava solto, caindo sobre os ombros e o rosto. — Rafe, sempre o confidente de todo mundo.

Ela colocou uma mão na minha manga, tão gelada que eu a senti através da roupa.

— Você está com frio — comentei, resistindo ao impulso de esfregar suas mãos para aquecê-las.

Contra a luz, ela parecia dissimulada.

— Mão fria, coração quente. — Então sua expressão converteu-se em temor, com as sobrancelhas bem marcadas. Ela se aproximou. — Rafe, estou com medo.

— De quê? — perguntei, tomando distância dela.

— Tem uma coisa que você precisa saber... sobre Glen. E eu.

— Sobre Glen e você?

Ela fez um sinal afirmativo com a cabeça.

— Quando chegamos ao castelo, Glen disse que precisava falar comigo com urgência. — Ela mordeu o lábio.

— Vá em frente.

— Ele parou de frequentar a Igreja em um momento difícil. Durante anos nós não nos falamos. Eu tinha certeza de que ele me odiava. — Ela afastou o cabelo dos olhos. — Mas então ele... começou a me mandar e-mails. Cartas de amor. Elas eram obsessivas, e pedi que ele parasse com aquilo. Então, fiquei feliz quando cheguei aqui e ele disse que nós devíamos conversar. Eu vim para este retiro em parte porque seria uma oportunidade para resolver as coisas.

Tive a sensação de que não era verdade, pois ela pareceu inquieta enquanto fazia seu relato. Essa não parecia uma razão plausível para uma estrela de Hollywood que já tivera inúmeros amantes no passado, e que era o centro das atenções o tempo todo, se fechar nesse castelo isolado com pessoas de quem ela obviamente não gostava. Eu estava inclinado a pensar que o escândalo em Hollywood a tinha atraído a esse lugar com a finalidade de se esconder mais do que qualquer desejo de reparar relacionamentos antigos.

— Glen estava usando o seu anel. Ele me mostrou.

Ela olhou de relance para seu anel de casamento, parecendo intrigada. Quer dizer que ela nem se lembrava da causa de toda a dor que afligira nossos corações adolescentes.

— Não, estou falando daquele velho anel que você nos emprestava quando estávamos na escola, aquele que você usava para manter o seu poder sobre os pobres meninos.

— *Aquele* anel? — Ela pareceu se desmanchar, como se eu tivesse dito algo cruel sobre ela. — Não, eu não sabia disso. Ele guardou aquela coisa velha? Eu tinha esquecido completamente.

Mais uma vez, não acreditei muito nela.

— Ele o guardou em nome dos velhos tempos — expliquei. — Pelo menos foi isso que ele me contou.

— Rafe...

Ela olhou ao redor, como se agora estivesse desconfiada de que alguém a ouvisse, e me puxou para o canto da sala, na extremidade da estante. Parecia frágil. Então se aproximou de mim, tão perto que eu podia sentir seu hálito e seu cabelo fazendo cócegas no meu rosto. Absurdamente, fantasiei que estávamos prestes a nos tornar amantes secretos, e que ela ia me beijar. Mas não foi o que aconteceu. Ela tirou um pedaço de papel dobrado do bolso e o segurou contra o peito.

— Rafe, é importante que ninguém veja isto.

Olhei para seus lábios trêmulos.

— Glen me deu antes... de morrer.

Minha cabeça girou. Dei um passo para trás.

— Então foi você que se encontrou com ele ontem à noite.

Seus olhos assumiram o formato da lua cheia.

— O quê?

— Você esteve no quarto dele?

— Não.

Eu a escrutinei cuidadosamente contra o crepúsculo. Como saber se uma atriz competente está mentindo?

— Quando foi que ele lhe entregou, então?

— Ele colocou debaixo da minha porta depois do jantar. Leia.

Ela me empurrou o bilhete e eu o segurei à luz fraca do lustre.

Suzanne,
Sua vida está em perigo. Nestes doze dias do Natal, vou fazer tudo o que puder para protegê-la. Vou provar o meu amor por você.
Para sempre,
Glen

Dobrei o pedaço de papel ao meio novamente. Meus dedos estavam tremendo. Olhei nos olhos dela, e vi que estavam brilhando com lágrimas. Merda.

Ela passou os braços em volta do corpo, um gesto que me fez lembrar da menina que conheci anos antes.

— Eu ia conversar com ele hoje, e, quando descobri que estava morto, comecei a imaginar coisas terríveis. Eu me senti tão mal. Como se de alguma forma fosse minha culpa. Eu precisava contar para alguém.

— Suicídio? Você acha que pode ter sido suicídio?

Ela enxugou uma lágrima em um movimento ensaiado que eu tinha visto em um de seus filmes. Estava trêmula.

— Teve alguma coisa a ver comigo. Eu sei disso. Ele estava obcecado.

— Foi um acidente. Não fique pensando nisso. — Eu não acreditava de jeito nenhum que tivesse sido um acidente, mas tive que esconder minhas suspeitas. Se ela estivesse envolvida, acusá-la só a estimularia a fingir cada vez mais. De qualquer forma, nesse momento eu não tinha certeza se esse *era* o seu "eu" que representava. Os olhos dela estavam assustados e chorosos. Os lábios tremiam. Ela pegou o bilhete de volta, mas segurou minha mão. Dedos gelados e trêmulos.

— O que ele quis dizer com isso? Ele disse que a minha vida está correndo perigo.

Apertei os dedos dela e olhei em seus olhos molhados. Glen tinha dito a mesma coisa para mim na noite anterior, mas eu não queria contar isso a Suzanne. Ainda não. Foi cruel, talvez, mas eu não tinha acreditado em nada do que ela dissera.

— Vou dar uma investigada, ver se consigo encontrar alguma pista sobre o que aconteceu e o motivo.

— Obrigada, Rafe. — Suzanne respirou fundo e se afastou de mim. Ela caminhou até a janela e olhou para fora. A vidraça estava opaca por causa da condensação. — Só eu acho — ela disse — que o reverendo James parece muito confortável com o fato de nós ficarmos presos aqui, ouvindo sermões, sem tomar nenhuma providência sobre o que aconteceu com Glen? — Ela desenhou uma linha na janela, depois abriu uma pequena vigia a fim de conseguir espiar lá fora. Mas não havia nada para ver, apenas a brancura da neve. — Eu devia ter guardado a droga do meu celular.

Ela estava certa. Eu também queria ter contrabandeado o meu para o bolso. Mas não imaginava que iria precisar tanto daquele aparelho. Fiquei ali ao lado dela e limpei mais um pedaço da vidraça.

— Bem, se o Danny estiver falando a verdade, não tem sinal aqui. Mesmo assim, sempre existe a possibilidade de fazermos uma chamada de emergência internacional. O fato de todos eles terem sido atirados montanha abaixo junto com Glen e as outras coisas dele é no mínimo suspeito. Procurei os celulares lá fora, mas não encontrei nenhum. Nenhum.

— Stephen disse que o vento os carregou lá para o pé da montanha. Mas acho que quem fez isso foi ele mesmo.

Eu a encarei.

— Stephen?

Ela se encostou em mim, buscando calor. Ou consolo.

— Não. Estou falando do Glen. Se ele... cometeu suicídio, então talvez tenha levado os telefones consigo. Talvez ele quisesse levar o mundo inteiro junto.

Coloquei o braço em volta de Suzanne e a puxei para mais perto. Ela estava tremendo violentamente agora.

— Isso não faz sentido.

Ela me abraçou com mais força.

— Se eu ainda tivesse fé, e tivesse uma mente parecida com a deles, também acreditaria que foi o destino, ou Deus. Ou Satanás.

— Mas você não acredita em nada disso.

— Sempre fui cética. Sempre duvidei. — Ela enfiou o bilhete de volta no bolso. — É melhor nós voltarmos agora. Rafe, você tem que ficar atento para que o reverendo James não cometa nenhuma loucura.

— Acredite, estou tentando. Mas há muitas peças nesse quebra-cabeça que não se encaixam.

Ela me deu o braço e nós atravessamos a sala, saímos para o corredor escuro e caminhamos pela ala feminina. Quando chegamos à porta do seu quarto, ela se afastou e desapareceu lá dentro, fechando a porta e me deixando com a pulsação acelerada. Uma fina camada de suor tinha se formado acima do meu lábio, apesar do frio. Desci as escadas e voltei para a sala de estar.

***

Após as orações da noite, voltamos às nossas celas individuais, como faziam os monges e freiras de um tempo distante.

Quando os homens subiram as escadas, percebi que um de nós estava faltando.

— Onde está Stephen?

O reverendo James apontou para sua porta fechada.

— Ele não estava se sentindo muito bem e foi se deitar cedo.

— Suzanne também desapareceu — Mike comentou.

Destilei a verdade nos meus lábios.

— Presumo, como todos aqui, que ela tenha ido para a cama.

***

Permaneci acordado ouvindo a tempestade que sitiava o castelo. O reflexo fluorescente da neve brilhava através da janela. A escuridão do lugar revelava sombras de demônios e medo. Devia ser assim nos tempos medievais, sinistro e austero.

Esse medo, porém, era real. Um cadáver deitado na neve, deixado lá para congelar. Alguém tinha escrito um bilhete para Suzanne: *Sua vida está em perigo.* Stephen queria fazer uma confissão. Estávamos isolados com um pastor insano, por coincidência — ou por razões desconhecidas mais macabras. E sua esposa mantinha um caso com o homem que acabara de morrer.

Eu me virei sobre o colchão e me levantei. Caminhei até a janela e me concentrei na condensação da vidraça. Refleti se deveria contar a Emily que iria encontrar Stephen no museu da tortura ao amanhecer. Melhor não. O que Stephen tinha a dizer precisava ficar só entre nós dois por enquanto.

As frases se repetiam na minha cabeça desde o dia anterior.

Sua vida está em perigo.

Tranquem as portas.

Fiz os preparativos para os doze dias.

Eles estavam tendo um caso.

A noite neste castelo, durante a nevasca, era uma estranha fluorescência da neve refletida através da vidraça. Acabei caindo num sono instável. Contudo, por volta da meia-noite um estrondo sacudiu o quarto e me assustou. Meu coração disparou e eu fiquei ali deitado esperando pelo momento de sair para meu encontro com Stephen; e adormeci novamente. Quando acordei pela segunda vez, o brilho suave da luz no horizonte me avisou de que já havia amanhecido.

***

Stephen havia trancado a porta do museu da tortura no primeiro dia, mas, quando girei a maçaneta, encontrei-a aberta. A sala estava escura, fria e silenciosa. Um sabor picante e espesso no ar se misturava a um odor doentio e doce. Os oito manequins fantasmagóricos continuavam pendurados no teto, a guilhotina estava perto da parede, e pude identificar pela silhueta os vários instrumentos de tortura que vimos naquela noite. O touro de bronze. A roda de Santa Catarina. Senti um calafrio. Parecia um pouco melodramático da parte de Stephen querer se encontrar ali. A menos que a intenção dele fosse me assustar.

— Stephen? — chamei, minhas palavras ecoando no aposento deserto.

A luz do sol se derramava sobre o horizonte, fraca demais para ajudar na visibilidade nessa sala, que lembra punições terríveis. Tateei à procura do interruptor, raspando os nós dos dedos contra a parede áspera, e o encontrei. Nenhuma lâmpada se acendeu.

— Stephen? — ouvi em minha própria voz o incômodo tingido por uma sensação de mau presságio.

À pálida luz do amanhecer, o horror me atingiu como um trem

de carga. Ali, nas sombras da guilhotina, havia um corpo. A cabeça tinha rolado um metro adiante, deixando para trás um rastro de sangue congelado. Seus olhos vítreos estavam bem abertos, a boca escancarada como se tivesse sido pego de surpresa. A lâmina da guilhotina estava encaixada na parte inferior, tendo percorrido a distância rápida e mortal desde o topo.

O instinto me mandou deslizar de volta para as sombras. Ouvi os batimentos do meu coração enquanto examinava a sala em busca de sinais de vida, procurando um vislumbre do assassino.

O cheiro do sangue me causou ânsia.

Senti uma presença maligna atrás de mim, prestes a me envolver e me sufocar. As sombras escuras estavam vivas, avançando sobre meu corpo. Passos, o tilintar de uma faca contra uma grade. No entanto, assim que me virei para as sombras, elas correram para longe, revelando que os demônios dançantes estavam zombando da minha imaginação. Enchi o pulmão de ar para acalmar os nervos, e, com ele, um perfume espesso de rosa e almíscar assaltou meus sentidos. E então eu soube.

Um assassino estava nesse castelo.

As vidas de todos nós estavam em perigo.

Corri para a porta, os demônios dançarinos me perseguindo pelo corredor.

***

Quando cheguei à sala de estar, sem fôlego e apavorado, encontrei Mike e Danny juntos em volta da mesa, suas Bíblias abertas. A hora da devoção era um momento de oração, meditação e leitura da Bíblia que tinha sido incutido em cada um dos Doze membros desde a infância. Sentindo minha presença, eles levantaram a cabeça.

Segurei no batente da porta.

— Onde está o reverendo James?

Mike franziu a sobrancelha.

— No quarto dele, orando.

— Rafe, você está pálido — disse Danny. — Está tudo bem?

— Vá buscá-lo. Agora — exigi, ignorando sua pergunta. — E, Danny, pegue a sua lanterna. — A expressão em seus rostos demonstrava sua perplexidade e inocência. Mas eu não confiava em nenhum dos homens. — A sala do museu! E alguém chame o reverendo James. Agora.

***

Sob o raio giratório da lanterna, o museu revelava demônios fugindo para as paredes, crescendo até se tornarem gigantes e escapando para as frestas do teto e para fora das janelas.

— Rafe, conte para nós o que você viu.

Eu tremia e apontava para a guilhotina. Os feixes combinados das lanternas empunhadas pelo reverendo James, Mike e Danny se apagaram e depois se acenderam sobre a cabeça cortada de Stephen.

— Meu Deus.

— Jesus.

Estudei seus rostos um por um, tentando ler as expressões, buscando a culpa, o choque. Mas eles pareciam perplexos, assustados, horrorizados. O reverendo James colocou a mão no peito e respirou fundo. "Senhor Jesus", repetia sem parar. Mike ficou em silêncio. A boca de Danny estava aberta.

— Vejam. Joguem a luz da lanterna na mão esquerda dele.

O corpo deitado de bruços tinha a mão estendida e segurava um cartão. Mike focalizou sua lanterna sobre ele, e, apesar da repugnância, dei um passo adiante para estudá-lo contra a luz.

O terceiro dia do Natal.

Percebi então que a pancada que tinha ouvido durante a noite não era uma porta batendo; era a guilhotina se chocando contra o bloco de madeira, cortando a medula espinhal, fracionando o osso, em um movimento preciso. Sem gritos. Sem luta.

O reverendo James falava agitado perto do cadáver.

— Que coisa terrível. Hedionda.

Uma auréola de sangue coroava a cabeça de Stephen. Seus olhos olhavam para a frente, sua boca estava aberta em um grito silencioso.

E agora, com a ajuda da luz, notei que sua cabeça estava disposta sobre uma grande bandeja de prata.

Lembrei que, na Revolução Francesa, a cabeça decepada de Charlotte

Corday olhou com raiva para seu carrasco; em casos mais recentes, a cabeça reagiu com choque ao ver seu corpo decapitado. E houve até mesmo um caso em que a cabeça decepada reagiu quando ouviu seu nome ser chamado. Isso significava que Stephen pode ter estado consciente por tempo suficiente para perceber o que tinha acontecido com ele, tempo suficiente para ver quem era seu carrasco.

O feixe da lanterna de Mike ondulava no chão.

— Como foi que você o encontrou? — sua pergunta tinha muito significado.

Quaisquer que fossem as suspeitas que eu tivesse sobre eles, percebi que a desconfiança era recíproca.

— Ontem à noite ele me pediu para encontrá-lo aqui ao amanhecer. Ele falou que tinha uma coisa para me contar. — *Sobre o assassinato de Glen,* eu queria acrescentar. Olhei cada um dos homens nos olhos. O reverendo James sustentou meu olhar, depois o deixou de lado para pegar o cartão na mão de Stephen. — Não mexa nisso! — reagi, segurando seu braço. — É uma prova.

O reverendo me sacudiu, retirando a mão.

— Que acidente terrível. Eu avisei a todos que esta sala era perigosa. A lâmina deve ter caído...

Fiquei atordoado com sua insistência em negar o óbvio.

— Espere, o que é isso? — A lanterna de Danny iluminou uma Bíblia aberta no canto da sala. Eu não a havia visto mais cedo, na fraca luz do alvorecer. O clarão realçou uma passagem marcada em vermelho.

O reverendo James empalideceu.

— I Coríntios 13. O terceiro dia do Natal.

Balancei a cabeça.

— Significado?

— Veja. — O reverendo James mirou sua lanterna para o cartão entre os dedos do homem morto. — As três galinhas representam fé, esperança e amor. E o maior desses sentimentos é...

— O amor — completou Mike.

Enquanto ele falava, ouvimos passos do lado de fora da sala e uma sombra pairou no vão da porta. Emily, desgrenhada, de roupão, coçava a cabeça. Atrás dela estavam Suzanne, Linda e Alison.

— Aqui estão vocês — disse Emily. — Nós estávamos preocupadas. O que está havendo?

Mudei de lugar para bloquear a linha de visão das mulheres.

— Por favor. — O reverendo James se juntou a mim, pedindo a elas que se afastassem.

Tarde demais. Linda deu um grito.

— Meu Deus! — Emily sussurrou.

Alison se escondeu no corredor e começou a soluçar histericamente. Suzanne ficou congelada sob o batente da porta, absorvendo tudo.

A janela se agitava ao vento, as cortinas sopravam como espíritos inquietos, e, se eu não conhecesse o lugar, pensaria ter visto demônios correndo pelas janelas. A superstição primitiva ainda vive em nosso DNA.

Emily passou por mim, os olhos bem abertos. Ela se agachou junto ao cadáver, pressionou sua carne e a soltou. Então se ajoelhou ao lado da cabeça e abriu um dos globos oculares com a ponta do dedo.

Ajeitou-se sobre os quadris, limpando as mãos no roupão.

— Seis a oito horas, eu diria.

— Jesus Cristo — Suzanne choramingou, de pé sob o batente da porta. Seu horror parecia tão real quanto o meu.

Caminhei em volta do corpo de Stephen, examinando seus membros à procura de quaisquer outros ferimentos, e avistei um pequeno ponto vermelho, parecendo uma picada de vespa, em seu pescoço. Eu me agachei ao lado de Emily e apontei. Ela assentiu.

— Vamos sair daqui — pedi.

Esperei até que todos tivessem se virado para sair antes de enfiar a mão no bolso da calça de Stephen e transportar para o meu próprio bolso o que eu encontrei lá dentro.

QUATRO PÁSSAROS-PRETOS

Ninguém estava com vontade, mas nos sentamos educadamente na mesa da sala de jantar e tomamos um café forte, olhando um para o outro. O pensamento era palpável: havia um assassino nesse castelo. Oito pessoas em silêncio, sentadas ao redor da mesa da sala de jantar, com oito reflexos imitando seu desespero. Ninguém sabia por onde começar. Nem mesmo o reverendo James tinha algo a dizer.

Linda tinha se vestido e escovado o cabelo. Alison, também vestida, sentou-se perto dela, trêmula. Suzanne, ainda de roupão, posicionou-se longe de todos, no extremo da mesa, seu rosto a máscara perfeita da dor — bochechas manchadas de lágrimas, olhos vermelhos, emoção contida. Mike terminou seu café de um gole só e ficou de pé.

— Eu vou.

— Não — disse o reverendo James, segurando seu braço.

Mike se soltou dele com um safanão.

— Tem que haver um jeito de passar. A estrada pode estar intransitável para os carros, mas a pé eu tenho mais chances.

Silêncio.

— Não a esta hora, claro. — Emily olhou para a manhã cinzenta lá fora, a nevasca envolvendo o castelo como uma mortalha.

— Mas e quando você chegar à aldeia? — Suzanne quis saber. — Nenhum veículo pode chegar aqui.

— Um helicóptero — Mike respondeu, caminhando até o armário ao lado da porta da frente, onde todos os nossos casacos estavam guardados. — Eles podem nos levar de avião embora pelo ar. É óbvio que não estamos seguros aqui. Nenhum de nós.

O reverendo James ficou de pé e o seguiu até o saguão.

— Talvez seja mais seguro se dois de nós tentarmos.

Mike vestiu o casaco e fechou o zíper.

— Eu sou montanhista, lembra? Isso é o que eu faço de melhor. — Ele se sentou para amarrar as botas e depois calçou as luvas. — Se eu sair agora, vamos estar fora daqui na hora do almoço.

Mike fez um aceno de despedida com a luva grossa enquanto abria a porta da frente. Senti alívio em nome dele, invejei-o por estar escapando do confinamento do castelo. Emily e eu ficamos ao lado da janela e o vimos desaparecer na brancura do pátio. Pelos meus cálculos, ele levaria pelo menos três horas para chapinhar pela neve, andar por aquela estrada enfrentando a ventania e chegar ao vilarejo.

Se tudo corresse bem.

— Que Deus o mantenha seguro — murmurou Alison.

— Confia no Senhor de todo o teu coração — entoou o reverendo James, apertando as mãos trêmulas —, e não te estribes no teu próprio entendimento

— P-Provérbios 3, versículo 5 — Danny recitou, com o entusiasmo de uma criança em busca de aprovação.

Eu tinha aprendido esse versículo, e muitos outros, nos tempos em que era um crente, quando a vida era predestinada, ordenada por Deus, se você se mantivesse no Seu caminho estreito. Ou no caminho estreito do reverendo James. Agora eu não confiava em nada além da minha própria compreensão para navegar pelo caminho, minha única bússola moral.

E eu precisaria de toda a compreensão de que pudesse dispor para descobrir o que estava acontecendo.

De volta à mesa, Suzanne roía a unha.

— E quanto ao corpo do Stephen?

Emily respondeu por todos nós.

— Temos que deixar as coisas como estão. É uma cena de crime.

— É claro que foi um acidente — disse o reverendo James. — Mas a polícia precisará determinar como aconteceu.

Engoli o que ia responder. Ninguém se enfia acidentalmente embaixo da lâmina de uma guilhotina nem consegue ter, sem querer, a cabeça convenientemente servida em uma bandeja de prata. Além disso, havia o cartão.

— Está um gelo lá dentro — Emily explicou —, então não há chance de se deteriorar.

— Um necrotério natural — acrescentei. — Aconteceu a mesma coisa com o corpo de Glen na neve.

Ninguém verbalizou, mas, apesar do que o reverendo James tinha dito, todos nós sabíamos a verdade. Dois assassinatos haviam acontecido.

Linda ficou de pé.

— Eu vou cuidar do café da manhã.

O reverendo James fez um sinal afirmativo com a cabeça.

— Boa ideia. Eu tranquei a sala do museu. Se Deus quiser a polícia vai estar aqui hoje à tarde. Enquanto isso, vamos fazer alguma reflexão espiritual.

Sufoquei um gemido. Esse homem, que via a vontade de Deus em tudo, estava se preparando para proferir mais um sermão. Enquanto ele começava, eu o observava de perto e procurava por pistas. Seu fervor religioso, sua piedade, eram na verdade uma fachada que ele usava para esconder um assassino impiedoso?

E então ele segurou sua Bíblia contra o peito.

— Oremos, e Deus colocará um anjo sobre cada um de nós. Todos tranquem suas portas quando estiverem sozinhos em seu quarto. — Ele segurou a Bíblia no alto. — Precisamos manter Satanás longe de nós. Pensem na fragilidade da vida. O fim pode vir materializado como um ladrão na noite. Precisamos estar vigilantes, prontos, em paz com Deus.

Tranquem suas portas: foi o que Glen disse.

Os pensamentos giravam à minha volta. Stephen tinha descoberto algo que o aterrorizava. Ele ia me contar o que era na biblioteca. Depois pediu para nos vermos na "sala da guilhotina". Por quê?

Ele estava guardando algum tipo de prova que temia compartilhar.

Stephen fora morto por causa do que sabia a respeito da morte de Glen?

Começava a surgir ali um padrão preocupante, que me fazia pensar que existia mais. Na segunda noite do Natal, a pessoa que segurava as duas pombas morre. Na terceira noite, morre o homem que segurava o cartão das três galinhas francesas. E até mesmo minha mente começou a inventar jogos e buscar padrões. As galinhas francesas. A Revolução Francesa. A guilhotina. Comecei a lembrar daquelas pessoas que atribuem contorcionismos numerológicos à Bíblia e os utilizam para provar... bem, qualquer coisa que queiram.

Um pouco mais calma agora, Alison se levantou e anunciou que iria ajudar Linda a preparar o café.

— Emily, Suzanne, querem vir comigo?

Nenhuma das duas parecia interessada, mas a preparação dos alimentos sempre foi uma obrigação feminina na Igreja, então elas acompanharam Alison até a cozinha. Os homens permaneceram à mesa esperando que a refeição fosse servida, sem dúvida alguns de nós refletindo sobre o grau de destruição da vontade de Deus.

Algum tempo depois, Linda liderou a fila de mulheres trazendo bandejas de ovos, bacon, salsicha e torradas.

Ela serviu o marido; Alison, os dois outros homens, e Suzanne trouxe um prato para si mesma, com uma porção escassa — um tomate, folhas de alface e uma fatia de torrada.

Quando todas as mulheres estavam sentadas, o reverendo James começou um anúncio.

— O que eu tenho a dizer será bastante desafiador. Vamos precisar da armadura completa de Deus para nos protegermos aqui.

Ele abriu sua Bíblia em uma página marcada, remexeu em um maço de papéis e leu uma anotação.

— No dia 27 de dezembro, terceiro dia do feriado do Natal, tradicionalmente reconhecemos o martírio de João Batista. Todos vocês conhecem a história. Nós a mencionamos com frequência em nossos sermões para alertar sobre... o adultério e a tentação sexual.

O rosto de Danny se iluminou como se ele fosse um garoto de escola superanimado.

— S-Salomé dançou diante de Herodes, e ele lhe ofereceu qualquer coisa que ela quisesse, desde que ela continuasse a dançar para ele.

Alison respirou fundo.

— E ela pediu a cabeça de João Batista.

— Em uma bandeja de prata — emendei.

— Jesus Cristo! — exclamou Suzanne, levando as mãos à cabeça.

O reverendo James encolheu-se ao ouvir o nome do Senhor em vão e fechou seu livro.

— Sim. Somente Jesus Cristo pode nos ajudar agora. Esta é uma obra do diabo. E, na minha opinião, a polícia não pode fazer nada a respeito disso.

Não consegui ficar calado.

— O que você está dizendo?

O reverendo James juntou as mãos, em pose de oração. (Que hipócrita.)

— Depois de uma vida inteira lutando contra ele, você acaba reconhecendo suas táticas.

Eu me coloquei de pé em um salto.

— Vamos lá! Então, Satanás está rondando o castelo e matando pessoas. É claro! Satanás é o assassino. — Percebi que estava gritando. Sentei novamente, com vários olhos arregalados sobre mim.

Linda olhava fixamente para meu rosto, mas seu marido parecia estar imperturbável diante da minha explosão.

— Sim, Rafe, sim — disse ele —, e eu não tenho vergonha de dizer isso. No mundo espiritual está sendo travada uma batalha entre as forças do bem e do mal.

— Puta merda. — Cruzei os braços.

Senti um chute certeiro na canela. Emily se inclinou para trás na cadeira e olhou para o teto, deixando claro o que queria dizer. Mas eu não conseguia parar. A fúria estava fluindo por todos os poros. Todos aqueles anos de raiva reprimida enquanto ouvia esse homem doutrinar a todos em volta. Respirei fundo. Tentei conter minha ira.

— Vamos ver se eu entendi: o mundo é controlado pelas trevas e pela luz, Deus e Satanás, cada um puxando algumas cordinhas, cada um se interessando intimamente pelos assuntos humanos, envolvidos na batalha pelas nossas almas imortais. E se você, reverendo James, estiver certo, Deus e Satanás são cúmplices na perturbação do nosso encontro neste Natal, brincando com símbolos e numerologia. Francamente.

Voltei a cair na cadeira. E pensar que na adolescência eu tinha acreditado em tudo isso, dominado pelas ideias poderosas do culto. Como era fácil ver o mundo dessa maneira! Anjos da luz. Demônios da escuridão. Satanás vagando por aí feito um leão em busca da próxima presa.

Meus dedos encontraram o objeto enterrado no bolso. Eu precisava ter as coisas nas mãos. Sem a intromissão de Deus ou de Satanás.

***

No grupo, as suspeitas se infiltravam como fungos. Eu não parava de encarar o reverendo James; ele me encarava de volta. Alison estreitava os olhos sempre que eu me virava na sua direção, e Linda se encolhia quando percebia meu olhar. Danny gaguejava. Suzanne tentava disfarçar enquanto roía as unhas. Emily vigiava todo mundo.

O plano original para o dia consistia em meditação, oração e sermões. Nem pensar que eu iria me submeter a isso. Estávamos todos no limite, com certeza nos perguntando quem entre nós era o assassino, ou se um estranho espreitava nas sombras. Empurrei minha cadeira para trás, com a intenção de voltar ao meu quarto para ordenar os pensamentos.

— Aonde você vai, Rafe? — o reverendo James quis saber. — Acho melhor ficarmos todos juntos para que haja menos chances de... — Ele interrompeu a frase no meio.

— Não estou me sentindo bem. Preciso me deitar um pouco.

Senti que era observado atentamente enquanto saía da sala. Conforme caminhava, eu olhava para trás a fim de ter certeza que ninguém estava me seguindo. Segui diretamente para a torre, segurando o chaveiro que havia encontrado no bolso traseiro de Stephen. Uma das chaves era do quarto dele, eu sabia; a outra, da sala da guilhotina. E o meu palpite era de que a terceira destrancava a porta do quarto de Glen. Na primeira tentativa que fiz, a porta de Glen se abriu.

Eu a fechei e a tranquei atrás de mim. O quarto estava gelado, e as portas da sacada balançavam. Testei o piso antes de olhar por cima da sacada. Passei o dedo por onde a grade havia quebrado. Eu esperava sentir a madeira podre, uma rachadura irregular, mas em vez disso encontrei um corte limpo. Eu não era construtor nem engenheiro, mesmo assim sabia o suficiente para compreender que não se tratava de um ato de Deus, nem da natureza, nem de desgaste na estrutura.

Olhei lá para baixo. O corpo agora estava completamente enterrado na neve, e eu seria incapaz de dizer onde Glen havia caído se não tivesse colocado os marcadores no dia anterior.

Procurei no quarto a cesta utilizada para coletar os celulares. Estava jogada perto do sofá, vazia. Além de dar cabo de Glen, o assassino — ou a assassina — tinha providenciado tudo para que ninguém pudesse alertar as autoridades.

O que sugeria que alguém entre nós era um criminoso violento, cruel e imperturbável. Mas quem?

Talvez Glen tivesse rejeitado Linda e sofrido retaliação por isso.

Talvez o reverendo James tivesse planejado tudo isso para acabar com o amante da esposa.

Ou talvez eles estivessem trabalhando juntos.

Outro suspeito veio à mente. Era difícil imaginar que Suzanne tivesse algo a ver com esse crime terrível. Mas ela estava envolvida. Ela também estava implicada nas emoções de Glen. Cartas e e-mails tinham sido trocados ao longo do tempo. E, ainda que ela houvesse me procurado, aterrorizada, para me mostrar o bilhete alertando que sua vida corria perigo, essa podia ter sido uma maneira inteligente de criar um álibi.

A prática filosófica em ceticismo saudável me ensinou a não confiar em nada e em ninguém, e a desconfiar das aparências e das suposições precipitadas. A ir contra a essência dos meus preconceitos emocionais.

Vasculhei o quarto e descobri que todos os pertences de Glen tinham desaparecido. Como se quisessem apagá-lo completamente. Foi um crime cuidadosamente planejado. Quem quer que fosse o autor, havia nos isolado nesse castelo propositalmente. Havia assassinado Stephen. E iria atacar novamente.

***

A segunda chave me permitiu entrar no quarto de Stephen. O lugar estava em ordem. Todas as roupas cuidadosamente dobradas e guardadas na gaveta da cômoda, nada fora do comum aqui.

Mas ele temia algo, ou alguém. Ele sabia de alguma coisa. Tinha planejado me mostrar uma coisa. A guilhotina? Contudo, se o assassino tivesse se esforçado tanto para silenciá-lo, também teria eliminado qualquer objeto incriminatório desse quarto. Era difícil imaginar que a pessoa que matou Glen não era a mesma que matara Stephen. Foram assassinatos em série, eu tinha certeza.

A única incongruência sobre o quarto era a cama. Estava desfeita, o edredom com a guarda levantada, como se Stephen tivesse acabado de sair para ir ao banheiro e pretendesse voltar logo.

Procurei por sinais de angústia, qualquer preparação para o que estava por vir. Havia algum prenúncio? A Bíblia de Stephen estava no museu da tortura, o que significava que ele devia ter levado consigo. Talvez as provas estivessem lá dentro. Ele fora até lá para revelar o nome do assassino, eu estava certo disso. Devia haver provas naquela sala que ele iria me mostrar. Levantei seu travesseiro para olhar embaixo e notei uma mancha de sangue na fronha de algodão branco. Poderia ter sido causada por um corte ao fazer a barba ou por um arranhão. No entanto, meus pensamentos voaram para a pequena ferida que eu havia encontrado em seu pescoço.

Ele tinha sido drogado, eu supunha, antes da execução. Como o assassino o levara do quarto até o museu da tortura ainda era um mistério.

***

Tranquei a porta do quarto de Stephen com cuidado e procurei por perseguidores indesejados antes de me esgueirar ao longo do corredor na direção do museu. Uma vez lá, relutei em entrar. Meu estômago revirou quando abri a porta e avistei o cadáver e a cabeça cortada. Mas algo nessa sala era uma pista que apontava para a identidade do assassino. Eu precisava ir em frente com isso.

A Bíblia estava no mesmo lugar onde a deixáramos durante a madrugada. Peguei o livro e o folheei. O nome de Stephen estava escrito no verso da capa, e muitas páginas tinham sido marcadas com orelhas ao longo dos anos. Reli um trecho de I Coríntios, capítulo 13, versículo 13, que estava circulado com caneta vermelha: "Agora, pois, permanecem a fé, a esperança e o amor, estes três, mas o maior destes é o amor."

Que tipo de mensagem era essa?

A busca na sala não ofereceu mais pistas. O que ele queria me mostrar? A única coisa em que eu conseguia pensar era que ele tinha alugado esse castelo, aberto o museu da tortura e atribuído a cada um dos Doze um dos dias do Natal, sem se dar conta das reais intenções do assassino. Talvez ele tivesse pensado que os planos nos quais trabalhava fossem parte de um jogo — até a morte de Glen.

Ouvi uma batida no corredor e o ranger de uma tábua de madeira do assoalho. Rapidamente mergulhei nas sombras e fiquei parado. Acima de mim, os oito bonecos balançaram levemente na corrente de ar. Esperei por trinta segundos, e depois me espremi para fora da sala, para o corredor. Não havia ninguém lá. Mas eu podia sentir que uma pessoa estava por perto, prendendo a respiração, escondida nas sombras. Eu precisava voltar para junto dos outros. Tranquei a porta, guardei as chaves no bolso e caminhei depressa ao longo do corredor, descendo as escadas em direção à sala de estar, na expectativa de sofrer um ataque. Os cabelos em minha nuca se eriçaram. Eu tinha certeza de que alguém estava me seguindo.

Quando entrei na sala, porém, estavam todos presentes. Emily ergueu a cabeça. Suzanne também olhou para mim, tão ansiosa quanto no momento em que me encontrara na porta da frente no dia anterior. Linda me encarou enquanto se levantava da mesa e se dirigia à cozinha. Confuso, contei as cabeças e olhei para trás, esperando que a presença que eu tinha sentido se revelasse. Nada.

Eu me juntei a Danny e ao reverendo James junto ao fogo. Chamas alaranjadas lambiam a lareira de pedra carbonizada. Danny colocou mais um tronco na lareira e as faíscas voaram. Uma brasa pulou e pousou no tapete, e o reverendo James a pegou e a jogou de volta no fogo.

Linda retornou com um bule de café e encheu canecas para todos. Ela entregou a minha enquanto me examinava, desconfiada.

— Está se sentindo melhor? — perguntou o reverendo James, em um tom carregado de ironia.

— Você acha que o M-Mike já chegou à vila? — Danny o interrompeu, compartilhando um pensamento que era de todos.

A essa altura, eu esperava que ele estivesse falando com os policiais. Logo eles estariam organizando uma equipe de emergência para mandar um helicóptero até o castelo. Se bem que, com esse tempo péssimo, a caminhada até a vila podia demorar muito mais, mesmo para um montanhista experiente.

Linda recolheu as canecas vazias em uma bandeja e caminhou pela sala. Ela empurrou a porta da cozinha com as costas, mas a encontrou trancada.

Danny correu em seu resgate.

— Deixe-me ajudar você com isso. — A porta não se moveu. — Está trancada. — Ele espiou pelo buraco da fechadura.

Fiquei em pé rapidamente e tentei mover a maçaneta da porta.

— Está trancada mesmo. Há outro caminho para a cozinha passando pelo corredor. Vou entrar por lá e destrancar.

Mas a porta do corredor também estava trancada. Segurei o puxador.

— Mas Linda acabou de passar por aqui. Alguém a trancou?

— Ninguém — respondeu o reverendo James. Eu nem sabia que era possível trancar.

— Mas nós d-d-deixamos destrancada? — Danny choramingou, a gagueira se intensificando à medida que o pânico se elevava dentro dele.

Pensei nas três chaves que havia encontrado junto ao corpo de Stephen. Todas as portas nesse castelo haviam sido equipadas com fechaduras da mesma marca.

A única outra saída da sala de estar era a porta da frente, que levava para o exterior, a porta pela qual tínhamos nos despedido de Mike. Possuía o mesmo mecanismo. Tentei a maçaneta, mas, como eu suspeitava, ela também não se mexeu.

— É uma fechadura inteligente. Eletrônica.

— Então você está dizendo que estamos trancados — disse o reverendo James. — Ele se virou para sua esposa, e dava para perceber que estava irritado. — Linda, você foi a última a chegar da cozinha. Como pôde ser tão descuidada?

Ela negou com a cabeça.

— Eu não tranquei a porta. Eu...

Eu me coloquei entre os dois.

— Não foi culpa dela.

O reverendo James passou por mim, sacou a chave do quarto e tentou introduzi-la na porta da frente, mas é claro que não funcionou.

Emily tentou abrir todas as portas ao redor forçando-as com o ombro.

— Há quanto tempo nós estamos trancados aqui dentro? Linda trouxe o café há dez, quinze minutos, certo?

Não sou um detetive tão bom assim, pensei. Devia estar vigiando todo mundo. E certamente eu devia ter ouvido o clique das fechaduras quando elas foram ativadas. Mas nunca sabemos que uma coisa é suspeita até depois que ela aconteceu. Técnica clássica usada pelos mágicos: você faz o truque com as mãos antes mesmo de qualquer pessoa descobrir o que deve esperar.

O reverendo James enxugou o suor da testa. Danny olhou fixamente para a lareira. Alison apertou o estômago, meio pálida. Suzanne estava piscando de medo e não parava de olhar fixamente para as portas, como se elas fossem se abrir milagrosamente por conta própria. Todos eles eram o próprio retrato da inocência.

Ouvimos o ruído de um microfone sendo ligado. Olhei na direção do som e notei pela primeira vez os dois alto-falantes Bose montados na parede, um em cada canto.

— Saudações! — uma voz soou, ecoando das paredes de pedra.

Linda deu um grito e pulou atrás do marido, que a segurou atrás de si. Danny se encostou à parede. Suzanne também deu um berro. Emily olhou para mim, como se quisesse dizer: *Alerta.*

— Cada um de vocês tem um segredo.

— Quem está falando? — O reverendo James deu um passo à frente na direção dos alto-falantes.

— *Shh* — pedi. Vamos ouvir...

— O Senhor reuniu todos vocês para se confessarem. Vocês transgrediram o código dos Doze.

— Eu nunca... eu juro, não tenho nada a ver com isso... — O reverendo

James enxugou a testa de novo. Sua esposa piscou os olhos temerosos para ele.

— Deixem que sua consciência os encontre.

— Q-q-q-quem é esse? — Danny gritou, olhando fixamente para o teto.

— É uma gravação — respondi, apontando para os alto-falantes.

A voz tinha sido distorcida propositalmente para soar desumana, e um eco havia sido acrescentado para sentirmos o impacto de ouvir um deus dos filmes de Hollywood.

— *Shhh* — dessa vez era Emily, que encostou o ouvido no alto-falante mais próximo.

— O pagamento pelo pecado é a morte. Judas foi o que traiu os doze apóstolos. E, assim como Judas, cada um de vocês é culpado de traição. Eu vim para julgá-los e sentenciá-los.

Suzanne tinha se recomposto agora e cruzara os braços.

— Isso é ridículo. Quem está por trás dessa brincadeira? O senhor, reverendo?

O reverendo James apelava a todos com os braços levantados.

— Não fui eu.

— Ninguém sairá vivo deste castelo. Vocês não podem escapar. Estou ao seu redor, posso vê-los em seus lugares secretos, posso ler seus pensamentos, sou onipresente, onisciente; onde estiverem dois ou três reunidos em meu nome, aí estou eu no meio deles.

Ao ouvir essas palavras, o corpo de Suzanne enrijeceu. Isso conseguiu chamar minha atenção.

O reverendo James também se indignou.

— Blasfêmia!

— A morte já visitou quatro dos Doze. Não foram acidentes. E, nos últimos dois dias, a morte visitou mais dois. E é só o começo.

O reverendo James parecia estar se desfazendo. Seu rosto estava vermelho, e ele gritava de volta para o alto-falante.

— Mostre quem é você!

Na última declaração, pegou uma faca da mesa e a atirou contra o alto-falante. Errando o alvo, a faca bateu na parede e entortou. Ele marchou até a porta da cozinha e sacudiu o puxador.

— Isso é inadmissível. Rafe, você preparou tudo isso?

— Eu?

Ele levantou um dedo acusador.

— Enquanto estava fora da sala?

Estendi as mãos para impedir que ele me atacasse.

— Acalme-se, reverendo.

Ele se voltou para os outros, sacudindo o punho.

— Quem foi, então? Que tipo de brincadeira doentia é essa?

Eu também olhei para todos, analisando as reações.

— Calem a boca, todos vocês — Emily exigiu, irritada. — Eu quero ouvir.

Mas já tinha terminado. Um crepitar, e tudo o que se ouviu depois foi um chiado.

Ao mesmo tempo, as três fechaduras das portas clicaram simultaneamente. O reverendo James girou o puxador e empurrou a porta da cozinha para abrir. Ele espiou para ver quem estava atrás da porta, mas eu já sabia que não encontraria ninguém lá. As fechaduras haviam sido acionadas eletronicamente a distância e liberadas da mesma forma quando a gravação terminara.

Agora os alto-falantes estavam mudos.

Danny caminhou apressadamente até o corredor, empurrou a porta agora destrancada e olhou fixamente para a escuridão. Eu testei a porta da frente. Também estava destrancada. Examinei a fechadura, virei a maçaneta. O puxador de metal que travava e destravava por dentro agora funcionava como antes. Quer dizer que nossas chaves podiam ser anuladas remotamente. *Tranquem suas portas*, Glen tinha dito. Mas fora um conselho inútil.

Olhei ao redor novamente, esquadrinhando cada pessoa. Não dava para imaginar que um dos Doze fosse um assassino. Mas alguém estava tentando nos envenenar para suspeitarmos uns dos outros. E essa pessoa nos conhecia bem o suficiente para conseguir nos jogar uns contra os outros. Meus pensamentos se voltaram para os dois amigos que haviam morrido em acidentes de carro, acidentes de que eu nunca tinha ouvido falar até chegar àquele lugar.

— Vamos procurar em todos os quartos! — O reverendo James se encaminhou para o saguão de entrada. — Danny? Rafe? As garotas ficam aqui

— Pare. — Bloqueei sua passagem. — Você não vai a lugar nenhum — eu disse. — Não vamos nos separar. — Procurei por Danny. — Onde fica o equipamento de som neste lugar?

Ele caminhou até o outro lado da sala de estar e abriu uma porta de madeira em um armário. Todos nós o seguimos e enchemos o cômodo, olhando para um sistema de áudio Bose.

O equipamento estava desligado, mas, quando coloquei a mão no amplificador, percebi que estava quente.

— Alguém está pensando que uma brincadeira barata como essa vai nos assustar até o arrependimento. — Olhei diretamente para o reverendo James e ele me encarou de volta, irritado.

— Alguns Judas pensam que podem assustar os filhos de Deus fazendo ameaças como essa. — Ele aproximou seu queixo do meu.

— Reverendo James, Rafe, por favor — Emily se colocou entre nós dois.

O reverendo a tirou da frente.

— Ele disse: "Estou ao seu redor." "Eu posso ler seus pensamentos."

— M-mas nós estávamos todos aqui — Danny rebateu. — Ele d--d-deve ter entrado aqui também, para colocar a gravação para tocar.

Emily apontou para o amplificador.

— Qualquer smartphone pode ativar um sistema de som. E também um sistema de travamento central das portas.

— Mas nós não estamos com os nossos telefones — Danny retrucou.

— Que tipo de sádico faria uma coisa dessas? — Alison conjecturou.

O reverendo James não tirava os olhos de cima de mim.

— Isso é doentio — ele bradou. — Blasfêmia. Alguém está zombando de mim. Zombando de Deus.

— Mas e quanto às quatro mortes? — Suzanne interveio. Ela tinha ficado atrás de nós, ainda de braços cruzados. — Ele estava falando de Sean e Jack?

Danny virou-se para ela.

— F-f-foram acidentes. Ele está nos p-p-provocando.

Cliquei no botão de ligar, mas o sistema de som permaneceu mudo. Eu queria reproduzir a gravação e ouvir outras pistas. Ruídos de fundo, inflexões talvez, ou padrões de fala. Verifiquei a ligação na tomada. Tudo estava em ordem. Quem quer que tivesse montado essa programação, tinha cuidado para que ela obedecesse apenas às suas ordens. Ou ao seu comando. Meu olhar permanecia sobre Linda e Alison, que estavam abraçadas. Em Suzanne, que estava distante.

Testei e conferi as conexões na parte de trás do amplificador. Emily tocou meu braço.

— O que você está fazendo, Rafe?

Eu me levantei e meneei a cabeça.

— Essa operação foi planejada nos mínimos detalhes. Quem fez isso conhece tecnologia e o castelo. A pessoa deve ter feito a gravação há algum tempo e queria que ela fosse apresentada na hora certa. Eu só me pergunto que motivo levaria alguém a ter esse trabalho todo.

Tive o cuidado de enquadrar meus pensamentos como se estivéssemos falando de uma terceira pessoa fantasmagórica, um forasteiro, e como se fôssemos vítimas inocentes. Só que um de nós poderia estar mentindo. Talvez dois de nós. Fiquei assistindo a todas as suas reações. Certamente, se um deles soubesse do que eu estava falando, expressaria algum tipo de alteração. Mostraria palidez, ficaria vermelho, evitaria meu olhar ou eu perceberia que essa pessoa estava com dificuldade para respirar. Procurei por qualquer um dos sintomas clássicos da mentira. O que quer que você reprima emerge de formas inesperadas. Um deslize freudiano. Uma compensação inconsciente.

Emily franziu a testa e tocou os lábios com o indicador.

— Como ele sabia que nós todos estaríamos na sala de estar quando a gravação foi exibida?

Recitei o que pude lembrar da fala sinistra:

— Estou ao seu redor, posso ver vocês em seus lugares secretos, posso ler seus pensamentos, sou onipresente, onisciente; onde estiverem dois ou três reunidos em meu nome, aí estou eu no meio deles...

— Isso é Mateus, capítulo 18, versículo 20 — explicou o reverendo James. — Ele está se passando por Deus.

Suzanne levou as mãos ao rosto, em estado de choque.

— Rafe, um pensamento horrível passou pela minha cabeça. Assustador.

Fiz um movimento para que ela se aproximasse do grupo.

— O quê?

— Alguém viu Mike sair da propriedade?

No longo silêncio que se seguiu, Alison e Linda se empertigaram, como se ambas tivessem sido atingidas por um raio. Danny sacudia a cabeça de um lado para o outro, lentamente tentando absorver as implicações. Emily fechou os olhos para pensar. Tentei retraçar mentalmente os passos que Mike havia dado antes de sair, mais cedo.

— Você não está sugerindo... — disse o reverendo James.

— Ele poderia ter voltado — Suzanne completou.

— Não é verdade — Alison protestou. — Não o Mike!

— Por que o M-Mike? — Danny reagiu. — Não faz sentido.

Emily começou a andar rapidamente ao longo da sala, pensando.

— Só porque a voz falou todas aquelas coisas, não significa que temos que acreditar nele.

— Ou nela — acrescentei.

O reverendo James apontou o dedo para Emily.

— Eu concordo. É exatamente isso o que essa pessoa quer que nós façamos. É um truque clássico para semear a desconfiança. Para nos fazer ficar uns contra os outros. Nós precisamos ficar unidos.

Percebi que os outros gostaram mais dessa ideia, pois ela significava que existia um inimigo externo, não no meio de nós. O pensamento de que um dos Doze, um dos nossos, estava criando essa situação era insuportável demais para ser concebida. E eles podiam estar certos. Minha mente correu imediatamente até o concierge, e mesmo o dono do castelo. Mas Suzanne se manteve fiel à sua sugestão. De braços cruzados, ela olhava para o chão. Podia estar certa.

Linda a encarou fixamente.

— O que você tem contra o Mike?

— Ele pode ter voltado para o castelo — Suzanne repetiu.

— Vamos procurar no c-c-castelo, então — sugeriu Danny, endireitando-se.

O reverendo James ficou em pé e bateu palmas.

— Isso mesmo. Boa ideia, Danny. Rapazes, verifiquem os quartos do andar de cima. As garotas vão ajudar. Formem pares, para que ninguém fique sozinho. Tenham cuidado.

— Mike nunca... — Linda estava inconformada.

Eu sabia que era perda de tempo. Quem quer que tivesse organizado tudo isso não seria encontrado facilmente. Se fosse um de nós, então essa pessoa estava sentada bem no meio dessa sala, agindo com medo.

— Ninguém está dizendo que foi Mike — eu a tranquilizei. — Só estamos considerando todas as possibilidades. Pode ser qualquer um de nós aqui.

Agora eles me encaravam de frente. Olhei para trás. Danny desviou os olhos, Alison me fuzilou, e até mesmo Suzanne me encarou com ar desafiador. Os olhos de Linda se arregalaram, fitando temerosa cada um de seus companheiros.

Ninguém queria se separar, então o grupo vistoriou os quartos como se fosse uma gangue. Os homens revistavam os armários abertos, olhavam embaixo das camas; as mulheres puxavam cortinas de chuveiro, abriam armários de cozinha.

Eu os observei, desdenhoso daquela estratégia.

— Vocês não perceberam o óbvio? — Todos olharam para mim. — O primeiro lugar onde precisamos procurar é o quarto do Mike.

O quarto dele não estava trancado. Fui o primeiro a entrar, seguido de perto pelos demais.

Danny ficou parado embaixo do batente.

— Eu me s-s-sinto mal por entrar aqui.

Emily passou direto por ele.

— Eu não...

O quarto de Mike estava imaculado. Eu sabia que ele fazia o tipo engomado, mas havia aqui algum fanatismo na forma como ele tinha feito a cama, alisando cada vinco, enfiando todas as sobras nos cantos, como se estivesse aguardando uma inspeção no quartel. Ele tinha arrumado as roupas em pilhas e disposto sua Bíblia exatamente no centro da mesa de cabeceira.

O reverendo James a pegou e começou a folheá-la.

— O que nós sabemos sobre o Mike? — perguntei.

Emily encolheu os ombros.

— Quem sabe o que arde no coração das pessoas, que tipo de veneno elas alimentam...

O reverendo James se virou na direção dela.

— Como se atreve a julgar...?

— Mike é forte no Senhor — acrescentou Alison, olhando rancorosa para Suzanne, Emily e para mim em rápida sucessão. — Vocês deveriam se envergonhar das acusações que estão fazendo.

— Só estamos tentando ser racionais — justifiquei. — Calma.

Ela passou por mim para seguir o reverendo James e Danny. Nós então checamos cada quarto, cada cela, determinados a não reconhecer que essa pessoa era provavelmente um de nós, procurando e fazendo um trabalho muito bom ao agir tão amedrontada quanto o restante do grupo.

Em um armário no topo da escada, encontrei uma longa bobina de corda de escalada escondida atrás de alguns lençóis. Certificando-me de que os outros não estavam olhando, puxei-a para fora e a levei para o andar térreo, escondendo-a na prateleira mais alta do armário do corredor, junto com todos os casacos.

***

A busca pouco fez para resolver nossos medos ou suspeitas. Voltamos para a sala de estar, cada um de nós sem ideia do que fazer a seguir. Suzanne se colocou em posição fetal e abraçou os joelhos, balançando-se em uma grande e confortável poltrona. Alison e Linda fecharam os olhos para orar, de mãos dadas. Olhei para o relógio na parede. Não era nem meio-dia. Se Mike tivesse realmente saído em sua missão de resgate, se ele não tivesse problemas para passar, poderia estar conseguindo ajuda neste momento. Mas e se ele fosse o assassino...?

Alison se afastou para olhar pela janela, parecendo procurar algo no céu.

— Nós ouviríamos um helicóptero muito antes de vê-lo — disse o reverendo James, também espreitando a brancura.

Alison se apoiou no parapeito, com o olhar distante, procurando qualquer vestígio de esperança lá fora.

— Nós temos que sair daqui.

O reverendo colocou o braço ao redor dela.

— Tenha fé, Alison. Confie no Senhor. Nós precisamos acreditar que Mike foi pedir ajuda, e que eles vão chegar logo.

Notei que o reverendo James parecia estar assimilando bem o curso dos acontecimentos.

Suzanne meneou a cabeça.

— Eu ainda tenho a horrível sensação de que Mike não foi buscar ajuda.

O reverendo James segurou Alison com mais força.

— Eu conheço Mike — ele garantiu. — E acho um absurdo o que você está dizendo.

— Tudo isso é um absurdo — Alison reforçou. — Eu ainda não consigo acreditar. É obra de Satanás. Eu sei como ele trabalha. Isso é obra de Satanás.

— Ou então um esquema montado por uma mente muito fanática que pensa que todos nós precisamos nos arrepender — sugeri, olhando deliberadamente para a lareira, desejando disfarçar onde estavam minhas suspeitas.

O rosto do reverendo James ficou vermelho imediatamente.

— Já estou farto das suas insinuações. Para ser honesto, e tenho certeza de que não sou o único na sala a pensar isso, parece... muito obviamente que...

Eu o enfrentei, me esticando até a altura máxima.

— Parece o quê, reverendo? O quê? Quem alugou este castelo? De quem foi a ideia de nos trazer para cá? Quem decidiu que cada um dos doze dias deveria ser uma lição para nós?

Novamente Emily se pôs entre o pastor e eu.

— Por favor, não podemos simplesmente pensar juntos aqui?

Eu me afastei.

— Se um de nós é um assassino, seria melhor nós estarmos nos protegendo — usei o atiçador para remexer as brasas — um do outro.

O reverendo James estava furioso, mas não se moveu. Ele não era mais o centro das atenções. Todos estavam olhando para mim.

— O que v-v-você sugere que nós f-f-façamos? — Danny quis saber.

Olhei no rosto de todos eles, um por vez.

— Vamos ficar juntos. Vamos ficar atentos para que nenhuma porta seja trancada sem que nós percebamos, e ninguém deve ficar sozinho. Se é que esse helicóptero vai chegar, precisamos nos preparar para uma partida iminente.

Alison olhou pela janela, o rosto brilhando de esperança. Caminhei até ela e olhei para fora.

— O pátio da frente, se bem me lembro, é grande, e descampado o suficiente para um helicóptero pousar. E nós podemos colocar alguns marcos nele, para facilitar a visualização pelo piloto.

Os outros murmuraram palavras de concordância, exceto o reverendo, que deu as costas para mim e se aconchegou à mesa da sala de jantar para ler a Bíblia.

— Todos concordam? — minha pergunta foi claramente dirigida a ele.

Ele suspirou, virou-se e segurou a Bíblia no ar.

— Bendizei os que vos maldizem, e orai pelos que vos caluniam — recitou. — Venha aqui, Rafe. — Surpreendentemente, ele abriu os braços, caminhou até mim e me deu um abraço apertado. — Me desculpe.

Tentei não recuar, e me surpreendi com quão pequeno e frágil o reverendo parecia agora.

***

Todos nós nos envolvemos com os cachecóis, casacos, luvas e balaclavas que pudemos encontrar, e em poucos minutos sete de nós nos aventuramos na tempestade escura. Coloquei um chapéu de lã no batente da porta para impedir que ela fosse trancada acidentalmente e percebi, ao sairmos, que mais uma vez havia subestimado as condições do tempo. O vento tinha diminuído e já não nevava, mas a temperatura estava muito abaixo de zero, frio demais para nevar. A neve depositada no chão endurecera quase a ponto de se tornar gelo, um piso escorregadio, traiçoeiro. Eu estava certo: se havia um lugar onde um helicóptero poderia pousar, esse lugar seria o pátio, sem árvores e grande o suficiente para a aeronave taxiar. Mas talvez não em cima desse gelo.

Mandei que todos procurassem algumas toras meio enterradas na neve. Elas poderiam ser arrancadas e colocadas na pista de pouso como forma de sinalização.

Lutamos para mobiliar o espaço, mas o frio tornou-se incontrolável. As toras eram difíceis de soltar. Finalmente conseguimos mover uma, e limpamos um espaço grande o suficiente, imaginei, para que um helicóptero pudesse pousar.

— Venham — chamou o reverendo James, seu hálito transformado em vapor no ar gelado. — Vamos entrar. Pelo menos nós tentamos.

Compreendi sua preocupação. Era realmente perigoso permanecer muito tempo ali fora. De volta ao interior, esfregamos as mãos dormentes e as bochechas frias e esfoladas.

Danny começou a empilhar toras nas chamas já altas.

— Mike vai conseguir ajuda.

— Podem contar com isso — disse o reverendo James.

Tirei o cachecol e aqueci as mãos perto do fogo. Mike. Mike. Mike. O Mike que eu conhecia era um cara vaidoso, narcisista, mas estranhamente puxa-saco, louco para agradar, um tonto que vivia para repetir o que o reverendo James queria que ele dissesse e pensasse. Ele não era, na minha opinião, capaz de arquitetar um crime como o que acabáramos de testemunhar. De qualquer forma, os mais calmos são sempre os mais perigosos, pois o veneno se infiltra por baixo da superfície. Se Mike houvesse assassinado Glen e Stephen e estivesse agora mesmo planejando o próximo crime, não receberíamos nenhum tipo de ajuda.

***

As horas passaram devagar. A luz da tarde desvaneceu e com ela qualquer esperança de resgate. Para passar o tempo, Danny e o reverendo James jogaram xadrez perto da lareira, Linda fez tricô enquanto olhava vagamente pela janela e Alison permaneceu sentada e agarrada à sua Bíblia. Emily fingia ler um livro no sofá com os pés para cima, mas, toda vez que alguém se movia, levantava a cabeça; não queria perder qualquer movimento suspeito. Eu peguei meu caderno e anotei alguns pensamentos no meu diário. Parecia uma tarde de inverno comum e aconchegante junto ao fogo.

Na hora do jantar, as mulheres foram juntas para a cozinha. Elas bloquearam a porta com uma cadeira para que nós ou elas não ficássemos trancados para fora ou separados. Cansado de ficar sentado, caminhei pela sala, procurando por algo suspeito. Agachei-me junto ao armário e examinei novamente o sistema de áudio.

Senti que o reverendo James estava parado atrás de mim. Mas não me virei.

— Qual é a sua opinião, Rafe? — ele perguntou.

— Isso foi planejado bem antes de nós chegarmos aqui. Antes de as mortes acontecerem. — Finalmente me virei e olhei fixamente para seus olhos azuis impenetráveis. — Há quanto tempo você estava organizando essa viagem? E quem mais sabia sobre ela?

Ele esfregou a mão na testa.

— Stephen. Glen. Eu. Nós começamos há alguns meses. A ideia foi ganhando corpo aos poucos. Nós só reservamos o castelo no mês passado, depois que todos aceitaram o convite.

Tudo isso soava plausível. Mas apenas um dos três ainda estava vivo para contar. Ninguém podia confirmar sua versão da verdade.

— E quem visitou o castelo antes de fechar a locação?

Ele se aproximou de mim, como se não quisesse que Danny, ainda concentrado no tabuleiro de xadrez ao lado do fogo, ouvisse alguma coisa.

— Stephen veio até aqui uma semana antes para garantir que tudo estivesse em ordem. Não gosto das suas insinuações, Rafe.

Encolhi os ombros, controlando a irritação.

— Não estou insinuando nada. Só estou tentando conseguir o máximo de informação possível.

O reverendo James novamente esfregou a testa com a mão. Ele estava transpirando.

— Você tem razão. Isso foi planejado com muito cuidado. Como ele sabia que estaríamos todos na sala de estar quando a gravação foi tocada? Ele estava nos observando?

Repeti a frase dita pelo assassino.

— Estou ao seu redor, posso vê-los em seus lugares secretos, posso ler seus pensamentos, sou onipresente, onisciente; onde estiverem dois ou três reunidos em meu nome, aí estou eu no meio deles.

Agora ele parecia assustado. Eu precisava tentar outra tática. Um bom detetive não deve afugentar seus suspeitos.

— Quem quer que seja — continuei — ele, ou ela, sabe exatamente o que está fazendo. O fato é que nós precisamos trabalhar juntos, reverendo James.

Ficou claro pela sua expressão que essa ideia lhe oferecia tão pouco conforto quanto a mim. Mas foi um gesto conciliador, e ele o acolheu.

— Tranquilize os outros — pedi. — Mantenha-os seguros e juntos o tempo todo. Vou tentar descobrir como "essa pessoa" está acessando tudo remotamente.

A tática parecia óbvia, mas o reverendo James a comprara. Ao transformá-lo em colaborador na investigação, removi quaisquer suspeitas de que o piedoso reverendo James era meu principal suspeito. O nome de Mike me veio à mente por um segundo. A terrível terceira opção era a de que eles eram parceiros nisso. Diabos, até mesmo Linda poderia estar metida nessa trama. Alison? Danny? Eu duvidava.

O pensamento mais aterrador de todos era que Suzanne também estava entre os suspeitos.

***

A ceia foi desanimada. A conversa girou em torno de Mike. Ele tinha conseguido chegar à vila antes do anoitecer? Talvez os serviços de emergência precisassem esperar até o dia seguinte para iniciar a operação de resgate. Nós nos consolamos com a ilusão de que essa seria a última noite no castelo. Não havia necessidade de pânico.

Não mencionei uma alternativa bem viável. Se Mike fosse o assassino, talvez tivéssemos, sim, motivos para ficar alarmados. Éramos alvos fáceis.

— L-l-levantarei os meus olhos para os montes, de onde vem o meu socorro — disse Danny.

— Amém — Alison respondeu.

O reverendo James aproveitou a oportunidade.

— Danny, deixe-me fazer um comentário sobre esse versículo. A Bíblia King James tem uma tradução incorreta devido à falta de pontuação no original. Devia ser uma pergunta: "Levantarei os meus olhos para os montes, de onde vem o meu socorro?". E a resposta está no verso seguinte: "O meu socorro vem do Senhor." Não dos montes.

O reverendo James me viu olhando para ele com ar inquisidor. — Hermenêutica, Rafe, hermenêutica. É importante.

Emily bocejou alto. Eu sabia que ela não tinha paciência para as interpretações do reverendo James.

— Vamos dormir? — ela disse, esticando os braços para o alto.

O reverendo James ficou de pé.

— Emily está certa. Já é tarde. E amanhã pode ser um dia longo. Mas, por favor, lembrem-se de trancar suas portas, orar, manter os anjos ao seu redor. E ninguém ande por aí sozinho. Fiquem em segurança.

Tranquem suas portas. Não me dei ao trabalho de dizer a eles o quanto isso seria inútil.

— Nós vamos ficar bem, reverendo? — Alison perguntou, andando atrás dele. — Estou com medo.

— Deus está testando nossa fé — ele garantiu, descansando a mão em seu ombro. — Devemos ser fortes.

Tentei não ser cético, mas era difícil achar que ele estava sendo sincero. Ninguém parecia forte. As mulheres se juntaram, não querendo subir sozinhas até o corredor escuro, então nós as acompanhamos e nos certificamos de que estivessem trancadas em seus quartos individuais antes de nos trancarmos nos nossos.

Diante do meu quarto, dei boa-noite ao reverendo. Ao fechar a porta, a escuridão caiu como uma pesada mortalha. Figuras sombrias saltavam dos cantos. Então, assim que a tranquei, ouvi uma batida. Tive um sobressalto, e meu coração disparou.

— Sou eu.

Abri a porta.

— Em?

Enrolada em um cobertor, ela estava mordendo o lábio inferior. — Preciso conversar com você.

Ela atravessou o quarto e ficou perto da janela, olhando para o vazio. Enquanto isso, fiz uma rápida varredura no aposento. Olhei embaixo da cama, dentro do armário.

Ela franziu a sobrancelha.

— O que você está procurando?

Fiquei de pé e bati o pó da calça.

— Não tenho muita certeza.

Ela saiu de perto da janela, diminuindo o espaço entre nós, e sussurrou:

— Nós dois sabemos que Mike não foi buscar ajuda.

Mike era o suspeito óbvio, claro, mas também me ocorreu que ele podia simplesmente ter fugido, abandonando o grupo. A prática em filosofia não me deixava me atirar em qualquer conclusão prematura e pronta.

— Eu suspeito de todo mundo.

— Bem, eu não sou uma assassina, Rafe — ela sibilou, com a mão sobre o peito. — E eu acho que você também não. Ela estendeu o dedo mindinho, corada e sorridente. — Irmãos de sangue ainda?

Enlacei o dedo dela no meu.

— Quem está com o próximo cartão — ela continuou —, para o quarto dia do Natal?

Percebi aonde ela queria chegar, mas perguntei de qualquer forma:

— Por quê?

— Estamos proibidos de revelar o conteúdo dos cartões até o dia certo. Então, se nós formos mortos esta noite, ninguém vai saber o que aconteceu. Alguém deve ter os cinco anéis dourados.

Não podia ser tão simples assim. Mas ela estava certa. Todo o plano do assassino e a ordem em que ele ou ela ia matar os Doze... Estava tudo organizado conforme os cartões que recebemos na primeira noite.

— E tem mais uma coisa — ela prosseguiu. — Você sentiu cheiro de perfume na sala da guilhotina?

Respondi afirmativamente sem falar. Era o mesmo cheiro que eu sentira no quarto de Glen depois que ele morreu.

— É perfume de rosas. Eu percebi no nosso banheiro.

— Todo mundo precisa revelar os seus cartões. Não acredito que nós não tenhamos pensado nisso antes.

— Quem tiver os cinco anéis vai ser morto esta noite. E nós precisamos sair daqui antes que as nossas cartas sejam a bola da vez.

Eu a puxei para meus braços, com cobertor e tudo.

— Eu prometo que não vou deixar nada acontecer conosco.

— Não vou dormir sozinha no meu quarto. — Ela olhou para mim como uma adolescente de bochecha redonda. — Vou ficar com você.

CINCO ANÉIS DOURADOS

Quando acordei, espremido na beira da cama king-size, estava enrolado em cobertores. O quarto ainda estava totalmente escuro, mas o relógio digital na lareira mostrava 7h04. Deslizei para fora pelo lado esquerdo, deixando Emily espalhada diagonalmente pela cama como um gato, e como um gato ela abriu um olho.

— Aonde você vai sem mim?

— Quero ter certeza de que todos estão presentes.

Ela se aproximou para me segurar.

— De que todos estão vivos, né?

Eu me vesti no escuro do meu lado da cama, e ela se virou para o seu lado, de pé e vestida também.

— Nós temos que sair daqui hoje — ela afirmou.

Abri a porta e espiei lá fora.

— Eu vou sair primeiro — avisei. — Espere um pouco antes de vir.

Ela caminhou até mim e empurrou a porta fechada novamente. — Está preocupado com o que ela vai pensar?

Emily continuava a mesma. Sabia provocar. Balancei a cabeça.

— Emily?

Ela cruzou os braços e sorriu.

— Como quiser, capitão.

Resolvi dar o troco e levantei a sobrancelha.

— Por falar em aparências, o que o seu marido vai pensar se souber que você dormiu na cama de outro homem?

Ela segurou minhas duas mãos.

— Não sei. Acho que saber que a esposa dele dormiu na cama de outro homem não será um problema. Ele vai ficar chateado se souber o que ela faz quando não está dormindo.

Massageei suas mãos frias.

— Nesse caso, tudo bem — retruquei. — Você dormiu feito uma pedra a noite toda.

Ela mordeu o lábio e soltou minhas mãos.

— Além disso, para dizer a verdade, ele não se importaria. Nós estamos meio separados.

Examinei seu rosto à meia-luz. Às vezes eu não sabia quando ela estava brincando ou falando sério.

— Sinto muito.

— Não sinta. Para mim é um alívio.

***

Os outros já estavam de pé. Danny e o reverendo James estavam na lareira tentando reavivar o fogo. Ouvi Alison e Linda na cozinha. O aroma que entrava pela porta aberta me dizia que elas estavam fazendo café. Quando entrei, todos fizeram uma pausa de uma fração de segundo e, em seguida, retornaram às suas tarefas. Suzanne estava isolada, sentada junto à janela. Caminhei até ela, parei ao lado da sua cadeira e olhei para o céu limpo.

— Como você está?

— Mal preguei o olho.

Foi uma acusação. Ou um ato de sedução. O olhar que ela me lançou teria me derrubado anos antes. Eu me perguntava agora, como eu sempre fazia, como ela conseguia mostrar tantas expressões — magoada, sedutora, amuada, vulnerável, suplicante, entediada, impassível — em uma única pose.

Eu me apaixonei por ela no primeiro dia em que a vi na escola. Meus sentimentos não tinham mudado; estavam gravados no meu DNA. Eu tinha vindo de muito longe para descobrir se havia sido curado, mas agora suspeitava de que os danos em meu coração eram permanentes.

— Preciso falar com você, Rafe. — Ela olhou em volta.

Emily entrou na sala de estar.

— Bom dia a todos. — Seu sorriso murchou quando viu Suzanne tão perto de mim, em atitude conspiratória.

— A comida vai estar pronta em breve — Alison avisou, carregando uma bandeja com café fumegante. — Venham para a mesa.

Deixei a companhia de Suzanne e ocupei meu lugar, mas o reverendo James segurou meu braço.

— Podemos falar?

— Claro.

Ele fez um gesto urgente em direção ao corredor escuro, e eu relutantemente o segui.

— Isso deveria ser um retiro espiritual.

Confuso, olhei para Suzanne. Mas o olhar do reverendo, direcionado para a cozinha, onde Emily tinha acabado de desaparecer, me dizia a que ele se referia.

Duas pessoas estão mortas e a sua preocupação é essa?

Não falei uma palavra, só lhe dei um olhar de desdém.

Hipócrita! Violência e assassinato tudo bem, mas a intimidade humana é um crime gravíssimo. Passei direto por ele e voltei à mesa.

Emily veio da cozinha carregando um prato de torradas com manteiga e parou ao meu lado. Passei o braço em volta dela, em um abraço apertado. O reverendo James assistiu à cena.

— Você está bem?

— Estou.

O reverendo James tomou seu lugar, olhou para todos, menos para nós.

Linda trouxe um prato de bacon com ovos e tomates escurecidos.

— Desculpem, senhores — ela se justificou. — Não estou na minha melhor forma hoje.

O reverendo James deu graças e nós comemos. Bem, os homens comeram. Suzanne revirou a comida no prato, Linda beliscou a refeição e Alison mastigou o mesmo pedaço uma centena de vezes. Linda virou os olhos ansiosos para o marido, e ele a assegurou de que a comida estava boa.

***

Durante todo o café da manhã, Suzanne continuou olhando para mim, sinalizando discretamente com a cabeça como quem diz *por favor, vamos conversar.* Mas não havia chance. O reverendo James estava determinado a me manter afastado dela e de Emily.

Alison foi a primeira a se levantar, carregando seu prato quase intocado para a cozinha.

— Desculpe, Linda, não estou me sentindo muito bem. Preciso ir ao banheiro.

Linda se levantou.

— Você não deve ir sozinha.

O reverendo James bateu com o garfo na direção das mulheres. — Todas vocês vão com ela. Nós tomamos conta do forte.

Linda seguiu Alison. Suzanne se levantou para se juntar a elas, limpando a boca com um guardanapo e me dando uma olhada rápida.

— Acho que devemos ficar em igual quantidade lá e aqui — Emily declarou, cruzando os braços. — Eu fico aqui mesmo, obrigada.

O reverendo olhou para ela e acenou para as outras mulheres partirem. Quando elas passaram, segurei a porta aberta para que não trancasse.

— Vamos conversar? — Suzanne sussurrou ao passar por mim.

Fiz que sim com a cabeça.

O reverendo James fez um gesto chamando Danny para segui-lo até a mesa perto da lareira, onde abriu sua Bíblia e leu em voz alta um versículo dos Salmos:

— O Senhor é a minha luz e a minha salvação; a quem temerei? O Senhor é a força da minha vida; de quem me recearei?

Emily se inclinou para recolher meu prato. Ela falou suavemente no meu ouvido.

— Aquele perfume que nós sentimos no museu da tortura... É da Suzanne. — Ela movimentou o pulso embaixo do meu nariz e eu inspirei o aroma de rosa e almíscar. — Você disse que sentiu o mesmo cheiro no quarto do Glen.

Os músculos ao redor do meu coração se apertaram.

— Isso significa que ela esteve com Stephen e Glen antes de eles morrerem.

Foi um pensamento horrível, mas me perguntei nesse momento se Suzanne queria falar comigo em particular como uma manobra para me atrair para algum perigo. Será que ela... poderia ela ser...? Não, eu não conseguia pensar na possibilidade de ela ser a assassina.

— Ou então — arrisquei — alguém quer que nós pensemos que ela estava com eles antes de os dois morrerem. E pode ser qualquer um de nós — prossegui. — Qualquer um poderia ter passado aquele perfume. Você...

Ela me deu um soco no braço.

— Eu não posso ser suspeita, acredite em mim. Estamos no mesmo time.

— Então me conte do que você e Glen estavam falando na noite em que ele foi morto.

Ela olhou para a mesa ao lado da lareira, onde o reverendo James e Danny estavam curvados sobre a Bíblia.

— Aqui não.

Examinei o teto alto, os cantos da sala, as paredes, o espelho.

Para onde você está olhando?

— Procurando microfones. Dispositivos de escuta.

— Nós precisamos ter uma conversa. Em particular. Vamos dar um passeio.

Assim que ela se colocou em pé, o reverendo James também se levantou.

— Rafe? — ele chamou.

Eu o ignorei, fui até o armário e escolhi um casaco enorme entre os cabides. Emily pegou um para ela. Da prateleira de cima, puxei a bobina de corda que havia guardado ali e a escondi embaixo do casaco. Começamos a sair pela porta da frente.

— Rafe! — o reverendo James chamou. — Não saia sozinho.

Ele fez menção de vir atrás de nós, mas fechei a porta atrás de mim.

Emily se agarrou ao meu braço enquanto esmagávamos a neve.

— Você simplesmente o prendeu lá dentro.

— Aqui fora não tem nenhuma escuta. E não podemos falar com ele nos ouvindo.

Ela apertou minha mão e nós marchamos pelo pátio.

— Quem você acha que foi?

— Até agora eu estava certo de que foi o reverendo James — admiti. — Mas agora acho que é Mike. Ele não foi pedir ajuda. Está escondido em algum lugar no castelo e quer nos pegar um a um.

— Essa ideia é terrível. Eu não consigo imaginar o Mike... E seria como se o reverendo tivesse montado essa gravação para nos assustar, planejando tudo isso... os doze dias do Natal. Para castigar a esposa e o amante dela. — Emily me abraçou enquanto andávamos sobre a neve congelada.

— Era exatamente isso que eu pensava. Ele matou Glen em um espetáculo de vingança para impressionar Linda com a ira divina. E a todos nós. Mas o que Stephen teria a ver com isso?

Meu nariz e orelhas estavam adormecidos. Eu tinha dificuldade para falar, tão congelados que estavam meus lábios.

— Glen me contou que Stephen esteve aqui uma semana antes para arrumar o castelo. Seguindo ordens do reverendo James. Mas talvez Stephen não tenha percebido que estava trabalhando nos preparativos de um crime. O reverendo mata Glen, então Stephen de repente descobre que o reverendo James é um assassino, mas ele mesmo se torna uma vítima antes que possa denunciá-lo.

Ela apertou minha cintura.

— Ou Mike estava tentando se vingar de todo mundo... incriminando o reverendo. Stephen descobriu. E foi morto antes de conseguir contar a verdade a você.

— Quem quer que tenha sido, deve ter planejado isso por anos. Deve ter ruminado esse pensamento todo esse tempo. E então planejou esse encontro para se vingar de todos nós. — Comecei a conduzi-la pela parte lateral do castelo. — Vamos caminhar perto da torre. Quero tentar chegar até onde está o corpo de Glen.

Ela parou de repente.

— Quanto romantismo. Você me convida para um passeio na neve para resgatar um cadáver. Maravilha.

Olhei para a torre. Vi mais uma vez o vazio no ponto onde a sacada havia caído, mas o precipício abaixo era íngreme. O corpo estava a vinte metros de distância, depois de um grande vale coberto de neve. Desenrolei a corda, amarrei uma ponta no poste da cerca próxima e a outra ponta ao redor da minha cintura. Testei o arranjo para sentir sua força.

— Você fica aqui — ordenei. — Eu vou descer. Fique de olho para ter certeza de que a corda está bem presa, e me avise se começar a soltar.

— Você só pode estar louco.

Eu me estiquei e segurei uma pedra escarpada para me firmar, mas meu pé mergulhou imediatamente em um amontoado de neve e eu caí alguns metros à frente. Bati forte com a canela em alguma coisa. Emily se esforçava para ajudar a segurar a corda. Mas eu já tinha percebido que não ia dar certo. Não consegui vencer o desafio. Estiquei as pernas, mas não consegui sentir o chão. Tentei um pouco mais adiante, me erguendo pela borda do penhasco. Desta vez meu pé encontrou uma pedra ressaltada, mas, assim que apoiei meu peso, ela se quebrou e rolou para baixo. Emily segurou a corda firmemente e eu me ergui de volta para o terreno plano.

— Você está ferido?

Balancei a cabeça.

— Só um machucado na canela. — Seria arriscado tentar qualquer escalada ali agora. Precisávamos do equipamento adequado para fazer escalada em rochas.

Desamarrei a corda e a enrolei no chão.

Emily limpou a neve do meu casaco.

— Vamos voltar.

— Antes de nós entrarmos — eu a segurei pelos ombros —, você pode me contar do que você e Glen estavam falando naquela noite?

Ela se encolheu.

— É difícil falar sobre isso. Vamos dar uma volta. — Ela se encostou em mim e entrelaçou seu braço no meu enquanto andávamos na parte de trás do castelo, passando por baixo das árvores para nos abrigarmos do frio. A neve havia parado de cair, mas as nuvens estavam baixas.

Ela respirou fundo. E mais uma vez. Estava tremendo, e eu a abracei com força. Finalmente, começou a falar.

— Eu estava em um acampamento, e o reverendo James me procurou uma noite. A mulher dele estava fora.

Parei de caminhar para olhá-la de frente.

— Espera. Você vai dizer o que eu acho que vai dizer?

Ela enterrou o rosto no meu ombro.

— Nunca contei isso para ninguém. Eu teria falado para você na época, mas você... me abandonou.

— Eu nunca...

— Abandonou, sim. Eu precisava tanto de você, Rafe.

— Quantos anos você tinha?

— Já era crescidinha. Foi alguns meses depois que você partiu.

— Está tudo bem. Pode me contar — eu a encorajei.

Ela falou tão baixo que o vento levou suas palavras e eu tive que me esforçar para ouvi-la. Eu estava tremendo agora também, e não só por causa do frio.

— Eu costumava procurá-lo para me confessar. Na casa dele. Nós passávamos horas conversando. Sobre você.

— Sobre mim?

— Eu estava tentando esquecer você.

— Eu não estou entendendo.

— Vamos lá, você deve ter percebido. Todo mundo sabia da minha paixonite infantil por você.

Olhei nos olhos dela, mas ela se virou.

— Eu nem imaginava.

Ela se esquivou do meu abraço.

— Não se preocupe. Eu já superei totalmente. Faz tempo.

Essa era a última coisa que eu esperava ouvir de Emily. O passado se rearranjou com tanta leveza.

— E você falou sobre esse assunto com o reverendo James?

— Sim. Amor não correspondido, essas coisas. E ele veio com aquele clichê "É melhor ter amado e perdido do que nunca ter amado." Ele falava isso para todo mundo.

— Eu não fazia ideia, Emily. De verdade. Você devia ter me contado.

Ela sacudiu a cabeça.

— Eu não queria fazer papel de boba. Eu nunca estaria à altura da deslumbrante Suzanne.

Eu queria segurá-la com força novamente, mas ela havia se distanciado e cruzado os braços.

— Então, de qualquer forma, quando eu contei tudo isso ao reverendo James, ele...

— Continue.

— É difícil falar sobre isso, Rafe. Nós... nos aproximamos. Ele encontrou uma maneira de me consolar.

O vento rugiu nos meus ouvidos. Meus dentes batiam de frio. Mas o gelo no meu coração era muito pior. Eu temia o que ela ia dizer a seguir.

— Rafe, eu estava magoada. Você tinha ido embora. Não havia a quem recorrer. — Ela limpou os olhos. — E então uma coisa levou a outra. Ele dizia que eu era uma jovem muito satisfatória.

Eu não queria saber o que ela ia contar.

Ela começou a caminhar novamente, longe de mim. Eu a segui, me esforçando para ouvi-la.

— Nós nos encontrávamos sempre. E eu não me importava. Eu estava me vingando de você, que tinha me abandonado. O que uma garota deveria fazer?

— Emily, isso é terrível. Por favor, me deixe abraçar você.

— Não. A coisa foi piorando.

— Como pode ser pior do que... ele... ele e você...?

Ela disse as palavras olhando para o céu branco.

— Eu engravidei.

— Desgraçado.

Ela fez que não com a cabeça.

— Foi minha culpa. Eu não estava usando nenhum método para evitar. Eu nem sabia o que era isso. Pensei que ele tivesse tudo sob controle. Eu pensei... ah, eu não pensei nada.

Eu estava confuso.

— Eu estava tentando me levantar. Eu estava...

Eu a segurei e a abracei apertado.

— Emily, sinto muito.

— Mas ele foi muito decente comigo.

— Decente? Ele foi um canalha.

— Não, quero dizer, ele assumiu a responsabilidade. Ele providenciou tudo para o aborto. Pagou tudo, cuidou de mim.

Deixamos o silêncio se infiltrar entre os dois. Finalmente, consegui dizer:

— Então esse é o seu grande segredo.

— E dele.

— Isso muda tudo. Quem mais sabe?

— Ninguém. A esposa não sabe, tenho certeza. Mas eu contei ao Glen. O que aliás foi um erro. Ele ficou maluco. Queria denunciar o reverendo.

— E por que ele não fez isso?

Emily entrelaçou seus dedos com luvas grandes demais ao redor dos meus.

— Glen abandonou a Igreja. Chamou o reverendo James de hipócrita, disse que não queria ter nada a ver com os Doze depois do que aconteceu.

— Mas ele também estava tendo um caso... com a esposa do reverendo.

— Acho que isso também foi uma forma de vingança, mas não sei o motivo.

— Tudo faz sentido agora — murmurei. — Bem, mais sentido do que antes. Mas então por que Glen veio para cá?

— Eu tenho certeza de que ele queria expor o reverendo James. Ele queria resolver essa situação de uma vez por todas. Era disso que eu estava com medo naquela noite. De que houvesse um escândalo.

E o reverendo James queria que ele encontrasse Linda?

Ela assentiu.

— O enredo perfeito do triângulo amoroso.

— Ou quadrado — ironizei, contando as pessoas envolvidas. James, Glen, Linda, Emily.

— É um pentágono, se eu incluir você na confusão.

— Caramba, que nó.

— Mas, como você sabe, antes que Glen pudesse fazer qualquer coisa, ele sofreu um acidente. Ou alguém quis silenciá-lo.

— Ele foi assassinado.

— E Stephen ficou sabendo e também foi tirado de cena.

De repente ficou mais frio e escuro, e o vento se tornou mais cortante. Voltamos a caminhar em silêncio, na sinistra quietude, ouvindo o barulho dos nossos passos sobre a neve dura.

Agora eu estava mais confuso do que nunca. Depois de suspeitar do reverendo James, decidi que Mike era o nosso homem. Suas ações eram as mais suspeitas. As condições eram terríveis fora do castelo, mas ele se mostrara totalmente disposto a lutar contra as intempéries para supostamente ir buscar ajuda. E agora o reverendo James reassumia o posto de suspeito número um. Ele tinha um motivo. Um motivo duplo: a vingança pelo romance de Linda *e* a necessidade de encobrir sua transgressão com Emily. Meios. Motivo. Oportunidade. Tudo tão óbvio agora.

Olhei para Emily.

— Nós precisamos detê-lo. Temos que vigiar o reverendo James como falcões. Se não ficarmos atentos, correremos risco de vida.

Emily segurou meu braço.

— Por favor, não deixe que ele saiba.

— Você me conhece. Eu vou... fazer como você está me pedindo.

Ela me abraçou. Depois parou abruptamente na porta de entrada do castelo.

— Rafe.

— Sim?

— O que é isso?

Um bilhete pregado na porta da frente balançava na ventania. Reconheci o mesmo tipo de cartão da mesa de jantar. As palavras: "Quatro pássaros-pretos." A imagem: quatro aves negras grasnando e voando em círculo ao redor da figura de Cristo em uma manjedoura. Cada um deles tinha sido etiquetado com uma caligrafia rabiscada: Mateus, Marcos, Lucas, João. Arranquei o bilhete da porta. No verso havia um mapa, desenhado a caneta. O castelo, um caminho, a estrada e um círculo assinalado com um X.

— Não estou gostando disto.

***

Encontramos o restante do grupo formando um semicírculo ao lado da lareira.

Suzanne se levantou.

— Nós estávamos preocupados...

— Graças a Deus! — o reverendo James exclamou. — Não façam mais isso.

Guardei o bilhete no bolso. Eu estava vendo aquele homem com outros olhos. Esse homem havia estuprado Emily — embora ela não tivesse usado esse termo — e tinha financiado um aborto para manter as coisas em segredo.

— Vou pegar seu casaco — Danny ofereceu, mas eu balancei a cabeça, esticando as mãos geladas na direção do fogo. Emily estava muito perto da lareira, e ainda usava o casaco, as luvas e a balaclava.

Linda serviu café para nós, e também olhei para ela de outro jeito. Ela não pareceu perceber, mas era sempre uma máscara indecifrável junto com uma capa de delicadeza e falsa cortesia. Desempenhava bem o seu papel. Mas eu conseguia adivinhar o que havia por baixo daquele verniz. O reverendo James também interpretava muito bem o piedoso puritano. Ele me encarou como se tivesse ouvido tudo o que Emily e eu conversamos sobre ele. No entanto, havia um assunto mais urgente a ser resolvido.

— Os quatro pássaros-pretos — provoquei. — No cântico. O que eles representam?

Ele percebeu meu olhar de provocação.

— Sentem-se, sentem-se. — O reverendo James abriu espaço para nós dois entre Suzanne e ele mesmo. — Na verdade, falar em pássaros-pretos pode ser um erro de tradução. Originalmente eram quatro pássaros colley. Pássaros negros.

Emily e eu trocamos olhares.

— Colley significa preto. Os pássaros-pretos podiam cantar e eram bons presentes.

Todos estavam ouvindo agora.

O reverendo James suspirou.

— Eu esperava que tivéssemos uma lição todos os dias neste lugar. Mas os... percalços atrapalharam.

— Não, reverendo — Danny reagiu. — O senhor p-p-prometeu que nada iria comprometer a mensagem de Deus para nós esta semana. Nós...

— Chega de sermões de moral, reverendo James — interrompi. — Apenas conte para nós o significado dos quatro pássaros-pretos. Rápido. Precisamos saber com urgência.

— A minha ideia era que quem tem o cartão dos quatro pássaros-pretos deve resolver o mistério por si mesmo. — Ele olhou em volta e percebeu os olhares de interrogação.

— Os quatro Evangelhos — Danny sugeriu. — É esse o significado? Mateus, Marcos, Lucas e João.

Fiz um sinal com a cabeça.

— Acho que sim.

— O quê?! — Suzanne exclamou. — O quê?

— Acho melhor que todos vejam isso. — Abri o bilhete sobre a mesa e todos se amontoaram em volta dele. Olhei cuidadosamente para os olhos do reverendo James. Havia medo neles. Será que eu tinha visto culpa?

— Os quatro pássaros-pretos — disse Danny.

Virei o bilhete.

— E uma espécie de mapa.

***

Liderei o caminho, seguindo a linha pontilhada que devíamos percorrer, fora do castelo, pela estrada, entre a torre e o celeiro, e desviando à direita para o círculo. Os bancos de neve eram profundos em algumas partes, e eu era obrigado a contorná-los para não sair do trajeto.

— Pare!

Eu estava prestes a pisar em uma mancha de neve mais suave, que agora percebia ser um córrego congelado.

— O X fica em um pequeno lago, um lago circular. — Emily apontou para uma mancha escura de gelo, recentemente quebrada no meio.

Todos podiam ver a sombra escura sob a camada de gelo recém-congelada, braços e pernas estendidos para fora.

Não pode ser, pensei.

Eu me aventurei a avançar na superfície do lago, mas minha bota penetrou através do gelo até afundar na água gelada.

— Fiquem longe — exigi. — É gelo fino.

— Ele chegou até aqui e... caiu no lago. Afogou-se. Congelou até a morte. — A explicação do reverendo James foi mais um apelo, o seu gesto de fé e a crença em coisas não vistas.

Para os sentidos, porém, mesmo a essa luz fraca, a tonalidade azul do gelo era uma prova de assassinato.

Danny se agachou perto do lago congelado, inclinando-se para a frente.

— Vamos t-t-tentar tirá-lo daí?

— Como ele foi parar embaixo do gelo? — Alison perguntou.

Emily apontava para cicatrizes e linhas riscadas na superfície.

— O gelo congelou em cima dele. Aqui ele estava quebrado. E ali voltou a congelar.

Linda estremeceu e passou os braços em volta do corpo.

— Há quanto tempo você acha que ele está aqui?

Bati com o bico da bota no gelo.

— Passou a noite aqui. Provavelmente aconteceu logo depois que ele saiu do castelo.

— Dá para ter certeza de que é o Mike? — Suzanne estava inclinada sobre a borda. — Nós temos que tirá-lo daí.

Balancei a cabeça.

— *Nós* precisamos sair daqui, ou vamos todos congelar.

— Cuidado para não escorregar — alertou o reverendo James. — Foi exatamente isso o que aconteceu. Ele escorregou, caiu e não conseguiu sair.

Ele quase os convenceu — Danny, Alison e Linda, talvez, mas não Suzanne ou Emily. Os dentes de Suzanne estavam batendo a ponto de fazer barulho.

— Vamos voltar para o castelo.

— Não p-p-p-podemos simplesmente deixá-lo aqui — Danny reclamou.

Mas a temperatura estava abaixo de zero, meus lábios e pontas dos dedos estavam dormentes, e minhas narinas estavam pulsando de dor.

Ninguém mais precisava ser convencido. Eles me seguiram de volta ao castelo, contornando o lago. O reverendo James gritou:

— Fiquem juntos!

Mike era um homem forte, pensei. *Estava em boa forma, era atlético e experiente em condições climáticas extremas.* Ele não poderia ter sido estúpido a esse ponto. Teria evitado o lago congelado. E, se alguém o tivesse atacado, teria lutado para se defender.

E agora eu poderia riscar Mike da lista de suspeitos. Restava apenas o meu suspeito número um. Mas como o reverendo James havia planejado essa morte? Eu o tinha observado o tempo todo. Ninguém havia ficado fora de vista o tempo suficiente para fazer isso. Minhas suspeitas começaram a se concentrar nos outros agora — o concierge, o dono do castelo. Talvez fossem cúmplices que cuidavam do trabalho sujo para o reverendo.

***

Descongelando junto ao fogo, olhamos as faíscas dançando sobre a lareira. Não havia nada a dizer.

— Não faz sentido — disse finalmente o reverendo James. — Nada disso faz sentido.

Meneei a cabeça.

— E o cartão na porta, o mapa? O que significam? Um bilhete de suicídio?

Alison falou, com uma voz muito tranquila.

— Engraçado. Rafe e Emily foram lá fora sozinhos mais cedo. Eles deram um passeio.

Emily deu a ela um olhar de desdém.

— O lago estava congelado muito antes da nossa caminhada.

— Moças, moças. — O reverendo James bateu palmas. — Sem enfrentamentos. É justamente isso o que ele quer.

— Quem? — Linda estava de olhos arregalados.

— Satanás.

— O assassino, você quer dizer — Emily rebateu entre dentes. — Vamos dizer dessa forma. Assuma. Admita. O assassino.

Os olhos do reverendo James faiscaram.

— É esse o trabalho diabólico de Satanás. Sempre que alguém fica sozinho, ele... desaparece; tem uma morte horrível. Precisamos vestir toda a armadura de Deus para nos proteger.

— O reverendo J-James está certo — concluiu Danny, encolhido ao lado do fogo. — Não devíamos ter deixado Mike sair sozinho.

— Ele foi buscar ajuda — Linda lembrou. — Ele...

O reverendo James fez um movimento de cabeça.

— Nunca fiquem sozinhos. Se precisarem ir ao banheiro, levem um amigo junto. Confiram todos os cantos antes de entrar nos quartos.

— Vamos todos ajudar na cozinha — Danny acrescentou —, para garantir a segurança das garotas.

O reverendo James assentiu.

— Os homens devem dormir em um único quarto a partir de agora, e as mulheres em outro.

— Com certeza alguém vai nos encontrar. — Danny estava otimista. — No vilarejo eles devem s-s-saber que estamos aqui. Sem dúvida.

— Eles só vão ficar sabendo no décimo segundo dia — retruquei. — A menos que o reverendo aqui envie alguns anjos para avisá-los.

Emily me deu um empurrão.

— Rafe.

O olhar do reverendo estava murcho.

— A ajuda virá.

Os olhos de Alison passaram por cada pessoa na sala.

— Deveríamos estar todos armados — disse ela, com a voz trêmula.

O reverendo James levantou sua Bíblia.

— Esta é a maior arma que nós temos E não vejo motivo para não fazer o sermão que eu tinha preparado para hoje. Parece ainda mais relevante.

Para minha incredulidade, o grupo se instalou ao redor do fogo, pronto para ouvir.

— Eu já contei a vocês que a música "Os doze dias do Natal" era cantada por cristãos perseguidos. Bem, ela foi escrita em 1780, e cada verso é um código. As quatro aves negras, ou pássaros-pretos, eram um código para os quatro apóstolos, Mateus, Marcos, Lucas e João, que realizavam “a Grande Comissão”, espalhando o Evangelho, a boa nova para o mundo.

Ele vigiava cada um de nós, um por um, enquanto nos sentávamos desconfortavelmente ao redor da lareira.

Expirei, impaciente.

— Então, qual é o tema de hoje, reverendo James?

Ele pegou o exemplar de *O Livro dos Mártires* de John Foxe.

— No quarto dia do Natal, houve outro mártir. No século quinto, Estêvão de Constantinopla morreu nesta noite, 28 de dezembro.

— E... como ele morreu?

— Ele se afogou

— Como Mike — Emily traduziu calmamente.

— Pare — Suzanne pediu. — Não quero ouvir.

— Não foi o que aconteceu com Mike — Alison choramingou. — Não foi, não foi, não foi.

Linda a abraçou.

O reverendo James deixou o livro cair sobre a mesa.

— Deus quer que nós ouçamos isso. Há uma mensagem aqui para nós. Não adianta recusar.

— A mensagem — interrompi — é que alguém está querendo matar todos nós. E muito coincidentemente está usando os seus sermões, o seu *Livro dos Mártires*, como um plano para executar os assassinatos. Eu quero saber por que esses crimes correspondem tão exatamente aos seus sermões baseados nesse livro.

— O que você está insinuando? — Uma gota de suor correu pela testa do reverendo James. Seu rosto estava vermelho.

— Se você quer parar de se incriminar, é melhor parar com esses sermões.

— Cale a boca, Rafe. — Alison ficou de pé. — Como ousa dizer isso sobre o reverendo?

Danny também se levantou.

— Isso mesmo, Rafe, isso não é ap-p-propriado para o momento.

— Está bem. — O reverendo James fechou a Bíblia e sentou-se, puxando sua cadeira para mais perto do fogo, de costas para nós. O sermão terminara.

Suzanne também estava em pé.

— Rafe e eu vamos preparar o jantar — comunicou.

Emily a encarou, surpresa.

— Todos nós ajudaremos — Linda começou a sair da cadeira.

— Não, você fica aqui — Suzanne determinou. — Nós vamos cuidar de tudo.

***

— Bem, o que vai ser?

— Lasanha — ela respondeu, puxando da geladeira uma assadeira coberta com papel-alumínio.

— O *signor* Alfieri, o concierge, preparou. Eu sei que todas essas refeições já estavam prontas. Não tente fingir que você as cozinhou do zero.

Ela ligou o forno usando um soprador, e o barulho lhe deu a deixa para falar comigo. Eu sabia que essa era a verdadeira razão de ela me ter trazido para a cozinha.

— Rafe, eu preciso de um conselho. Uma coisa aconteceu e....

Tarde demais. Linda e Alison entraram na cozinha.

— O reverendo James pediu para virmos ajudar vocês — disse Alison. — Ela parecia presunçosa.

— Olhe, estamos indo bem sem a ajuda de vocês. — Suzanne apontou para forno. — Está tudo encaminhado, fique tranquila.

Mas Linda e Alison não foram embora. Linda tirou alface e tomate da geladeira e começou a fazer uma salada; Alison cortou um pão francês pelo meio e o lambuzou de pasta de alho de um frasco que encontrou no armário. Estávamos sendo policiados.

Jantamos em silêncio. Emily observava Suzanne, e Suzanne me observava, aflita porque seus esforços para me comunicar o que quer que fosse tinham sido frustrados. O que ela queria dizer? Sinalizei para ela que poderíamos conversar em breve. Mas o reverendo James garantiu que isso não poderia acontecer de maneira alguma. Ele olhava para mim e para ela; tinha percebido que alguma coisa estava acontecendo. Ele também escrutinava cada movimento de Emily. Estava procurando sinais de culpa. Ele estava olhando para ver se ela tinha revelado o que sabia sobre ele, eu tinha certeza.

Depois do jantar, Suzanne olhou para mim e bocejou.

— Já é tarde. Eu vou dormir.

Linda declarou que ela e Alison acompanhariam Suzanne e Emily para as paradas no banheiro e para se preparar para a noite. Foi uma manobra deliberada para me manter afastado dela.

— Vamos, então — Alison chamou, e ela e Linda ficaram de pé. — Vamos arrumar as camas no mesmo quarto.

— Para o quarto de Linda — o reverendo instruiu. — E os meninos vão todos dormir no meu quarto.

Emily encolheu os ombros e fez um sinal com a cabeça em concordância. Com um olhar de renúncia, Suzanne fez o mesmo.

Danny empurrou a cadeira para trás.

— Cavalheiros, v-v-vamos arrumar os quartos, mudar as camas de lugar.

Antes de deixar a mesa, escondi na manga uma faca de manteiga. Você nunca sabe quando vai precisar se defender.

Emily conseguiu trocar uma última palavra comigo antes de nos separarmos. Estávamos olhando para a noite coberta de neve.

— Não confio em nenhum deles — disse ela. — Nenhum.

— Nem em mim?

— O que estava acontecendo lá na cozinha?

— Estava investigando.

Ela parecia cética.

— Claro.

Toquei seu rosto.

— Fique de olho em Suzanne, está bem? Alguma coisa está acontecendo.

Ela piscou.

— Não se preocupe, Rafe, estou com você nessa. Vou cair em cima dela como uma irritação na pele. Mas é melhor você cobrir o reverendo também.

Eu ri.

— Como um terno barato.

***

Não foi nada agradável dormir ao lado de James e Danny. O pensamento de que um desses homens poderia ser o assassino tornava tudo ainda mais desconcertante. Quão seguro era dormir no mesmo quarto que eles? De quem tinha sido a ideia, afinal? Do assassino? Emily, igualmente, poderia estar dividindo um quarto com uma criminosa em série.

A menos que ela mesma fosse a assassina.

A regra — eu tinha aprendido isso depois de anos lendo thrillers ruins — era que o assassino fosse sempre aquele de quem menos se suspeitava. Nunca era óbvio.

A menos que o óbvio fosse aquele de quem você menos suspeitava.

O mais provável: o reverendo James.

A menos suspeita: Emily.

Ou Danny. Sua gagueira desconcertante podia ser um disfarce que escondia um desejo obscuro de destruição.

E também podia ser eu.

Uma vez assisti a um filme, chamado *O amigo oculto*, no qual o investigador descobriu, para sua surpresa, que ele mesmo era o assassino.

No mundo real, contudo, o suspeito mais óbvio era o reverendo James Miller. Quem mais poderia ter planejado todo esse pesadelo com tanta perfeição, e providenciado para que as mortes correspondessem perfeitamente ao seu pequeno *Livro dos Mártires* de John Foxe? Linda poderia ser sua cúmplice. Ou Alison. Ou todas elas. Novamente, parecia mais provável que ele tivesse trabalhado com uma mão invisível aqui — o concierge, o dono do castelo — para acabar conosco um depois do outro.

Tem havido casos de líderes religiosos que massacram seus próprios rebanhos.

Na cama, permaneci em vigília, fingindo estar dormindo. O reverendo James estava acomodado na cama ao lado. Como eu tinha ido parar nessa situação? Assim como nos retiros do tempo da escola, quando estávamos tão aterrorizados por não nos adequarmos, tão desejosos de agradar, de obter sua aprovação, que nos alinhávamos com as ideias malucas desse homem, queimando nossos álbuns de rock e livros "seculares", renunciando ao cinema e à TV por serem coisas "do diabo". Conscientes de que os demônios estavam sempre atrás de nós tentando nos fazer tropeçar e cair, tentando-nos com desejos sexuais, Deus observando cada movimento nosso, erguendo a sobrancelha diante dos nossos pecados, exigindo submissão, obediência e adoração. E por trás de tudo isso estava o reverendo James, preparando-nos para sermos suas ovelhas. Isso me deixou enjoado. Fiquei observando esse homem, sua cabeça calva cheia de segredos. Revi na mente as revelações de Emily: Glen e Linda, James e Emily, e sabe-se lá quem mais. O fanatismo desse homem pode ter se transformado em uma necessidade insaciável de vingança e ocultação de toda imoralidade.

Somente quando ele passou a ressonar profundamente e Danny havia desabado feito um saco de pedras no colchão arrumado sobre o piso foi que relaxei e comecei a pegar no sono.

Por volta da meia-noite, entretanto, um rangido no assoalho me trouxe de volta à consciência plena. Das fendas enrugadas dos meus olhos, vi uma sombra surgir da cama ao lado. Estiquei a mão pela lateral do colchão e senti o cabo gelado da faca de manteiga.

A sombra vacilava em direção à porta.

Danny.

Supus que estivesse indo ao banheiro. Na noite gelada, sobre o chão de pedra fria, ele havia se enrolado no cobertor e cambaleado feito um zumbi na escuridão. Girou lentamente a chave na fechadura e, com muito cuidado, puxou a porta. E desapareceu no corredor.

Eu tive que segui-lo.

O reverendo James estava dormindo profundamente, roncando um pouco. Rastejei para fora da cama. Meus dentes batiam. Os pés descalços formigavam de frio. Puxei o edredom da cama e o enrolei com força ao redor do corpo, depois calcei os tênis. Segui Danny até o corredor, escondido nas sombras.

Não, ele não estava indo ao banheiro. Danny caminhou até o fim do corredor que levava à ala feminina e fez uma pausa perto de uma janela. O brilho da neve no chão me deu luz suficiente para ver sua silhueta.

Ele tinha um papel na mão, segurando-o com força como se fosse um guia. Então caminhou pelo corredor e titubeou perto do quarto onde as mulheres dormiam. Tocou a maçaneta da porta, ainda decidindo. Meu coração disparou. Se ele fizesse alguma tentativa de entrar, eu o atacaria e o derrubaria no chão. Segurei a faca com força e me preparei para o ataque. Mas não. Ele não entrou. Seguiu em frente, tropeçando em seu cobertor como se fosse o fantasma de um monge. Soltei a respiração.

Danny fez uma curva na direção da biblioteca. Empurrou a porta e mergulhou na escuridão. Fiquei esperando do lado de fora e tentando ouvir.

Peguei você.

Danny tinha sido o mais calmo, o menos suspeito. Era um comportamento pouco típico para um seguidor fiel, uma ovelha do rebanho. Danny estava planejando um assassinato? Ou iria cometer um?

E então senti o cheiro do perfume.

O perfume de Suzanne.

Os pensamentos fizeram espirais em minha mente. Ele a atraíra para a biblioteca a fim de matá-la. Ela o havia enganado marcando um encontro para que ela pudesse matá-lo. Eles eram cúmplices e estavam tramando para matar alguém.

Eu tinha sido atraído para a minha própria morte. Ou talvez isso não tenha nada a ver com assassinato. Um encontro entre amantes secretos.

Mas os dois sabiam que seria perigoso andar pelo castelo à noite.

Espiei dentro da sala.

Não havia qualquer vestígio de Danny. As pesadas prateleiras dos livros estavam imóveis. O brilho esbranquiçado que vinha das janelas desenhava um padrão de zebra ao atravessar as prateleiras ao chão. Danny não estava na sala. Um vento frio soprou e eu enxerguei uma porta entreaberta na outra extremidade. Eu me espremi contra a parede e me arrastei em direção a ela. Nunca tinha visto essa porta antes, mas rapidamente descobri que era uma segunda entrada para o museu da tortura.

Tínhamos deixado a janela aberta nessa sala para conservar frio o corpo de Stephen. O museu da tortura estava interditado, e nós o tínhamos trancado. No entanto, quem quer que pudesse abrir e trancar as portas eletronicamente tinha cuidado para que essa estivesse aberta. Agora, ali estava Danny entrando por uma passagem secreta no meio da noite. Consegui enxergar apenas formas moldadas pela neve brilhante do lado de fora da janela alta. Ali estava a guilhotina. O corpo de Stephen. A cabeça de Stephen. E reconheci outras formas também — a dama de ferro, parecendo uma besta com a boca aberta, oito manequins pendurados no teto, o touro de bronze.

Danny podia estar escondido atrás de qualquer um desses objetos, esperando por mim. Por isso permaneci na sombra, empunhando a faca. Eu esperava uma coisa terrível — um corte no pescoço, ou duas portas de metal com estacas para me prender em um sanduíche de carne. Experimentei todos os instintos animais de uma presa, arrepios, o coração batendo, o sangue fugindo das extremidades. *Nós somos animais,* pensei. *Predadores e presas.* E somente o mais apto sobreviveria. Meu corpo estava preparado para a luta. Ou para fugir. Mas não para o silêncio, a escuridão e o perfume.

Nem sinal de Danny.

Desnorteado, fiquei imóvel feito uma pedra e escutei. Não ouvi nada além do batimento do meu coração.

Voltei à biblioteca e fiz uma nova vistoria naquela sala, para o caso de ter perdido alguma coisa. Mas não havia nada ali.

Cruzei o corredor, tentando usar o instinto, a intuição. O perfume estava me deixando enjoado. Caminhei na direção do quarto onde as mulheres estavam. Escutei do lado de fora por um momento e depois virei a maçaneta lentamente. A porta estava trancada. Isso era bom.

Ao longo da passagem, os outros quartos das mulheres estavam vazios.

Finalmente, voltei para a ala masculina e entrei em nosso quarto. O reverendo James ainda estava dormindo, exatamente na mesma posição em que eu o deixara, de costas, roncando. A cama de Danny estava ocupada. Danny tinha puxado sobre si o cobertor em que estava enrolado e agora dormia. Eu estava ao lado da cama do homem, com a faca pronta, ouvindo.

SEIS GANSAS POEDEIRAS

Devo ter adormecido pouco tempo depois, porque era madrugada quando acordei. O cabo da faca frouxo na mão.

E agora o reverendo James tinha desaparecido. Eu sabia que ele se levantava cedo para rezar todas as manhãs, mas não estava combinado ficarmos fora da vista uns dos outros.

Pelo menos Danny ainda estava dormindo.

À luz rosada, enxerguei um bilhete sobre a mesa de cabeceira perto dele. Eu o peguei. Ele não se mexeu. Desdobrei o papel e me esgueirei para ler. A lápis, uma caligrafia suave e cheia de curvas dizia:

> *Danny, esteja lá, por favor. Biblioteca à meia-noite.*
> *Eu tenho que falar com você.*
> *Vida ou morte.*

O bilhete estava perfumado. Eu estava enjoado quando o coloquei de volta sobre a mesinha. Suzanne estava fazendo algum joguinho ali, mas qual?

— Danny! — sussurrei.

Não tive resposta.

Puxei os cobertores dele para trás, a fim de sacudi-lo até acordar.

Mas ele não estava lá. Os travesseiros e o cobertor de baixo tinham sido enrolados até se tornarem uma bola.

Merda.

Corri para a porta e disparei ao longo do corredor, depois saltei pelas escadas e entrei na sala de estar.

— Reverendo James!

Ele estava ajoelhado, curvado em oração, de frente para a janela. No chão, diante dele, estavam a Bíblia aberta e *O Livro dos Mártires*. Nada de anormal. O reverendo James tinha feito isso todos os dias de sua vida desde que eu o conhecera, e tinha exortado seu rebanho a ter sua própria "hora da meditação" a cada amanhecer, a fim de orar a Deus e deixá-lo falar através de Sua Palavra.

— Há quanto tempo está aqui? — foi minha primeira pergunta.

O reverendo James abriu os olhos.

— Rafe, você não pode perturbar a meditação de uma pessoa com Deus. Você sabe disso.

Contive o impulso violento de lhe dar um soco.

— Onde está Danny?

Ele expirou, demonstrando irritação.

— Eu o deixei dormindo. E você também. Vocês dois estavam roncando bastante, por sinal.

— Ele não está no quarto.

O reverendo James não reagiu.

— Talvez ele esteja praticando a hora da meditação em outro lugar. Que é o que todos nós deveríamos estar fazendo.

Balancei a cabeça.

— O cobertor dele estava simulando que ele estava na cama, mas Danny não está lá.

O reverendo James fechou sua Bíblia.

— Talvez esteja no banheiro.

— Vou procurá-lo. Entrei na sala de jantar e parei ao lado da mesa do café da manhã. Parei, petrificado. Olha!

— Veja!

Cinco anéis plásticos dourados estavam no lugar de Danny à mesa, sobre o jogo americano, dispostos no estilo do símbolo olímpico. Eu sabia o que significava.

— Cinco anéis de ouro — disse o reverendo James. Ele pegou um deles, examinou-o e o avaliou com um aperto de mão. — O quinto dia do Natal.

Examinei sua reação. Ele agiu sem surpresa, sem emoção, como se soubesse exatamente o que aquilo significava. Disfarcei o pavor que estava sentindo.

— Danny... — Eu me agachei para examinar algo no chão.

— Veja.

Sob a cadeira de Danny, na semiescuridão, havia uma Bíblia, ou o que restava de uma Bíblia. As páginas tinham sido arrancadas e espalhadas por todo o chão.

O reverendo James se curvou e pegou o exemplar destruído. Seus dedos tremiam.

— Os primeiros cinco livros da Bíblia. Arrancados.

Ele recolheu as páginas rasgadas, olhando para elas. Estava escuro demais para ler, mas ele parecia saber exatamente quais eram os textos.

— Os cinco anéis dourados. É o que eles são. O Pentateuco. Os livros da lei.

Olhei diretamente para o reverendo James.

— Quem mais conheceria o significado dos cinco anéis de ouro além de você?

O reverendo James piscou e deixou cair as páginas.

— Isso significa que nenhum de nós está seguro. Significa... — Ele se virou e correu para a porta.

Corri atrás dele.

— Espere!

Ele subiu as escadas e mergulhou no corredor, seguido de perto por mim. Ignorando-me, parou do lado de fora do quarto das mulheres e bateu na porta.

— Vocês estão bem? Linda? Alison?

Uma sonolenta Suzanne vestindo o roupão cor-de-rosa claro, cabelo espalhado pelo rosto, abriu a porta.

— Reverendo James.

Ela barrou a porta, a sombra de um sorriso irônico em seu rosto.

— Desculpe, reverendo, Rafe, não podem entrar aqui. Nós ainda não estamos... compostas.

O perfume que ela emanava me deu vontade de vomitar.

— Danny desapareceu — revelei.

Olhei sem piscar para o rosto dela a fim de garantir que veria além da aparência. A primeira reação é sempre a mais honesta. Seus olhos se inundaram de terror. Uma certa sensação de medo, mas não de surpresa.

— Mas o Danny estava com você.

Emily passou por Suzanne, amarrando o cinto de seu roupão.

— Danny está desaparecido?

Passei por ela e entrei no quarto escuro.

— Alguém o viu?

— Ele certamente não está aqui — Emily respondeu.

Linda e Alison também bloquearam a porta.

Emily apontou para o corredor.

— Talvez esteja no banheiro.

— Vou procurar no banheiro e nos quartos dos homens.

Mas Danny não estava em nenhum lugar.

— Talvez no banheiro das mulheres — Suzanne sugeriu.

— Vamos juntos.

Liderando o caminho, bati na porta e inspecionei as bancadas e armários do banheiro. Emily apontou para uma fileira de garrafas na prateleira. Xampu, condicionador e um pequeno frasco cor-de-rosa tapado com uma rolha.

— O perfume de Suzanne — sussurrou.

Peguei o frasco, farejei e senti o enjoo voltar.

— Com licença! — Eu me virei e vi Suzanne com a testa franzida. — Isso é meu.

Não tive tempo para pensar em uma desculpa para estar farejando o perfume dela. Ela parecia apavorada.

— Danny! — a voz trêmula do reverendo James se multiplicava pelo eco nos corredores. As paredes geladas de pedra faziam o som ricochetear. Ele nos pediu para desistir do banheiro. — Precisamos vistoriar todos os quartos. Mas todos juntos.

— Pelo que eu conheço de Danny, ele está orando em algum lugar

— Alison conjecturou. — Ele sempre pratica a hora da meditação depois de acordar. — Mas ela disse isso sem convicção.

— Espero que sim.

— Para onde estamos indo, Rafe? — perguntou Emily.

Eu os conduzi até a biblioteca e passei pelas filas de prateleiras. Talvez tivesse perdido algo no escuro na noite passada. Talvez Danny ainda estivesse ali. Mas a sala estava vazia. Tentei a maçaneta da porta no fundo da sala. Trancada.

— Nós precisamos entrar aqui.

O reverendo James fez uma expressão preocupada.

— Aonde essa porta vai dar?

— No museu da tortura.

— Não, a porta do museu fica do outro lado do corredor.

— Confie em mim. — Tirei o molho de chaves que havia furtado no corpo do Stephen e tentei uma chave atrás da outra. Sem sorte. Que chance eu tinha contra um mecanismo de travamento eletrônico remoto? — Precisamos entrar pela porta do museu da tortura.

Os olhos do reverendo James se arregalaram.

— Você acha que ele está lá dentro? Ele não conseguiria entrar. A chave está comigo.

— As portas se abrem eletronicamente neste castelo — reforcei. Tentei a porta novamente. — Ele entrou por aqui. Enfim, nós temos que dar a volta pelo outro lado.

O reverendo James nos levou até a entrada pelo corredor e destrancou a porta. Eu o empurrei para dentro da sala.

— Acho que não é uma boa ideia — disse ele. — As moças devem ficar para trás. Afinal de contas...

— Eu não vou ficar sozinha aqui fora — Linda protestou.

A primeira coisa que senti foi o leve traço de perfume. O ar frio soprava pela janela aberta. Nada mais estava errado. Mas o instinto tinha me puxado até ali, e a sensação de pavor crescia em mim.

— Tem certeza de que ele entrou aqui? — Emily quis saber.

Assenti.

— Aquela porta da biblioteca estava aberta no meio da noite. Bem aberta. Todas as portas podem ser controladas eletronicamente, lembra?

Dei uma nova olhada na sala. Algo estava diferente, mas eu simplesmente não conseguia descobrir o que era.

Então Alison gritou.

— Eca, pisei em uma coisa pegajosa.

Ela levantou os pés, e eu me abaixei para ver o que era.

— Uma lanterna, por favor.

— Ah, meu Deus — Emily gemeu enquanto jogava o feixe de luz no chão.

— Saia daí! — Meu coração estava prestes a explodir.

Alison estava perto da dama de ferro. E isso era o que estava diferente. A dama de ferro, o sarcófago com as estacas, estava aberta, de pé e em exposição na última vez que eu olhara para aquilo, como um crocodilo exibindo seus dentes. Mesmo à meia-noite, lembrei-me claramente de vê-la aberta em um ângulo de noventa graus. Agora estava fechada. E do fundo do caixão em forma retangular escorria uma piscina de líquido viscoso cintilante. Alison tinha pisado nesse resíduo, que parecia ser óleo ou cola. Ela deixou pegadas enquanto se afastava.

Linda gritou.

— É sangue!

Dirigi a lanterna para o caixão fechado. A donzela gravada em sua tampa gritava de terror silencioso, seu tronco nu e negro de aço brilhando à luz refletida.

— Não — pediu o reverendo James enquanto eu pegava a alça do caixão para abri-lo. — Todos para trás.

Linda e Alison se esconderam atrás do reverendo James. Ele as protegeu com os braços como se eu fosse desencadear algum ataque terrível contra elas. Suzanne recuou para a porta.

Todos nós sabíamos o que iríamos encontrar. Puxei os dois fechos de metal sobre a tampa e lentamente abri a dama de ferro. Meus pés tinham grudado no chão. Eu sentia ânsia. Farejava o cheiro da morte.

Estava preso. Puxei com as duas mãos na tampa.

— Alguém me ajude aqui!

Emily enrolou seu roupão apertado em volta do corpo e ficou ao meu lado. Suas pantufas grudaram no chão enquanto ela se posicionava para puxar a alça.

— Devagar agora, no três.

A tampa ainda relutava, como se tivesse sido colada. Ouvimos um barulho de sucção horrível quando os dois lados se separaram. Eu havia me preparado para o que estava lá dentro, mesmo assim fiquei em estado de choque. Emily paralisou e soltou a alça.

A dama de ferro tinha sido preenchida. O que tinha sido um caixão polido com estacas brilhantes era agora uma confusão de carne ensanguentada empalada nas duas partes. A tampa que tínhamos acabado de abrir tinha pedaços de carne em suas estacas.

Os olhos mortos de Danny nos encaravam com terror soturno. Uma estaca havia perfurado sua garganta, outra atravessara seu coração. A terceira haste empalara suas costas. Das duas restantes, uma tinha furado a coxa esquerda e outra o braço direito. O sangue tinha escorrido do fundo do caixão para o piso e congelado ao redor do aparato.

O reverendo James cobriu os olhos e rezou.

— Por favor, Deus. Não.

Alison se dobrou ao meio, apertando o estômago e vomitando ali mesmo. Linda a abraçou, tremendo violentamente. Emily olhava fixamente para a cena, olhos arregalados, silenciosa.

— Nós temos que sair daqui... e chamar a polícia — Suzanne bradou.

— Eu não fico aqui nem mais um segundo — Alison disse ao reverendo James. Ela limpou os chinelos no chão, como se estivesse tirando lama. — O senhor tem que nos tirar daqui. Agora.

Passei os olhos pelo cadáver e depois pelo sarcófago que tinha sacrificado Danny. As estacas instaladas estrategicamente para penetrar um corpo de ambos os lados. Não havia como alguém permanecer vivo depois de ser preso dentro desse caixão.

— Feche isso — ordenou o reverendo James.

Eu o ignorei. Em vez disso, me aproximei do caixão e toquei no rosto de Danny para procurar a pulsação em seu pescoço. A pele dele estava fria. Já estava morto fazia algum tempo. Os olhos estavam voltados para o ambiente ao redor. *Danny, Danny, o que você estava fazendo aqui à meia-noite? Por que não o vi? Por que não consegui salvá-lo? Quem fez isso com você?*

Em seu pescoço encontrei o mesmo pequeno ponto vermelho que

havia visto em Stephen. Eu me afastei, meus pés grudando no sangue. Emily espiou e também viu a mancha vermelha. Alison e Linda estavam escondidas atrás do reverendo James, e Suzanne ficou ao lado da porta de braços cruzados, apertando seu corpo com força. Ela cravou os olhos em mim.

— Vocês não estavam dormindo no mesmo quarto? — Emily sussurrou. — Quero dizer, como foi que ele... se separou de vocês?

Foi o reverendo James quem respondeu:

— Quando acordamos esta manhã ele tinha desaparecido.

— Eu vi quando ele saiu no meio da noite — eu disse.

— Não! — Suzanne gritou da porta de entrada. Sua reação foi tão inesperada que eu a encarei fixamente. Seu rosto adquiriu uma coloração vermelha. Os lábios tremeram. — Não! Não! Não! Não!

— Rafe, você devia ter impedido Dany de sair — o reverendo James me censurou. — Pelo menos devia ter me acordado. — Ele me olhou direto nos olhos.

— Pensei que ele estivesse indo ao banheiro. E mesmo assim eu o segui.

Todos os olhos estavam em mim. O principal suspeito.

— Esperem um minuto. Escutem o que eu vou dizer.

— Você o seguiu para onde? — Suzanne quis saber.

— Para a biblioteca.

— Meu Deus. — Suzanne estava tão pálida que pensei que fosse desmaiar. Alison e Linda a seguraram. Eu a encarei, a desconfiança e a sensação de enjoo aumentando cada vez mais. O bilhete. Claro. Ela o atraiu para lá com o bilhete.

— Quer dizer — o reverendo James me interpelou — que você o viu na biblioteca.

Balancei a cabeça em negação.

— Eu o vi passar pela porta aberta entre a biblioteca e esta sala. Aquela porta que eu mostrei antes estava aberta. Mas quando eu vim atrás não consegui vê-lo em lugar nenhum.

Alison saiu de trás do reverendo James para me enfrentar, com os olhos cheios de ódio e acusação.

— Você esteve aqui no meio da noite?

— Sim. A dama de ferro estava aberta e vazia quando eu procurei por Danny neste museu. Tenho certeza disso. Então eu voltei para o quarto dos homens e ele estava lá, ou pelo menos foi isso o que eu pensei. E eu fui dormir. Somente hoje de manhã percebi que ele não tinha retornado. Alguém embolou a roupa de cama para parecer que Danny estava deitado lá.

Não falei uma palavra sobre o bilhete. Meu instinto pediu silêncio sobre ele. Um palpite. Os olhos aterrorizados de Suzanne estavam cravados em mim. Ela tinha acabado de se tornar a suspeita número um. No mínimo estava empatada com o reverendo James.

Para todo o restante do grupo, porém, os julgamentos recaíam sobre mim.

Um assassino, eu queria dizer, *não confessaria ter seguido a vítima até o local do crime.*

O rosto de Alison estava frio e crítico.

O reverendo James franziu a testa.

— Venham. — Ele conduziu as mulheres para fora da sala e as levou para o corredor. — Está frio demais aí dentro. Fechem essa porta.

— Pobre Danny — Alison choramingou.

— E Stephen... — Linda completou.

— E Glen — Emily enumerou mais um.

— E Mike — encerrei a lista.

O reverendo James fechou a porta. Ficamos no corredor, desconfiando de quem quer que estivesse por perto.

Emily enrolou bem o roupão no peito.

— Isso já passou do limite. Nós não podemos simplesmente... passivamente...

Eu me virei para sair, mas senti o reverendo segurar meu braço.

— Aonde você vai, Rafe?

Eu me soltei dele.

— Encontro vocês na sala de estar.

Ele tentou me segurar de novo, mas eu me esquivei.

— Sozinho você não vai a lugar nenhum!

Fugi pelo corredor até o quarto dos homens, ignorando os passos que ouvia atrás de mim. Voei para a mesa de cabeceira de Danny a fim de apanhar o bilhete, mas tinha desaparecido. Procurei no chão para o caso de ter voado, bati a manta e os travesseiros para ver se não estava perdido em sua cama. Nada.

— Rafe?

Suzanne apareceu, esbaforida, na porta do quarto.

— Preciso falar com você. É urgente.

Ela fechou a porta atrás de si e virou a chave. Seu olhar era um pouco perturbador, como se pudesse fazer alguma coisa, e por um segundo senti um medo repentino e cortante de que ela fosse a assassina e tivesse vindo atrás de mim. Para me silenciar. Para pegar de volta o seu bilhete incriminador.

Mas não.

— Eu não acredito que fiz isso de novo — ela disse, chorando e se jogando contra mim. Seu roupão cor-de-rosa era macio. O cabelo cheirava a xampu de maçã-verde. O perfume continuava a me dar náuseas.

Tentei segurá-la longe de mim.

— Fale...

Fungando, ela tirou do bolso um pedaço de papel e o entregou para mim.

— Danny me deu isto ontem à noite.

Olhei fixamente para as letras maiúsculas e minúsculas misturadas, espaçadas e desalinhadas .

> *Encontre-me à MEIA-noite. Bibli oteca.*
> *URGENTE. Vida ou morte.*
> *Por favor, Suzanne, eu PRECISO falar com*
> *você, SENÃO VOU morrer.*
> *Não falte desta vez.*

Suzanne me segurou pela camisa.

— Mas eu não fui. Eu recebi o bilhete e pensei: é uma armadilha. Ele está tentando me atrair para algum lugar.

Apertei sua mão com força.

— Então era isso que você vinha tentando me contar.

Ela me abraçou apertado, o rosto colado no meu peito.

— Tranquei a porta ontem à noite para que ninguém conseguisse entrar. Esperei a noite para que Danny fosse me pegar.

Agora eu estava confuso. Tinha me afastado de Suzanne, suspeitava de coisas terríveis sobre ela, mas, com seu corpo em meus braços, tudo o que eu sentia era compaixão.

— Você pensou que ele fosse o assassino?

Ela assentiu.

— Depois que nós descobrimos que ele estava morto, primeiro eu pensei que tivesse se matado. Como Glen. Como Stephen. E Mike. Por minha causa. O bilhete diz que ele ia morrer se não falasse comigo. Isso significa que eu o matei.

Tentei me soltar do abraço de Suzanne, não confiando nela, não querendo sentir o que estava sentindo, mas ela se agarrou mais forte ainda.

— Suzanne, fique calma. Calma. Eles não se mataram. Nenhum deles.

— Estou com medo, Rafe. Ela deu um puxão na minha camisa.

Estabilizei sua mão.

— Danny tinha o cartão dos cinco anéis de ouro. Você não. — Tomei fôlego. — Suzanne, eu preciso lhe perguntar uma coisa...

Mas ela se afastou e virou a cabeça para a porta.

— *Shh!*

Lá fora ouvi a tropa chegando ao longo do corredor para nos buscar, chamando nossos nomes.

— Está tudo bem — gritei. — Já vamos sair.

Pus a mão no ombro de Suzanne e olhei em seus olhos. Queria ver como ela reagia.

— Danny também recebeu um bilhete. Era a sua letra; eu li. Estava bem aqui, perto da cama dele, mas agora sumiu. — Fiz um gesto apontando para a mesinha de cabeceira. — Foi por isso que eu voltei para cá: minha intenção era pegá-lo.

Com os olhos inocentemente arregalados, os lábios trêmulos, parecendo uma personagem de um de seus filmes, ela perguntou:

— O que estava escrito?

— O texto era o mesmo do seu bilhete. "Me encontre à meia-noite." — Hesitei. — Uma conversa reservada.

Ela segurou meu colarinho com mais força, até nossos rostos ficarem a centímetros um do outro.

— Eu não escrevi bilhete nenhum. Nunca.

Seus olhos estavam cansados, suplicantes. Meu coração estava acelerado. Como não acreditar?

— Tem certeza?

— Por que eu escreveria um bilhete para ele?

A porta tremeu quando alguém bateu nela. Era o reverendo James.

— Rafe?

Ela se esticou contra mim.

— Só precisamos de um minuto — respondi.

— Então você não escreveu para ele?

Ela se separou de mim e começou a caminhar de um lado para o outro, como se estivesse refletindo. Dava para perceber que estava angustiada. Ou estava interpretando uma pessoa angustiada. O tom era meio exagerado. Ela puxava o próprio cabelo, torcia as mãos.

Apontou para a mesinha onde eu havia encontrado o bilhete.

— Eu nunca escrevi para ele. Nunca.

Olhei nos olhos dela novamente. Parecia sincera, mas, novamente, alguém que é capaz de chorar sob demanda consegue fingir qualquer tipo de emoção.

Mais marteladas na porta. A voz de Linda.

— Está tudo bem, Suzanne?

— Ela está bem — falei. — Esperem só mais um momento, por favor.

Empurrei Suzanne em direção à janela, para longe da porta.

— Então, se isso tudo for verdade, alguém armou uma cilada para você. Ou a incriminou.

— Você não acredita em mim?

Examinei seus lábios sentidos, mas não disse o que realmente pensava. Se eu estava jogando para ganhar, deveria saber o suficiente para guardar algumas cartas na manga. No entanto, se o bilhete que li era falso, a carta de Glen também poderia ser.

— Talvez alguém esteja usando você como isca para atraí-los para a morte.

Ela fez uma expressão de pânico. Afastou-me.

— Gato e rato. Pescador e peixe.

As pancadas continuaram. O reverendo James gritou:

— Abram esta porta. Agora.

Amassei o bilhete de Suzanne e o enfiei no bolso.

— Não vamos comentar nada sobre os bilhetes. Eu quero descobrir o que está acontecendo. Saber quem escreveu.

Em resposta, ela tocou meus lábios com os dedos.

Destranquei a porta para ver o reverendo James parado ali, com o olhar furioso.

— Como se atreve...?

Linda e Alison passaram por mim e abraçaram Suzanne, escoltando-a para o corredor como se a resgatassem das minhas garras malignas.

— Você está bem? — Alison perguntou a ela, lançando para mim um olhar acusador.

Olhei de volta.

— Ela está bem. Está tudo bem — respondi.

O reverendo James estreitou os olhos.

— Não está tudo bem, Rafe. Definitivamente, não está tudo bem.

Emily, de braços cruzados, sacudia a cabeça para mim.

***

Ninguém tinha vontade de comer, mas foi o que fizemos. Qualquer coisa serviria para fingir uma sensação de normalidade depois de ver Danny empalado feito um kebab de frango. Linda tremia ao servir canecas de café forte para cada um de nós, e Alison trouxe um prato de panquecas. Graças a Deus. Eu não aguentava mais comer bacon e salsicha. Pinguei xarope nas panquecas e comi três para acalmar meu estômago enjoado, depois empurrei o mal-estar goela abaixo com café puro. Olhei para o jogo americano de Danny, os cinco anéis de plástico, os livros rasgados da Bíblia ainda espalhados pelo chão.

Na minha opinião, sendo uma enfermeira, Emily era a única de nós que já tinha visto um cadáver antes. Eu nunca vira cabeças decapitadas, corpos afogados, espatifados contra pedras, nem perfurados com espetos de trinta centímetros em um espaço fechado. E nunca tinha sido tão indefeso a ponto de precisar deixá-los naquele estado e me sentar à mesa no mesmo imóvel, comendo panquecas e olhando fixamente para os possíveis assassinos. Isso era surreal, pensando em Stephen e Danny como se fossem peças expostas no museu, seu sangue escorrido ao redor do corpo em halos pegajosos.

Eu devia tirá-los de lá, por questão de dignidade.

Não. Precisamos chamar a polícia.

Não. Simplesmente vá embora daqui. Fuja deste manicômio.

Mas estávamos em uma nevasca, enterrados num necrotério congelante.

E agora os bilhetes. Eu não sabia se podia confiar no relato de Suzanne. Tentei combinar as novas evidências na mente. Parecia... infantil. Trocando bilhetes como se fôssemos adolescentes. Alguém estava tramando tudo isso, deixando um pouco do perfume de Suzanne em todos os lugares. E, para reforçar a suspeita, alguém estava forjando sua caligrafia, em um jogo idiota — mas fatal.

1. Suzanne recebe um bilhete de amor enviado por Glen. Glen morre nessa mesma noite.

2. Danny recebe um bilhete de Suzanne. Suzanne recebe um bilhete de amor enviado por Danny. Danny morre na mesma noite.

3. Glen me pede para trancar a porta. E morre antes de explicar o motivo.

4. Stephen me confessa que tem provas. E morre antes de conseguir explicar.

5. O perfume de Suzanne é encontrado em todas as cenas dos crimes (exceto talvez na de Mike).

Suzanne. Suzanne. Suzanne. Eu a encarei com fascínio crítico. Tentei separar os fatos da sensação de estar em seu abraço, mergulhado em seus olhos suplicantes.

— Mais café para todos vocês — Linda ofereceu. — Vai ajudar.

O rosto do reverendo James ficou pálido enquanto ele estendia sua caneca.

— Eu sabia que isso iria acontecer — afirmou.

Olhei para ele com muita atenção.

— Satanás estava pronto para atacar. Para ele, era um desafio. Os

Doze se reunindo novamente. Pensei que fôssemos fortes, mas estávamos divididos.

Ele é louco, pensei, *ou então está criando uma cortina de fumaça astuta.*

— Do que você está falando?

— Eu nunca deveria ter convidado todos vocês para vir a este lugar. Enfrentar nossos pecados, confessar nossa iniquidade. Ele está zombando de mim.

Tinha chegado a hora de confrontá-lo, com todos os outros presentes, para que ele não se safasse.

— Reverendo James, você planejou tudo isso. Nós precisamos falar sobre o que estava programado.

Ele pareceu assustado. Encurralado.

— O que eu planejei era que cada um de nós considerasse os nossos pecados no dia escolhido... mas apenas para nos purificarmos. As mortes não estavam nos planos. Eu não previ esse escárnio cruel das minhas intenções.

Olhando para aquele rosto, vi ilusão, verdade fundamentalista, dor, tristeza, teimosia justa. Não tive certeza se vi um assassino.

— Bem, vamos ouvir, então, reverendo. — Ele parecia um coelho encurralado. — O sermão. Você disse que tinha preparado um para cada dia do Natal. Uma lição para cada um de nós. Então, vamos ouvir a de hoje.

— Não zombe do Senhor — Alison me censurou. Tinha tanto ódio na voz que pude senti-lo como uma força física.

— Ele não é o Senhor — repliquei. — Tomei lentamente um gole do meu café. — Um assassino está brincando de gato e rato conosco. Essa pessoa pode ser um de nós. — Olhei fixamente para Alison, até que ela baixou o rosto.

— Ou — ela disse, sua voz mais fria do que nunca — ele pode ter seguido Danny pelo corredor ontem à noite para matá-lo.

— Ou — emendei, olhando diretamente para o reverendo — ele pode ter planejado isso tudo para coincidir com o seu *Livro dos Mártires*. De uma forma muito suspeita, cada uma das mortes segue o padrão traçado pelos sermões do reverendo James.

O pastor bateu palmas, como se quisesse matar um mosquito irritante.

— Já chega!

Linda colocou a mão no ombro do marido, escondeu-se atrás dele e pousou o olhar em mim.

— Tudo bem, tudo bem — disse Emily, batendo a caneca no tampo da mesa. — Vamos manter a calma. Pelo que consta, isso não tem nada a ver com qualquer um de nós. Pode ser uma pessoa escondida no castelo, como o concierge ou o dono. É isso o que nós precisamos considerar. Vamos ficar alertas, permanecer juntos... por enquanto. — Ela me fuzilou. — Sempre que alguém sai sozinho, essa pessoa é morta. Nunca, nunca saiam sozinhos. Ninguém.

— Para você é fácil falar — Alison provocou, empinando o queixo para Emily. — Você e Rafe andam por aí juntos o tempo todo.

Linda acrescentou seu protesto.

— E Rafe fugiu para o quarto com Suzanne.

Suzanne se virou contra Linda, revoltada.

— Ele não fugiu comigo!

O reverendo James levantou as mãos.

— Por favor, por favor, meninas.

Alison colocou a mão na cabeça.

— Nós temos que sair daqui. Hoje. Somos ratos presos em uma gaiola.

— Eu queria que o meu pedido fosse atendido. Vamos lá, reverendo James — pedi. — Estou falando sério. Quero muito ouvir o sermão de hoje.

O reverendo James abriu *O Livro dos Mártires* de Foxe e olhou para cada membro do grupo. Passou a língua pelos lábios e começou:

— Quem foi martirizado no dia 29 de dezembro, o quinto dia do Natal?

Silêncio. Ele encontrou uma página com uma orelha e apontou para um trecho sublinhado. São Tomás Becket.

— O arcebispo da Cantuária — Alison respondeu, a curiosidade despertada apesar do terror.

O reverendo fez um sinal afirmativo com a cabeça.

— Em 1170, no quinto dia do Natal, quatro cavaleiros do rei Henrique II invadiram a Catedral da Cantuária assim que o arcebispo concluiu seu sermão sobre o verdadeiro significado da data. Eles o golpearam com suas espadas. Cinco vezes. Cinco feridas.

— Cinco feridas de espada — disse Emily. — Assim como Danny.

O reverendo James passou o olhar pelo sermão que deveria proferir no sexto dia, depois hesitou. Estava refletindo. Isso iria incriminá-lo. Meneou a cabeça e fechou o livro.

— Eu não sei o que fazer com isso. Todas as vezes. Satanás está zombando de nós.

— Faz sentido para mim — declarei, usando os dedos para ilustrar a enumeração. — Glen foi apedrejado até a morte. Stephen foi decapitado. Mike morreu afogado, e agora Danny foi empalado por cinco espadas. Assim como os mártires em cada um dos dias do Natal. Coincidente demais com esse livro, alinhado demais com os sermões que você planejou apresentar. — Deixei que minhas ideias assentassem na sala. Os outros lançavam olhares de mim para ele. — Você não pode acreditar de verdade que isso tudo é trabalho de agentes sobrenaturais.

O reverendo James colocou a mão trêmula sobre o coração.

— É exatamente isso que estou dizendo. Obra de Satanás.

Pela expressão no rosto de Emily, eu sabia que compartilhávamos a mesma impressão. Só um louco agiria assim. Um fanático bíblico meticuloso, profundo conhecedor de assuntos relacionados à tortura, ao martírio e aos significados religiosos dos doze dias do Natal. E entre nós havia apenas um louco que preenchia esses requisitos.

Alison e Linda sussurraram algo entre si, depois chamaram Emily e Suzanne.

— Desculpe, reverendo — Alison disse. — Nós precisamos ir ao banheiro.

O reverendo James fechou a cara.

— Não podem ir sozinhas. Vamos juntos.

— Eu vou acompanhá-las — ofereci.

— Não. Você não. Nós estamos bem, obrigada. — Alison tinha rejeitado minha escolta.

— Pelo menos peguem alguma coisa que sirva como arma — recomendei.

Eu ainda tinha o receio de que o concierge, ou o dono do castelo, em conluio com o reverendo James, estivesse escondido em algum canto daquele lugar.

As mulheres pegaram facas de cozinha e saíram da sala em um bloco coeso. Ficamos sozinhos, o assassino e eu. E certamente eu é que precisava de proteção. Peguei uma faca da gaveta da cozinha.

— Só para o caso de o criminoso atacar enquanto elas estão fora — justifiquei.

Recusando-se a ficar para trás, o reverendo James também tirou uma faca da gaveta e a depositou sobre a mesa à sua frente. Uma espécie de trégua naquela miniguerra fria nuclear.

***

Nós nos encaramos, dois adversários sem disfarçar a hostilidade latente. Se o reverendo James fosse inocente, sem dúvida suspeitaria de mim. Ele puxou sua cadeira para perto de mim, para poder falar baixo, como se fosse uma voz divina.

— Eu quero ser honesto com você, Rafe. Você precisa trazer Deus de volta para a sua vida. É disso que se trata. Você precisa se arrepender. Deus pode perdoar, mesmo que muito tempo tenha se passado.

Não pude acreditar no que estava ouvindo. Segurei a faca com firmeza.

— Como assim "é disso que se trata"? Você se refere aos assassinatos?

Ele uniu as pontas dos dedos e olhou para mim através deles, como havia feito muitos anos antes no momento em que me convocara para o gabinete dele quando eu era um garoto da escola.

— Você recuou, Rafe. Eu mantive a promessa que havia feito. Você era um líder na Igreja. Por que você perdeu a fé?

Balancei a cabeça.

— Parei de delirar. Escapei da prisão.

Os dedos do reverendo James se crisparam.

— Nada o trará de volta para o Senhor? Nem os crimes, nem o medo da morte? É isso o que está acontecendo aqui. Deus está usando o trabalho de Satanás para que nos arrependamos, para que renovemos o compromisso. A Bíblia...

Eu não ia ser doutrinado por esse homem e suas crenças arcaicas. Não agora. A Bíblia foi escrita por homens, não por Deus. Boa parte dela foi plagiada de outras religiões. Eu me recuso a deixar minha vida ser conduzida por uma coletânea de histórias confusas de culturas patriarcais primitivas.

Ele se inclinou para trás e então sorriu. Senti que não tinha ouvido uma palavra do que eu tinha dito.

— Palavreado difícil, Rafe. Palavreado difícil, bem acadêmico. Mas a Palavra de Deus permanece...

Revirei os olhos.

— A *sua* palavra.

Ele se empertigou na cadeira.

— Só existe um Deus.

— Sim, o seu. E aqueles que não acreditam no seu Deus são lançados no inferno. Ou perseguidos. Ou mortos.

Ele ficou em pé.

— O que você está dizendo?

Eu tinha que ter cuidado. Fiquei perto da mesa para o caso de ele ter puxado a faca. Eu não teria passado perto dele. Parecia muito bravo.

— Os fanáticos religiosos matam por suas crenças. Parece-me que nós estamos vendo exatamente isso. Um louco que pensa que pode executar cada um de nós — respondi.

Ele bateu com o dedo no ar para enfatizar cada palavra.

— Satanás é o destruidor da vida, não Deus. Você quer destruir a minha fé? Nunca. Satanás está dentro de você e você nem sabe disso.

Comecei a caminhar na direção da lareira. Olhando para as chamas, procurei o atiçador para o caso de ele tentar algum truque.

— Então está resolvido. Eu sou Satanás, e você é um fanático religioso.

Silêncio.

Eu me virei e ele estava sentado de novo, o rosto apoiado nas mãos. Quando falou, sua voz estava embargada.

— Rafe, eu queria que todos nós nos reuníssemos aqui no Natal para trazer Cristo de volta a esse feriado. Para renovar a nossa fé. Eu não sou um assassino. — Ele olhou fixamente para a árvore no centro da sala, que cintilava e piscava, parecendo se divertir à sua custa.

— Espere aí! — Fiquei rígido. — Espere. Você ouviu isso?

— Jesus nos salve!

O reverendo James pegou sua faca e saiu pela porta. Ouvi uma batida e depois um estrondo no corredor. Três batidas. Parecia, no meu estado de medo, que alguém estava arrastando um cadáver escadaria abaixo. Eu também peguei minha faca e me enfiei no corredor.

Encontrei Alison, Linda, Emily e Suzanne descendo em uma longa fila, vestidas com luvas, cachecóis e chapéus. Emily tinha uma mochila nas costas, e a bolsa de Suzanne estava pendurada em seu ombro. Alison arrastava uma mala grande atrás de si. Baixei minha faca.

— O que está acontecendo? — o reverendo James falou sobre meu ombro, ainda empunhando a sua.

Alison estava fechando o casaco.

— Não vamos ficar nem mais um minuto aqui. Estamos indo embora. Você também, reverendo.

O reverendo James olhou fixamente para Linda, e ela se encolheu, escondendo-se atrás de Alison.

— Linda? O que você vai fazer? — ele trovejou. — Chamar um táxi? Sair daqui? Você não consegue carregar uma mala sequer!

— Já vimos o suficiente. — Alison estava decidida. — Chega! — Ela puxou sua mala em direção à porta da frente como se tivesse a intenção de arrastá-la para fora no meio da neve.

Emily parecia determinada também.

— Se os homens não querem fazer nada, nós temos um plano: vamos andar até a cidade. Existe uma estrada. Nós vamos conseguir.

— Ou vamos morrer tentando — Suzanne acrescentou, juntando-se às duas outras mulheres no hall de entrada.

O reverendo James pulou na frente delas, bloqueando sua passagem.

— É perigoso.

— Perigoso? — Suzanne repetiu, rindo. — E ficar aqui não é?

Ele cruzou os braços.

— Mulher de pouca fé...

— A fé não tem nada a ver com isso, reverendo — Suzanne argumentou, seu rosto tenso. — Todas as noites passadas uma pessoa foi morta neste lugar. Eu não vou ficar aqui para descobrir quando será a minha vez. O senhor ouviu aquela gravação e falou que era um blefe, mas, depois de quatro mortes horríveis, já vimos que não há blefe nenhum.

Eu me aproximei das mulheres.

— Então eu também vou.

Alison enrijeceu.

— Você não foi convidado.

— Eu não vou deixar vocês saírem sozinhas — retruquei. — Vamos todos. Ninguém se separa.

O reverendo James não se moveu um milímetro de onde estava, diante da porta da frente. Linda, Alison e Suzanne agora se viraram e foram para a cozinha, onde pudemos ouvi-las recolhendo suprimentos. Então ele marchou para lá e ouvi vozes alteradas.

Segurei o braço de Emily.

— Você não pode simplesmente caminhar no meio do gelo e da neve.

Ela se soltou com um safanão, com uma expressão pouco amigável.

— O que eu acho que aconteceu foi isto: Mike nem saiu do castelo. As estradas podem estar totalmente transitáveis. Estamos apenas presumindo que está nevando, mas e se não estiver?

Segurei o braço dela mais uma vez.

— Mike foi assassinado lá fora.

Ela parou, e sua expressão resoluta suavizou.

— Em grupo nós vamos estar seguros. Você vem, então?

Assenti.

— Vou fazer minha mala também. Estou com vocês. — Dei uma olhada na mala de Alison. — Ela acha mesmo que vai conseguir carregar isso?

Emily sacudiu a cabeça.

— Ela está fora de si de tanto medo, Rafe. Não está raciocinando direito.

O reverendo James voltou pela porta da cozinha, seguido por Linda e Alison.

— Eu vou ficar. E minha esposa também.

Emily o fuzilou com o olhar.

— Por que você tem que ser tão teimoso, reverendo James?

— Ter fé em Deus é ser teimoso? Sim, é, Emily. Eu não lhe ensinei nada? Abraão discutiu com Deus até conseguir o que queria. Ele não aceitou um não como resposta. Deus quer que sejamos teimosos, firmes, resolutos.

Linda tirou o casaco e se sentou ao lado do marido.

— Eu vou ficar.

Suzanne lhe deu um olhar incrédulo.

— Está falando sério? No banheiro, todas nós concordamos em ir embora.

Linda entrelaçou o braço no do marido, parecendo corajosa.

— Nós vamos ficar.

Mas seus olhos aterrorizados contavam uma história diferente.

***

Havia uma razão para eu não insistir que o reverendo James e sua esposa saíssem. Eu queria testar uma hipótese. Fiquei observando enquanto as outras mulheres se preparavam para enfrentar o mau tempo. Emily tinha empurrado a mala de Alison para trás da porta.

O reverendo não demonstrava nenhum medo. Raiva, mágoa, dignidade, sim, mas medo não. Ou ele era realmente um homem de muita fé ou não precisava ter medo, porque... bem, ele era o assassino.

Suzanne espiou o casal na sala.

— Não posso acreditar que eles vão ficar para trás.

Encolhi os ombros.

— Não podemos levá-los à força.

Abri a porta da frente, me aprumei contra o ar frio e assumi a liderança. Meu plano era seguir por onde eu acreditava que a estrada ficava, até o fim da montanha, parar para descansar, manter todos aquecidos e chegar à vila. Assim que saí, porém, percebi que era um erro; nunca conseguiríamos. O tempo tinha piorado novamente. O vento soprava de lado, e uma súbita rajada de neve reduziu a visibilidade a quase zero. O caminho que eu ingenuamente desejava seguir tinha desaparecido — substituído por uma paisagem amorfa cinza e branca. A neve no pátio estava alta, e nos cantos as valas pareciam profundas. Fazendo um teste, arrisquei andar pelo caminho congelado da entrada da frente em direção à estrada. Minha perna afundou em uma fossa gelada que ameaçou me engolir.

— Esperem — gritei para as mulheres atrás de mim.

Alison passou por mim:

— Vou pegar a estrada.

— Cuidado! — Emily alertou mais adiante.

Alison deu um passo além de mim, escorregou e desapareceu na brancura.

— Merda! — Fui atrás dela e consegui puxá-la para cima. — Você está bem?

Ela me sacudiu.

— Não toque em mim! — Ela tentou ir em frente novamente. — Nem era para você estar aqui.

A neblina se ergueu do vale, a vertigem nos atacou, o vento rugiu nos meus ouvidos. Meu rosto já estava entorpecido. Eu a vi cair novamente. Inclinando-a, eu a puxei para cima e nós cambaleamos de volta para a entrada.

— Me deixe em paz! — Ela se esquivou do meu contato.

— Sem chance de nós fazermos essa viagem — contei às outras.

Suzanne espreitou por cima da borda do precipício.

— Existe outra maneira de descer?

Alison tirou a neve de cima do corpo e me olhou de relance.

— Você não quer que nos afastemos daqui. A sua vontade é que todos nós sejamos mortos. Você é quem nos quer mortos. Eu sei disso. — Ela apontou o dedo para meu rosto. — Você e a sua amiga pagã Emily sempre cochichando, rindo de nós, minando a nossa fé. — Você só veio até aqui para zombar de nós.

Emily tentou colocar um braço em volta dela, mas foi empurrada com violência.

— Calma. Ali, você está histérica.

Mas ela permitiu que Suzanne a abraçasse.

— Vamos voltar para o castelo. Você está congelando.

— Não vou voltar com ele. — Ela apontou para mim, cobriu o rosto e começou a soluçar e a agitar-se. — Eu quero que ele fique longe de mim.

Suzanne a levou embora.

— Venha.

Ela deixou Suzanne apoiá-la enquanto tentava se firmar, arrastando-se de volta em direção à porta.

Emily e eu ficamos olhando enquanto as duas abriam a porta. Meu nariz e boca estavam dormentes, minhas narinas estalavam, a têmpora direita latejava. Eu me virei para Emily.

— Eu sou o suspeito, então.

— Sim, é claro. Foi ideia dela, da Ali, fugir. Ela queria se livrar de você. Ela odeia você, e a mim também. Está desnorteada.

— Pobre Ali.

Ela me encarou.

— Agora me conte o que está havendo entre você e Suzanne.

— Não aqui neste vento gelado.

Comecei a conduzi-la para o castelo. Embaixo do pórtico, nós nos amontoamos rente à parede.

Emily apontou para a porta, por onde Suzanne tinha acabado de passar.

— Ela está jogando o tempo todo com você. Não dá para perceber? É como nos velhos tempos.

Passei os braços em torno dela.

— Preciso contar uma coisa.

Ela se encostou em mim para se aquecer.

— O quê?

— Da última vez que vi Danny vivo, ele tinha um bilhete na mão... de Suzanne.

Ela me deu um pequeno soco no estômago.

— Eu sabia. Ela é culpada até a raiz do cabelo. Fale mais.

Olhei para a porta fechada, conferindo se ninguém estava olhando.

— Ele estava segurando esse bilhete quando entrou na biblioteca, depois eu vi o papel em cima da mesa de cabeceira quando voltei. Aliás, foi por isso que pensei que ele estivesse na cama. Eu li o bilhete, mas, quando tentei acordá-lo, tinha desaparecido. O reverendo James era o único que poderia tê-lo levado. E o colocou lá, para começo de conversa.

Emily assobiou.

— O que estava escrito?

— Estava convidando Danny para um encontro secreto. E tinha o perfume dela.

Ela deu um tapa na coxa.

— Eu sabia! — Mas em seguida me lançou um olhar desconfiado. — E o que ela estava fazendo no quarto com você? Tentando seduzi-lo para impedir que a colocasse como suspeita? Você sabe que está caindo na conversa dela, né?

Balancei a cabeça. Meu rosto estava entorpecido de frio.

— Ela queria me contar que também tinha recebido um bilhete. Falou que Danny tinha escrito para ela, marcando um encontro à meia-noite.

Ela franziu a testa.

— Espere, estou confusa. São dois bilhetes?

Tirei o papel do bolso, mas era difícil ler embaixo da nevasca e minhas mãos estavam tremendo — de frio e pela acusação. Enfrentar o desprezo de Emily não era fácil.

Os dentes dela batiam.

— Ela armou um encontro secreto com Danny?

— Acho que ela está sendo envolvida nessa trama.

Ela sorriu para mim.

— Claro, naturalmente. Ela é inocente. E você não é nada tendencioso.

— Emily...

— Pode ser. Ou, como eu disse antes, ela quer que você pense que ela está enredada. — Deu um suspiro de impaciência. — Ela manipula as pessoas. É uma atriz. Ela interpreta para todos nós, incluindo você.

Puxei o rosto dela na minha direção para poder olhar direto em seus olhos. Havia desprezo lá, mas também diversão.

— Eu não sei se é fingimento ou não, mas ela está tão nervosa quanto nós. Todos nós estamos assustados.

— Você sempre cai nesse papo.

— Você me subestima.

Ela sorriu, tanto quanto alguém podia sorrir com esse frio.

— Nada mudou, não é mesmo? Incrível como isso ainda me incomoda. É repugnante, sim, é desconcertante ver todos os homens se derretendo quando ela está no ambiente, e todas as mulheres se mordendo de inveja.

Segurei o rosto dela, compreendendo que Emily nunca iria superar isso. Devia machucá-la mais profundamente do que eu pensava.

— Suzanne ficou no quarto com vocês ontem à noite? O tempo todo?

Ela assentiu.

— Sim. Pode acreditar, porque eu não preguei olho, com medo de alguém me matar. Foi por isso que eu tranquei a porta e guardei a chave. Ninguém poderia ter saído. — Ela estremeceu. — Vamos voltar lá para dentro. Eu vou congelar.

Caminhamos sobre a neve dura em direção à porta da frente.

— Meu principal suspeito ainda é o reverendo James.

— Mas ele esteve com você o tempo todo ontem à noite.

— Eu o vi dormindo. Mas depois peguei no sono e quando acordei, de manhã, ele já tinha saído.

Tínhamos chegado à entrada do castelo. Paramos novamente, e Emily se virou para mim.

— Tenho que concordar com você: por mais que suspeite de Suzanne, acho que o reverendo James tramou tudo isso. Ele preparou o lugar e organizou os doze dias, tanto que avisou que a cada dia alguma coisa seria revelada. Cada um de nós está predestinado a morrer em um determinado dia, de uma maneira diferente.

— Mas Suzanne ainda está agindo de um jeito muito estranho para uma suposta vítima inocente.

— As mulheres pensam que foi você. Você foi o último a ver Danny vivo. Nós só temos a sua palavra. Você o levou ao museu da tortura, prendeu-o na geringonça do caixão e depois embolou o travesseiro para parecer que ele ainda estava dormindo. E quando amanheceu você deu o alarme. Você encontrou Stephen no museu da tortura. Se não fôssemos irmãos de sangue, eu acharia muito suspeito.

Fiz que sim com a cabeça.

— Foi suspeito, realmente. Se eu estivesse no lugar delas, também suspeitaria de mim. Mas Alison deve suspeitar de você também. Nós encontramos Glen no quarto antes de ele morrer. Estávamos aqui fora quando vimos o corpo de Mike.

— Eu não culpo Alison. Afinal, nós não somos crentes. Isso significa que preenchemos todos os requisitos.

Segurei a maçaneta da porta.

— Podemos entrar agora? Meu traseiro está dormente.

— Fique de olho no reverendo. E — acrescentou ela — na "atriz". Ou melhor, pare de ficar de olho nela. Isso é de dar nojo.

***

Passei o resto do dia observando cada um deles. Vigiando, cuidando para que ninguém escapasse. Eles, por sua vez, vigiavam uns aos outros... e a mim. Todos desconfiados, e resignados a ficarem presos ali.

— O jantar está servido! — Linda gritou, como se esse fosse um dia comum e nada estivesse errado. Era algo a que ela tinha que se agarrar, eu percebia: a aparência de uma vida doméstica normal quando tudo em volta estava desmoronando. E eu tinha a certeza de que sua fé também estava desmoronando. Eu estava de olho em Linda desde que descobrira que ela mantivera um caso com Glen. Então ela não era a esposa obediente que eu sempre acreditei que fosse.

A fé de seu marido certamente não estava desmoronando, ou então ele a usava como cortina de fumaça. Mas ele era dono de uma dessas mentes fixas imutáveis. Eu o via tão rígido, intolerante, inflexível e impenetrável como sempre. Todos os sinais de um sociopata, até mesmo de um assassino.

Alison? Alison estava transtornada.

Suzanne ainda era um mistério para mim, e meus sentimentos vacilavam entre a pena e a desconfiança. Ela era uma vítima, ou uma grande atriz. Poderia ela ser a aranha assassina no centro dessa teia? Eu não sabia. Não tvia motivação para ela cometer os crimes. Mas o instinto me mandava não confiar nela. Não confiar nem em mim mesmo.

A comida ainda era farta; doze porções diárias haviam sido preparadas com antecedência, de modo que Linda só precisava aquecê-las. O cardápio tinha frango biryani acompanhado de arroz e legumes. O reverendo James já havia ocupado seu lugar habitual à cabeceira da mesa. Suzanne trouxe uma tigela fumegante de arroz branco, e Linda o *curry*. Mas ninguém tocou na comida. Os fantasmas da forma e da cerimônia eram tudo o que nos mantinha unidos. Sentamos em nossos lugares de costume, diante dos lugares vazios dos mortos, e evitamos olhar para a exibição macabra de suas lembranças.

Alison se recusou a sentar à mesa. Ela se aconchegou junto ao fogo, no tapete, abraçando os joelhos.

Suzanne a chamou.

— Venha jantar conosco, Ali.

Ela não respondeu. Embora estivesse de costas para o grupo, eu podia vê-la pelo espelho. Estava tremendo, provavelmente devido ao terror gelado dentro de si. Não estava suportando a situação, dava para perceber. Linda caminhou até ela e tentou colocar um braço em volta de seu ombro, mas Alison a empurrou.

— É um teste — disse o reverendo James para todos nós, mas especialmente para Alison. — Um teste para a nossa fé. Como aconteceu com Jó no Antigo Testamento. Ele perdeu tudo, mas ainda se manteve firme na sua fé. Satanás tentou forçá-lo a renunciar ao seu Deus atirando tudo sobre ele: a morte da família, a doença, o mau tempo, a peste, e ainda assim ele permaneceu firme. O mesmo acontece conosco. Temos que suportar os dardos ardentes de Satanás, manter a fé e então tudo será restaurado dez vezes, como aconteceu com Jó.

— Amém — disse Linda, enchendo cada prato e passando-o ao redor da mesa.

Eu funguei.

— Restaurado dez vezes? Quer dizer que Glen, Stephen, Mike e Danny vão milagrosamente ressuscitar dos mortos ao seu comando? — Emily me cutucou por baixo da mesa. — Tudo bem, me desculpe por isso. Mas nós precisamos conversar sobre o que realmente está acontecendo aqui. Quais são os dias restantes da canção?

O reverendo James os recitou:

— Seis gansas poedeiras, sete cisnes nadando, oito criadas ordenhando, nove damas dançando, dez cavalheiros saltando, onze tocadores de gaita e doze tocadores de tambor.

— A cada um de nós foi atribuído um dia diferente, e os alvos têm sido abatidos nessa ordem. Precisamos saber quem é o próximo.

Ele me deu um olhar venenoso.

— Ninguém é o próximo — respondeu.

Olhei de volta.

— Quero dizer, a quem foi designado o sexto dia do Natal? Eu tirei as oito criadas fazendo a ordenha. Então, se o assassino continuar com o plano de eliminar a todos nós, posso esperar um atentado contra a minha vida dentro de dois dias. Quem ficou com o dia de hoje?

— Fui eu — Alison disse — Eu sou "seis gansas poedeiras". — Ela tirou o cartão do bolso e o atirou no fogo.

O reverendo James a repreendeu.

— Ninguém mais vai morrer, Ali — disse ele. — Eu vou cuidar disso. Nós vamos ficar juntos.

Ela o ignorou. Ele então se virou para mim e eu apontei o garfo para ele.

— Mas o assassino está trabalhando com uma lógica matemática rigorosa. Ele ou ela atribuiu a cada um de nós uma morte correspondente não apenas aos "Doze dias do Natal", mas aos santos que foram martirizados nesses dias.

Emily assentiu.

— Então, se nós quisermos ficar um passo à frente, temos que pensar como esse criminoso.

Suzanne remexeu o *curry* e o arroz em seu prato com o garfo.

— Mas só tem... éramos dez apenas.

Linda, que tinha ficado em silêncio, agora não conseguia conter o medo.

— Ele falou que tinha assassinado Sean e Jack antes de nós chegarmos aqui. Ele veio buscar todos nós, os Doze.

O reverendo James deu um tapinha no braço da esposa.

— Isso significa que ele está mentindo. Os dois morreram em acidentes de carro.

Comi uma garfada de *curry* e me arrependi. Meu estômago se revirou. Mastiguei e engoli.

— Vamos supor que o assassino estivesse falando a verdade. Que ele, ou ela, tenha matado Sean e Jack. Que ele tenha vindo para acabar conosco. A pergunta é: quem é o próximo?

— Eu preferiria morrer no meio da neve lá fora a... ser pega naquele museu da tortura — disse Alison.

— Nós vamos tomar conta de você — garanti. — Ainda que o assassino esteja entre nós, vamos dar um jeito de ficar em segurança. Um cuida do outro.

— A única maneira de fazer isso — disse o reverendo James —é ficarmos acordados a noite toda.

— Ou então um de nós ficar de guarda — Emily sugeriu.

— Mas quem? — Suzanne olhou em volta. — Em quem nós podemos confiar?

Olhamos um para o outro.

Balancei a cabeça.

— Vamos abandonar a confiança e a fé. Eu proponho a desconfiança recíproca. É assim que o mundo funciona. Esperar o pior das pessoas. Não é um princípio bonito, mas funciona. Por que temos renúncias e medidas preventivas em quase todos os aspectos de nossas vidas? Por que o Estado de direito? Para nos impedir de fazer mal uns aos outros. Nós somos monstros, e somente o Estado de direito é capaz de nos proteger uns dos outros. A minha proposta é que nós voltemos a dormir em quartos separados. Trancados. Ninguém sai ou entra. Não confiar em ninguém. O que acha, Alison?

— Ele pode abrir as portas remotamente — Linda rebateu. —Não há lugar seguro.

Isso fez todos pararmos de comer. Ela estava certa. Alison se encolheu. Suzanne engoliu com força. Nem mesmo Emily sabia o que dizer. O *curry* tinha queimado minha garganta. Ninguém mais comeu, mas eu me obriguei a me alimentar. Eu queria estar forte para lutar contra o assassino. Precisava pensar com clareza. Lógica.

— Eu me sinto mal — Suzanne murmurou. — Desculpe, Linda, não consigo comer mais nada.

— Pelo menos beba. Mantenha-se hidratada. — Despejei suco de fruta nos copos de todos.

Alison pegou o copo que Linda lhe ofereceu e o bebeu em goles dolorosos.

Suzanne se voltou para o reverendo.

— Seis gansas poedeiras. O que isso significa, reverendo James?

Ele respirou fundo.

— Os seis dias da criação. Deus criou os céus e a Terra e no sétimo descansou.

— E então? — Esperei.

Linda respondeu por ele.

— Deus fez o homem à sua imagem e semelhança e lhe deu o domínio sobre as outras criaturas.

Comecei a interpretar a palavra "domínio", procurando por um significado sinistro, uma simbologia que envolvesse assassinato.

— Ele também fez as criaturas que se arrastam sobre a Terra — acrescentou Linda.

O reverendo ficou em silêncio.

Eu maquinava furiosamente. O assassinato estava sempre ligado ao martírio.

— Reverendo James, poderia nos contar quem foi martirizado no sexto dia do Natal, e como? Isso pode nos dar uma pista.

O reverendo James enrugou a testa e procurou seu *Livro dos Mártires*.

— Eu preparei para esta ocasião um sermão sobre a perseverança diante da perseguição. Mas não pense, por favor, que eu tinha alguma intenção...

Tentei disfarçar minha impaciência.

— Compartilhe conosco o que descobriu.

Ele engoliu em seco e passou os olhos sobre a sala de jantar.

— Vejamos. O dia do Natal é o primeiro dia, então o sexto dia é... — Ele folheou o livro. — Trinta de dezembro. Trinta de dezembro, ano 304. — Todos os olhos estavam agora voltados para o reverendo. — Santa Anísia era uma mulher rica que vivia na Tessália, na Grécia. Ela foi martirizada por um soldado que tentou arrastá-la para um sacrifício pagão.

— Como ela morreu?

Ele meneou a cabeça e olhou para Alison.

— Conte para nós, reverendo — Alison implorou. — Eu preciso saber.

Ele engoliu em seco novamente. Todos nós precisávamos. Fechou os olhos enquanto falava, como se as palavras fossem dolorosas para sair.

— Um soldado romano a golpeou no rosto com sua espada. Foram seis golpes.

O silêncio foi pontuado com o crepitar das brasas explodindo no fogo. Alison se empertigou, ainda de costas para todos. Suzanne colocou a mão na garganta como se estivesse sufocada, e Linda se encostou no marido, que permaneceu imóvel em sua cadeira. Emily pronunciou um "uau" silencioso.

Eu me levantei.

— Isso não vai acontecer. O meu plano é o seguinte. Nós nos trancamos, bloqueamos a porta, não confiamos em ninguém, e enquanto isso eu entrevisto todos, um por vez. Procurar motivos, meios e oportunidades. Eu tenho algumas pistas, mas nenhuma delas faz sentido. Eu preciso de mais informações. Se eu puder falar com cada um de vocês, ter uma visão disto...

— Claro, detetive Poirot — Suzanne ironizou.

Alison finalmente se virou, com o rosto vermelho.

— Por que você? Por que não o nosso pastor? Ele é o líder. Ele deveria fazer essa investigação. Nós não confiamos em você.

O reverendo James assentiu.

— Eu já assumi a responsabilidade. Tenho orado muito, e Deus me disse...

— Não — retruquei. — *Eu* é que não confio em *você*.

Suas sobrancelhas se ergueram em estrondoso desdém. Linda passou os braços sobre os ombros do marido.

— Quem você pensa que é?

Andei em volta da mesa enquanto falava.

— Um filósofo. Um pensador racional. Eu estudei lógica e raciocínio lógico. A filosofia é uma disciplina sistemática. Ela lida com a evidência. Com o fato. Não trabalha com fé. Nem com a oração.

— A fé — disse o reverendo James — é a substância das coisas esperadas, a evidência das coisas não vistas.

— Que tipo de prova a fé pode fornecer? — questionei. — As coisas invisíveis que aconteceram aqui nós descobrimos pela lógica dedutiva.

— Todos nós lemos o seu livro carregado de blasfêmias — disse Linda, ainda agarrada ao marido como se pudesse cair se o soltasse.

— *Deus está morto* — Alison desenhou aspas no ar. Ela ficou em pé e se juntou ao grupo, atrás de Linda e do reverendo. Juntos eles formaram uma facção, a facção "todos contra Rafe", percebi. Suzanne e

Emily estavam ao meu lado, mas, se elas integravam a facção pró-Rafe, eu não sabia. Eu certamente não confiava em Suzanne, mas pelo menos ela se manteve sentada em solidariedade a mim.

Alison continuou.

— Nós analisamos o seu livro por uma semana no estudo bíblico. E em muitos sermões. O reverendo James nos fez ver a loucura por trás dos seus argumentos depravados.

O reverendo James puxou Alison para um abraço com a mão esquerda. Linda se manteve colada ao seu ombro direito.

— Tivemos que encará-lo de frente — disse ele. — Não podíamos deixá-lo apodrecer na mente da nossa congregação.

— Estou me sentindo lisonjeado! Eu queria ter estado lá para ouvir o que vocês concluíram.

Alison apontou o dedo para mim, enfatizando cada palavra:

— Disse o néscio no seu coração: não há Deus. Isso é o que Deus diz sobre você nos Salmos. Você é o néscio. Nós cometemos um grande erro ao convidá-lo para este retiro. Trouxemos a serpente para dentro do paraíso.

O reverendo James fez um gesto pedindo que ela se acalmasse.

Linda se juntou ao coro.

— Não consigo acreditar que você escreveu aquele livro, Rafe. Você disse coisas terríveis, imperdoáveis contra a Igreja. Eu nem queria ler.

— Alguns membros da congregação sugeriram queimá-lo —Alison acrescentou.

— Moças, por favor — pediu o reverendo. Mas sua tentativa de parar o ataque contra mim não era convincente. Eu sentia que aquelas eram suas palavras, seu ódio, ecoando em volta.

Linda se agarrou a ele para apoiá-lo.

— O reverendo James falou que precisávamos proteger o nosso lombo contra os dardos ardentes de Satanás.

Levantei as mãos em sinal de rendição sarcástica.

— E agora eu também sou Satanás?

— É um agente dele... — Alison estava fora de si.

O reverendo James levantou a mão.

— Você me atacou pessoalmente naquele livro, Rafe. Pessoalmente. Mas eu o perdoei. Eu estou usando a armadura de Deus. O cinto da verdade, a couraça da justiça, o escudo da fé, que pode apagar todas as flechas flamejantes do maligno, o capacete da salvação e a espada do Espírito.

Linda não conseguia se conter.

— Rafe, você fez muitos inimigos com aquele livro. Foi difícil perdoá-lo, difícil conviver com você neste retiro, e nós sabemos que você trouxe o mal para o meio de nós. Você fez isso. Você provocou essa situação terrível. Os demônios vieram na sua companhia, e nós deixamos todos vocês entrarem aqui.

— Você quer nos destruir, e à nossa fé. — Alison mais uma vez sacudia o dedo no ar, de dentro do abraço seguro de seu reverendo. — É óbvio que está aqui para nos destruir.

Caminhei para o lado deles da mesa. As duas mulheres se encolheram como se eu pudesse atacá-las.

— Esperem um minuto. Eu recebi um convite do reverendo James. Quem planejou isso foi outra pessoa, não eu. Se o que você diz é verdade, então vamos ver quem organizou este retiro. O suspeito óbvio é o reverendo James.

— Você ainda está me acusando? — O pastor soltou as duas mulheres e caminhou para me enfrentar. Ficamos a um metro de distância, sustentando o olhar um do outro.

Eu o encarei e respondi, do jeito mais calmo que pude.

— Você planejou esta viagem. Você é que está usando a música e *O Livro dos Mártires* para estruturar cada dia. Logo, você é o assassino.

Alison bateu com as palmas das mãos na mesa. Seu rosto estava tão vermelho que parecia prestes a explodir.

— Você, Rafe, enxergou a oportunidade, sabendo que estaríamos todos reunidos aqui e que poderia nos pegar, um por um. Você nos odeia a esse ponto.

— Eu não odeio ninguém... — Abri os braços.

— Parem! — gritou Suzanne. — Já chega! Essa discussão não vai levar a lugar nenhum. Nós precisamos nos acalmar.

Alison desabou em sua cadeira.

— Estou me sentindo tão mal que preciso me deitar. Mas estou apavorada demais para ficar sozinha.

Tentei falar com suavidade.

— Bem, vamos nos ater ao nosso plano, certo? Tranque a porta. Fique resguardada. Se por acaso ouvir alguém tentando forçar a entrada, grite. Verifique se a janela está bem fechada. Se você quiser eu posso dar uma olhada no seu quarto para ter a certeza de que está seguro lá.

Meu gesto pouco fez para acalmá-la. Ela pressionou a mão contra o peito. Eu temia que estivesse tendo palpitações.

— Um assassino vistoriando o meu quarto — retrucou. — É como pedir a uma raposa que cuide de um galinheiro.

O reverendo James, que tinha se mantido firme contra mim, agora se virou para a porta.

— Por favor, me deem licença.

— Aonde você vai? — exigi saber.

Ele empurrou a porta aberta.

— Não tenho que prestar contas de tudo o que faço.

— Nós combinamos ficar juntos. O plano...

— Você obviamente não acha que nós concordamos. Vocês façam como acharem melhor. — O reverendo James caminhou até o corredor, e então ouvi passos em seu quarto.

Linda conduziu Alison para fora da sala.

Olhei para as outras duas, que pareciam atordoadas.

— Lá se vai a ideia de ficarmos juntos.

Emily encolheu os ombros.

— Lá se vão suas investigações filosóficas. São duas facções agora. Nós e eles.

Suzanne deu um sorriso corajoso.

— Vou fazer um café.

— Um chocolate quente seria ótimo. Eu ajudo — ofereci.

Deixei Emily se aquecendo junto ao fogo e acompanhei Suzanne até a cozinha, escorando a porta aberta para que todos ainda pudéssemos nos ver. Vasculhei as gavetas enquanto ela despejava água fervente da chaleira em três xícaras. Esvaziou sachês de chocolate em pó em cada uma delas e mexeu.

— O que você está procurando? — perguntou. — O açúcar está aqui.

Eu não disse nada, mas encontrei o que buscava em um armário alto da cozinha, uma caixa contendo um kit de costura. Puxei um carretel de linha preta e o guardei no bolso.

De volta à sala de estar, tomamos chocolate quente e olhamos para a lareira. Ouvi a descarga no andar superior. Linda voltou alguns minutos depois, agora sem Alison. Suzanne lhe entregou uma xícara de chocolate quente, e Linda a tomou com gratidão.

— Como ela está? — Emily perguntou.

Linda fez que não com a cabeça.

— Ela está com febre. Está no quarto. Não se preocupe, eu tranquei a porta por fora. Ela está segura. — E nos mostrou a chave.

Eu estava cético.

— Vou vê-la de novo dentro de alguns minutos. — Linda dirigiu a culpa para mim. — Ela está tendo um colapso.

— Ela não é a única. — Emily fez um gesto chamando Linda para sentar perto da lareira. — Você está bem, Linda? Parece exausta.

Linda limpou os olhos.

— Tudo bem, tudo bem. — Emily estendeu o braço e segurou sua mão. — Obrigada — Linda disse. — Está tudo bem, está tudo bem.

Então nós esperamos. Ouvimos o reverendo James fazendo ruídos lá em cima.

— O que ele está fazendo? — perguntei.

— Ele está orando no quarto — Linda explicou. Mas, depois que ouvimos o som de algo se quebrando, ela se corrigiu. — Ele está bravo. Ele só tem sempre as melhores intenções no coração. Ele nos trouxe aqui por boas razões. E está se culpando. Estava tão animado com o reencontro.

— Acho melhor irmos todos dormir — disse Suzanne, terminando de tomar sua bebida.

— Considerando que existe uma desconfiança geral — reforcei —, parece que todos concordaram tacitamente em voltar a dormir em seu próprio quarto. Mas lembrem-se de trancar a porta.

Linda apontou para a fechadura eletrônica na porta do corredor.

— Mas se ele é capaz de destrancar e trancar as portas eletronicamente...

— Coloque uma cadeira atrás da porta, arraste a cômoda para prendê-la. Bloqueie a entrada.

Elas me seguiram até o andar de cima e ao longo do corredor escuro.

Parei na porta do reverendo James e chamei por ele.

— Vamos todos para a cama agora. Passe a chave na sua porta e empurre algo pesado contra ela.

Não houve resposta.

— Reverendo? — Ouvimos um grunhido.

Depois avançamos ao longo do corredor, todos juntos, até o quarto de Alison.

— Ali — Suzanne chamou, tentando olhar pelo buraco da fechadura. — Somos nós.

Sem resposta. Meu sangue gelou.

— Abra a porta. Rápido.

Linda usou a chave que tinha nos mostrado alguns minutos antes. Espiei lá dentro. Alison estava deitada, imóvel na cama, tão enrolada em seu roupão que ele parecia ter sido usado para torcer seu pescoço.

Corri na sua direção, para ver que ela estava olhando para o teto, tinha torcido a manga e estava sugando-a. Ela a tirou da boca por um instante.

— Vá embora.

— *Shhh* — Emily a tranquilizou. — Você está em segurança.

Peguei a chave da mão de Linda e a pressionei na palma de Alison.

— Tranque a porta, Alison. — Visualizei a cômoda pesada e a arrastei um pouco. — Empurre isso para bloquear a saída depois que se trancar, só para ter certeza de que ninguém vai conseguir entrar.

Verifiquei a janela e me certifiquei de que estava bem vedada. Ninguém conseguiria passar por ali. Procurei por qualquer passagem que pudesse dar acesso àquele quarto, mas, assim como os outros, era um bloco sólido, quadrado, uma cela de quatro cantos. Nenhuma maneira de entrar ou sair, exceto pela porta.

Suzanne colocou o braço em volta dos ombros de Alison.

— Ali?

Alison fez um sinal com a cabeça.

— Deus a abençoe — disse Linda, apertando as mãos da amiga entre as suas. — Cuide-se, Ali.

Ela fechou a porta e nós esperamos do lado de fora.

Ouvi Alison girar a chave e depois arrastar a cômoda. Tentei abrir a porta. Estava trancada, bloqueada.

— Durma bem, querida — Suzanne se despediu.

Diante da porta de seu próprio quarto, Suzanne me deu um abraço. O contato foi mais longo do que deveria, e mais apertado. Eu estava ciente de que Emily nos observava. Esperei Suzanne trancar a porta e a ouvi puxando algum móvel para segurá-la. Entramos então no quarto de Emily, onde ela pegou seu pijama e apontou para o fim do corredor, na direção do meu quarto. Fiz que sim com a cabeça.

— Estarei lá em um minuto.

Tirei do bolso o carretel de linha preta e estiquei um pedaço de fio barrando a passagem, na linha do tornozelo, no batente de cada porta. Se alguém deixasse o quarto durante a noite, eu saberia. Se alguém entrasse no quarto de alguém, eu também saberia.

No meu próprio quarto fiz o mesmo. Linha esticada na entrada, virei a chave e empurrei a cômoda. Emily já estava de pijama, sentada na minha cama.

— O que você está fazendo?

— Dando um jeito de impedir o assassino de entrar neste quarto, ou em qualquer outro, sem que eu saiba.

— Pode ser que *ela* já esteja aqui dentro. — Emily apontou para si mesma.

— *Ele* também pode estar dentro do quarto.

— Temos que confiar que nenhum de nós é o assassino.

— A fé é a crença nas coisas invisíveis...

Deitado na cama, duvidei da estratégia que propusera, deixar todos sozinhos e isolados. Mas eu também não confiava em ficarmos juntos.

— Foi um abraço bem longo — ela comentou depois de um longo silêncio. — Qual é o jogo dela?

Continuei deitado de costas, olhando para o teto.

— Talvez ela só esteja assustada.

— Talvez ela queira que você pense que está assustada.

— A propósito, amanhã é véspera de Ano-Novo — ela lembrou.

— É?

— O sétimo dia do Natal. Estou acompanhando.

— Ótima maneira de começar o novo ano, então. Espero que seja um ano feliz.

SETE CISNES NADANDO

Véspera de Ano-Novo. O sétimo dia do feriado do Natal. Despertei com Emily sussurrando no meu ouvido.

— Acorda, dorminhoco. Estou vendo você dormir há um tempão. Não sei como você consegue ter um sono tão pesado mesmo com tudo o que está acontecendo.

Dei um pulo e conferi o quarto. A porta ainda estava bloqueada e trancada, as janelas bem fechadas.

— Você dormiu a noite toda. Nunca sente medo? — ela quis saber.

Tirei o cabelo dela dos olhos.

— O medo é um fator imaginário externo, como a dor. Você pode responder a ele, ou pode observá-lo a distância. Ou raciocinar para sair do seu campo de ação.

— Falar é fácil. Eu estava agitada. Minha mente não conseguia parar de repassar as imagens de Danny, Stephen e Mike.

— Você é enfermeira. Devia estar acostumada a ver corpos mutilados.

— É verdade. Eu normalmente consigo separar as coisas. Mas o medo entra na sua veia, como o frio. Ele se infiltra em você. Com você eu me sinto tão segura. Tenho pena de quem está sozinho. Acho engraçado... Linda deveria estar com o reverendo James, mas eles insistem em dormir separados, mesmo em um momento como esse.

— Talvez ela seja prudente por não confiar nele — aleguei. Arrastei a cômoda de volta ao lugar, destranquei a porta e examinei a linha estendida do lado de fora. Estava intacta. — É melhor ver como estão os outros.

Verifiquei cada porta ao longo do corredor e assenti, satisfeito, pois todos os fios estavam intactos. Ninguém tinha entrado ou saído durante a noite.

— Ainda estão dormindo — sussurrou Emily, na ponta dos pés para que a tábua não rangesse tão alto. — Por que tivemos que levantar tão cedo?

— Só fazendo o meu trabalho.

— Vamos fazer café.

Eu a segui ao andar de baixo e fui até a sala de estar. Enquanto ela soprava as brasas na lareira, entrei na cozinha para encontrar canecas limpas e acendi o fogo embaixo da chaleira. Então eu a ouvi gritar.

— Meu Deus.

Encontrei-a olhando para o lugar de Alison à mesa. Em seu jogo americano estava uma tigela com seis ovos grandes.

Emily se agarrou a mim. O que isso significa?

— Ali?

— É melhor darmos uma olhada no quarto dela. Rápido.

Subimos as escadas e voamos pelo corredor. Arranhei a porta, gritando o nome de Alison.

Emily foi aos outros quartos acordar as mulheres.

Linda e Suzanne foram as primeiras a destrancar as portas e sair para o corredor. Então o reverendo James apareceu no fim do corredor, usando apenas uma toalha e segurando uma lâmina de barbear. Seu queixo tinha sido cortado e o sangue escorria pelo pescoço.

— Seis gansas poedeiras — eu disse. — Seis ovos no prato de Ali.

— Ali, abra a porta! — Suzanne sacudiu a maçaneta, virando-a para fazer barulho. No entanto, para sua surpresa, a porta começou a se abrir. — Não estava trancada!

Olhei novamente para a linha amarrada no batente. Estava intacta.

— Estava trancada ontem à noite. Eu mesmo chequei.

A cômoda ainda estava fora do lugar original, e precisei empurrá-la para entrar no aposento. Suzanne tropeçou quando passou pelo fio, mas se aprumou enquanto corria atrás de mim. O quarto tinha o cheiro do seu perfume.

Deitada na cama, Alison estava coberta de sangue. Ela usava uma máscara de ferro com um rosto demoníaco desenhado em seu exterior.

— A máscara do herege — murmurei, reconhecendo-a da vitrine do museu da tortura.

O sangue escorria do queixo dela até o chão. Os gritos de Suzanne encheram o quarto.

***

— Me ajude aqui! Ela ainda pode estar viva!

Emily verificou sua pulsação e meneou a cabeça. Examinei o corpo de Alison em busca de outras feridas e encontrei o pequeno furo vermelho em seu pescoço. Eu me senti derrotado. Tinha tentado garantir sua segurança. Ela estava com medo de morrer, e estava pressentindo que isso iria acontecer. E eu havia lhe assegurado que tudo ficaria bem.

Maldição.

Segurei a máscara de leve com as duas mãos.

— Está pronta?

— Acho melhor vocês não assistirem a isso — Emily alertou as outras duas. Linda se escondeu atrás do marido, e o reverendo James fechou os olhos em oração, mas Suzanne continuou olhando, de olhos esbugalhados. Emily segurou de um lado da máscara, eu do outro, e nós a puxamos para cima. Meu estômago virou ao som da sucção, a resistência enquanto os pinos saíam de seus olhos, nariz e boca e o sangue corria para minhas mãos.

— O que você está fazendo com ela? — o reverendo James gritou.

— Por favor... Um pano, uma toalha, por favor.

Suzanne correu para pegar uma toalha pendurada nas costas da cadeira e a atirou para Emily, que limpou as cavidades dos olhos, nariz e boca. Alison estava morta. Estava morta havia horas.

— Veja! — Emily sussurrou. — Gravado na testa dela estava o número 666.

O reverendo James pareceu levar um golpe para trás.

— Satanás, vá embora!

Emily limpou os cortes com o pano.

— Feridas superficiais, feitas com uma faca afiada — ela murmurou para mim. — E se virou para os outros. — Acho que a máscara a matou asfixiada.

O reverendo James fechou os olhos.

— Jesus, nos ajude.

Emily prendeu a respiração quando percebeu o papel que Alison escondia no punho cerrado. Ela o pegou de entre os dedos da mulher morta e o desdobrou.

Reconheci imediatamente a caligrafia. Era a mesma da carta que eu havia encontrado junto à cama de Danny, a mesma que tinha redigido o bilhete guardado no meu bolso. A letra de Suzanne.

Mas foi o reverendo James quem disse em voz alta:

— Mais um bilhete!

Olhei fixamente para ele. Somente Emily e Suzanne sabiam do bilhete anterior, e eu duvidava que alguma delas tivesse contado ao reverendo.

Suzanne deu um passo atrás, contra a moldura da porta, para o corredor. Os olhos bem abertos.

— Não fui eu quem escreveu.

Foi uma reação estranha, já que ela não tinha visto o bilhete.

— É a sua letra.

Os olhos dela suplicaram.

— Você sabe que é uma armação. Você sabe disso, Rafe.

Tentei tirar o bilhete dos dedos de Emily, mas ela a segurou com força.

— Leia essa merda! — eu me exaltei.

Emily leu em voz alta:

— No sexto dia, Deus nos mandou subjugar nossa natureza vil e ter domínio sobre toda coisa viva e luxuriosa que se move sobre a Terra. O sexto mandamento é "Não matarás". A marca da besta é 666. O número seis simboliza a fragilidade da fraqueza humana. O homem foi criado no sexto dia. Os homens são designados para trabalhar por seis dias. O sexto dia do Natal. Uma quebra na perfeição.

O ar estava pesado com o cheiro da morte. Linda tremia violentamente. O reverendo James olhava para ela com os braços erguidos em um gesto de defesa, como se demônios estivessem se atirando sobre ele. Ninguém disse nada por muito tempo. Emily dobrou o bilhete.

Finalmente, Suzanne abriu a boca, sua voz pequena e trêmula:

— Quem faria uma coisa dessa? Quem foi a mente doentia?

— Ali. Pobre Ali — Linda lamentou.

Suzanne colocou os braços ao redor de Linda.

— Querido Senhor Jesus — orou o reverendo James. — Tenha piedade de nós.

Ajudei Emily a embrulhar Alison em algumas toalhas e cobertores que encontramos no armário.

— O que a gente faz agora? — Emily quis saber.

De costas para a janela, examinei o quarto.

— A porta estava trancada. Eu a ouvi empurrar a cômoda.

— Então como foi que o monstro entrou? — Suzanne indagou. — Ela o deixou entrar?

— Eu pensei que você tivesse dito que os quartos estariam seguros — Linda me acusou.

Emily verificou a janela, que estava bem trancada.

— Vai ver ela conhecia o cara — ponderou, olhando diretamente para o reverendo James. — Ou a mulher. — E olhou diretamente para Suzanne.

Suzanne deu a Emily um olhar de desdém.

— Eu não tive nada a ver com esses bilhetes estúpidos.

Mexi na fechadura, girando a chave.

— Se isso tivesse sido ativado eletronicamente, o assassino poderia facilmente ter aberto a porta por acesso remoto. Mas como se explica o fato de a cômoda estar no mesmo lugar? A linha esticada também.

O reverendo James olhou para mim com ar incisivo.

— Ela sabia que não devia confiar em Rafe. Veja no que deu o seu plano de nos manter a salvo. — Ele tocou o sangue em seu queixo.

Resisti ao impulso de me defender. Eu sabia que tinha falhado com Alison, e também com as outras.

— Não preciso ser lembrado do quão terrível eu devo me sentir, especialmente por um sacerdote metido a santo.

— Isso não vai ficar assim — disse o reverendo James, mais uma vez caminhando na minha direção. Ele levantou o queixo e cerrou os punhos. *O quê, ele ia me bater?*

— Guardem isso para mais tarde — Emily se zangou. — O que precisamos fazer imediatamente é transportar Alison para o nosso necrotério improvisado.

Dizendo isso, ela colocou uma toalha sobre o rosto de Alison, e então as mulheres seguiram a procissão fúnebre, com o reverendo James e eu levando o corpo sem vida para o museu da tortura. Foi uma luta para carregá-la ao longo do corredor. O cheiro de sangue era insuportável. Mais uma morte que eu não tinha conseguido evitar. Ela tentara fugir, dissera que preferia morrer na neve a ser assassinada no castelo. E eu a obriguei a ficar e a enfrentar a execução mais horrível que alguém poderia imaginar. O único consolo foi o *modus operandi* do assassino. Ele os matava, ou pelo menos os deixava inconscientes, antes de usar os instrumentos de tortura, disso eu tinha certeza. Mas era um consolo inútil: ele tinha feito isso não por misericórdia, mas por praticidade. Era mais fácil afixar a máscara do herege a uma vítima inconsciente ou morta do que a alguém que gritava com todas as forças.

Emily passou na nossa frente e empurrou a porta. Entrei primeiro para ver se o lugar estava seguro, e deitamos Alison com cuidado no chão, perto da janela. Linda desembrulhou as toalhas e cobertores.

— Temos que mantê-la fria.

O reverendo James inspecionou a fileira de instrumentos de tortura no gabinete aberto.

— Lembro que a máscara estava aqui. Com certeza.

A etiqueta ainda estava em exposição na vitrine vazia: "Máscara do herege."

Que ironia, pensei: Alison foi fiel até o fim, e morreu com uma máscara de herege.

Fiz uma rápida varredura na sala. Parecia que nada mais tinha sido tocado. Os outros três cadáveres guardavam os instrumentos de tortura restantes, congelados como troféus coletados por um criminoso perturbado. Emily checou um por um para ter certeza de que ainda estavam suficientemente frios para evitar a deterioração. A neve havia invadido o ambiente pela janela aberta. Ela havia se reunido em cantos como teias de aranha fantasmas, assim como atrás da cabeça e do corpo de Stephen, favorecendo-o com uma almofada gelada. O sangue que se acumulara ao redor do sarcófago de Danny estava roxo.

Enquanto os outros estavam entretidos, olhei para o outro lado da sala e espiei um conjunto de algemas medievais e dois conjuntos de chaves em um armário expositor. As algemas tinham o formato de ferraduras; o ferro estava escurecido por causa da ferrugem, mas elas pareciam estar funcionando. Coloquei-as no bolso do casaco juntamente com um dos conjuntos de chaves. Também embolsei uma pequena adaga.

Por via das dúvidas.

— Por favor, podemos sair daqui? — Linda implorou ao marido. — Quero ir embora deste lugar horrível.

— Vamos nos encontrar na sala de estar — eu disse. — A Sessão da Verdade começa em quinze minutos.

***

Todos eles sabiam o que eu queria dizer. Nos velhos tempos, o reverendo James costumava conduzir as Sessões da Verdade. Ele reunia as crianças em seu escritório em um grande círculo e exigia confissões públicas, interrogando-as sobre suas transgressões. As crianças acabavam chorando, expondo suas almas, humilhando-se, purgando seus segredos.

Na sala de estar, enquanto eles se sentavam em um semicírculo ao redor do fogo, fiquei de pé na frente do grupo e delineei o que iria acontecer.

— Vocês conhecem as regras. Nós nos questionamos mutuamente e a resposta tem que ser honesta, não importa o confronto. Temos que esclarecer as coisas.

— Quem é você para fazer isso? — Linda interpelou. — O reverendo James é quem deveria conduzir a sessão.

Eu a ignorei.

— Todos poderão fazer perguntas.

O reverendo James fez um sinal de positivo com a cabeça.

— Está tudo bem, Linda. Eu também acho que nós precisamos conversar. Não tenho nada a esconder.

Linda murchou ao lado do marido, lançando-me olhares ressentidos.

Enfrentei o grupo. Todos os olhos estavam em mim. Tinha chegado a hora do acerto de contas.

— Reverendo James, conte para nós o significado exato do bilhete na mão de Ali. Antes, você tinha mencionado os seis dias da criação.

Ele suspirou.

— Sim, é isso mesmo. No sexto dia, Deus fez o homem e lhe deu o domínio sobre a Terra.

— E de que forma você diria que isso está ligado à morte de Ali?

— Por que a pergunta? Eu não tenho nada a ver com a morte de Alison.

— Você explicou todas as mortes até agora.

— Não faço ideia. — Seu rosto estava vermelho no reflexo da luz do fogo.

— Eu faço — Emily interveio calmamente. Todos se voltaram para ela. — A máscara do herege inflige seis feridas no rosto. Ela tem seis pinos. Foi a primeira coisa que notei quando a examinei.

Eu tinha percebido isso também. Notei que os outros estavam pensando nos ferimentos no rosto de Alison.

Emily continuou:

— Quem fez aquilo planejou com bastante antecedência. Essa pessoa nos instalou neste castelo abandonado, no meio do inverno, com uma série de armas de tortura para usar contra nós, tudo para provar o seu ponto de vista. Cada arma de tortura corresponde numericamente a um dia designado.

— Eu não estou entendendo — disse Suzanne.

— Ela está dizendo — completei — que isto tinha que ser planejado com tanta antecedência que só o reverendo James poderia conhecer os planos.

— Isso não tem cabimento — o reverendo James se defendeu. — Eu estava com vocês o tempo todo!

Linda abraçou a própria cintura, como se tivesse uma dor no estômago.

— Como é que algum de nós pode ter planejado aquelas mortes tão violentas? Nós sempre estivemos juntos.

Emily sacudiu a cabeça.

— Será que fomos nós? Talvez essa pessoa, um de nós, tivesse um cúmplice. Quem sabe o concierge, ou a pessoa que é dona do museu da tortura. Alguém realmente viu o concierge sair?

— Quer dizer que ele pode estar escondido no castelo em algum lugar? — Suzanne olhou por cima do ombro para o corredor escuro.

O reverendo de repente passou por mim e pegou o atiçador de fogo. Ele agitou os troncos violentamente na lareira, fazendo as faíscas voarem.

— Então, Rafe, o que lhe dá o direito de questionar a todos primeiro?

— Porque eu sei de uma coisa que vocês não sabem. Sobre Glen. Na noite em que ele foi morto, naquela primeira noite, ele me pediu para conversarmos com urgência. Foi a primeira coisa que ele disse quando nos encontramos aqui. — Olhei para Emily e ela arregalou os olhos com surpresa fingida, parecendo grata por eu ter decidido não a envolver nisso... ainda. — Então eu fui até o quarto dele e nós ficamos na sacada. Sim, aquela sacada de onde ele acabou caindo mais tarde. E Glen me contou que estava com medo de algo que estava prestes a acontecer, e me pediu para ter cuidado. Para trancar a minha porta. Do que ele estava com medo? Ele sabia de alguma coisa. Mas o que ele sabia? Nunca descobri.

— Nossa — disse o reverendo James.

Linda parecia aterrorizada, mordendo o lábio.

— Por que você não nos contou? — Suzanne reclamou. — Ele sabia de tudo isso?

— Eu não sabia o que ele queria me contar naquela noite. Pensei que o reverendo James tivesse nos prendido aqui para nos reconverter, para expor nossos pecados passados.

O reverendo fez que sim com a cabeça.

— Em parte é verdade. Deus me chamou para reuni-los para um novo compromisso com a nossa fé.

— Tem mais — continuei. — Naquela mesma noite eu o vi com alguém, uma mulher. Estavam discutindo, e ela entrou no quarto dele. Quem poderia ser?

Linda não me olhou nos olhos, mas seu rosto ficou vermelho.

O reverendo James parecia visivelmente abalado.

— Uma de vocês esteve com Glen naquela noite. Quem foi?

— Acho que nenhuma de nós admitiria — Emily justificou. — E por que esse encontro aconteceu?

— Para resolver antigos problemas, quem sabe.

Linda se levantou.

— Vou fazer um café.

— Sente-se — pedi. — Acho que essa pessoa era você, Linda.

— O quê? — o reverendo James se exaltou. — Como ousa acusar minha esposa?

— Eu vi você. Eu ouvi vocês dois discutindo. Então você esteve no quarto dele. Eu quero saber o que aconteceu naquele quarto.

— Eu não saí do meu quarto. — O rosto de Linda estava pálido, seus olhos bem abertos. — Por que eu iria visitar Glen?

— Porque você ainda estava tendo um caso com ele.

O reverendo James se virou da lareira, onde estava, para me enfrentar, o atiçador nas mãos, vermelho do calor.

— Rafe, estou avisando. Essas acusações sem fundamento...

— Abaixe esse atiçador. Me deixe continuar.

O reverendo baixou a mão, como se só agora percebesse que estava brandindo uma arma, e colocou o bastão de volta em sua bancada.

Meu coração estava batendo alto, mas me mantive firme e continuei falando calmamente.

— Alguns assuntos inacabados, Linda. Você estava tendo um caso com Glen, e o visitou naquela noite. Eu quero saber o que você foi fazer lá e quanto tempo vocês ficaram juntos. Você é a chave de tudo.

Eu nunca havia sentido tanto ódio dirigido à minha pessoa como naquele momento. Os olhos de Linda. A testa franzida do reverendo James.

— Rafe, pela última vez.

— Reverendo, esta é uma Sessão da Verdade. Vai chegar a sua vez de falar.

As outras estavam vidradas em mim. Ninguém havia enfrentado o reverendo em público antes sem uma repreensão. Eu estava esperando por essa oportunidade fazia vinte anos. A sensação era boa. Voltei meu olhar para Linda.

— Vou assumir que a sua visita teve alguma coisa a ver com a morte de Glenn, que aconteceu mais tarde. Você foi a última pessoa a vê-lo vivo. Você o matou? Ou a sua visita provocou uma crise de ciúme no seu marido, a ponto de ele decidir matá-lo?

— Você só pode estar louco. — O reverendo James sufocou a esposa em um abraço a fim de protegê-la de mim, e não de demonstrar carinho.

Olhei fundo nos olhos dela.

— Deixe Linda responder. Você nem sempre tem que responder por ela.

Mas ela não quis falar.

— Rafe, tem certeza de que viu alguém com ele? — Suzanne se aproximou de Linda e tocou seu braço.

Eu a encarei de perto. Suzanne era outra pessoa que eu suspeitava ter visitado Glen naquela noite.

— E o que você estava fazendo no corredor durante a noite? — inquiriu o reverendo James.

— Eu ouvi um barulho.

— Isso é o que você diz.

— E então Glen é apedrejado até a morte por adultério. Foi você, reverendo James, que falou sobre isso.

Ele soltou Linda e se aproximou da lareira novamente, evitando meu olhar. Gaguejou um pouco quando respondeu.

— Não falei nada sobre isso.

— Você o apedrejou até a morte por adultério. Você o julgou. E no dia seguinte você deu um sermão hipócrita para justificar seu assassinato.

— Não é verdade. Eu nunca sequer falei com Glen. — Linda estava chorando agora. Suzanne colocou o braço em volta dela.

— Foi um ato de Deus — disse o reverendo James para o fogo. — Uma grade apodrecida.

— Não foi um acidente. A grade foi serrada para provocar uma queda.

— O quê? — Emily ficou surpresa. — Você nunca me disse isso.

Assenti.

— Linda, me diga onde seu marido estava naquela noite.

O reverendo James pegou um tronco e o atirou no fogo.

— Olhe para mim, reverendo.

Ele se virou e olhou diretamente nos meus olhos.

— Você está insinuando que eu, o reverendo James...?

— Não estou insinuando. Estou deduzindo. E vou mais longe. Stephen. O seu capanga, que o ajudou a organizar este retiro, veio falar comigo, apavorado, depois da morte de Glen. Ele queria conversar, disse que sabia de tudo e queria me contar. Mas, convenientemente, ele morreu antes de poder me revelar a sua traição.

O reverendo James continuou a me encarar, sem piscar os olhos.

— Isso é um absurdo e você sabe.

— Não quando você preparou um sermão explicando que a morte tinha sido parecida com a do terceiro dia do martírio do Natal. Tudo planejado. Tudo organizado. Você realmente achava que nós acreditaríamos que se tratava de um ato de Deus... ou de Satanás?

Ele de repente fechou os olhos e murmurou algumas palavras inaudíveis, como se estivesse orando. Em seguida me encarou novamente.

— Rafe, pare com esses jogos filosóficos idiotas. Você nos odeia, você me odeia e voltou para se vingar de todos. Se alguém tramou tudo e cometeu esses crimes, esse alguém é você.

Abri bem os braços. Finalmente estávamos chegando a algum lugar. Percebi ali um argumento racional, lógico, coerente. Esse era o meu território.

— Então, por favor, me interrogue. Nós precisamos da verdade. No entanto, enquanto estamos sendo francos, não vamos trocar nenhum soco. Temos um assassino usando os sermões do reverendo James, seus esquemas e seu *Livro dos Mártires* para praticar crimes bárbaros. Você nos trouxe aqui para nos dar uma lição. Esse plano incluía crimes de morte?

Ele fez um gesto abrangendo o restante da sala.

— Está me acusando de matar o meu próprio rebanho?

— As evidências apontam diretamente para você — respondi.

Ele sacudiu a cabeça.

— Que evidências?

Apontei para o pescoço dele.

— O sangue no seu colarinho após a morte de Alison.

— Eu me cortei fazendo a barba.

— Você sabia sobre o bilhete deixado sobre a mesinha de Danny, mas eu não tinha comentado com ninguém.

Os olhos do reverendo James percorreram cada membro do grupo. Ele não iria conseguir se safar dessa vez. Olhou para a porta como se estivesse prestes a fugir.

— Vi o bilhete quando me levantei para a minha hora da meditação e o guardei no bolso.

— Foi o meio que você usou para atraí-lo para a morte, e depois tentou se livrar da prova. Mas eu já tinha notado o bilhete.

— Aqui. — Ele tirou o papel do bolso. — Eu não ia mostrar para ninguém, mas, como estou sendo acusado...

— Por favor, não — Suzanne suplicou. — Por que todos insistem em arrastar a minha reputação na lama? Eu não escrevi esse bilhete. — Agora todos olhavam para ela.

— É a sua letra — eu a lembrei.

O reverendo James desdobrou o papel.

— É verdade. Essa é a caligrafia de Suzanne.

— Fale para todos o que está escrito aí.

Ele lançou sobre ela um rápido olhar nervoso.

— Ela está marcando um encontro com Danny na biblioteca à meia-noite.

Suzanne me deu um olhar cheio de rancor. Ela nunca me perdoaria por isso.

— Primeiro você acusa Linda, depois o reverendo James e agora a mim? Rafe, eu lhe contei tudo... sobre as anotações. Alguém está armando uma cilada para mim.

Balancei a cabeça.

— O estranho é justamente isso, Suzanne. Você está no centro de tudo. — Glen estava falando de você para mim antes de morrer, e ele também escreveu um bilhete para você.

— Um bilhete? Outro bilhete? — o reverendo quis saber.

O rosto de Suzanne ficou a ponto de explodir de tão vermelho. Ela certamente não estava atuando desta vez. Estava furiosa.

— Eu lhe mostrei aquele bilhete em segredo, Rafe.

— Estamos na Sessão da Verdade. Fale para nós o que aquele bilhete dizia.

Ela ficou de pé e caminhou pela sala. Dirigindo-se à lareira e não ao grupo, ela disse:

— Ele estava declarando o seu amor por mim.

— Em todos os crimes que aconteceram neste castelo eu senti o seu perfume junto ao cadáver. Emily pode confirmar o que estou dizendo. Todas as vezes. Exceto, é claro, quando encontramos Mike lá fora. Você pode explicar o motivo?

Suzanne parou de andar e me encarou, lágrimas se formando em seus olhos.

— Não.

— O bilhete diz — continuei — que você planejava encontrá-lo à meia-noite.

Ela limpou o olho com a manga.

— Claro que não fui eu que escrevi. Eu não combinaria um encontro com ele à meia-noite. Nem em qualquer outra hora. Por que eu faria isso? Eu estava tentando evitá-lo.

— E você está dizendo que não escreveu esse bilhete, mesmo parecendo a sua letra?

— E você se lembra da minha letra, por acaso?

— Está brincando? Na escola, todos nós recebemos suas cartas "Vamos ser bons amigos." As minhas estão guardadas como relíquias.

O reverendo James ergueu a mão.

— Deixe-a em paz. Primeiro você ataca Linda, depois a mim, agora Suzanne. Vamos lá, Rafe. Chega dessa feitiçaria.

— Só estou tentando encaixar as peças no quebra-cabeças para montar uma cena. Testando hipóteses. Quero descobrir a verdade.

Agora o reverendo tomou o seu lugar na frente da reunião.

— Quem sabe eu também possa jogar esse jogo, Rafe. — Então ele deu início a uma torrente de perguntas. — Onde você estava quando Glen foi morto? O que você estava procurando no corredor? Você diz que ele estava com uma mulher, mas por que deveríamos acreditar na sua palavra? Ele estava com você e você o matou. Você foi o último a ver Stephen também, e o atraiu para o museu da tortura. E levou Danny para lá também. E então você convenientemente descobriu o cadáver de Mike e voltou para nos contar. Como podemos ter certeza de que você não o afogou?

— Eu estava aqui com vocês tomando café da manhã quando Mike se afogou.

James meneou a cabeça.

— Pelo menos ele está ao ar livre — Suzanne ponderou. — Nós sabemos exatamente o que pensamos um do outro. E não é agradável.

— Todos nós somos suspeitos — enfatizei. — Qualquer um nesta sala pode ser o assassino. Linda, Suzanne, reverendo James, eu...

— Emily está livre? — disse Suzanne. — Ela é a única que não está sendo acusada de ser uma assassina em série.

Eu sorri.

— O assassino é sempre o menos suspeito de todos.

Emily meneou a cabeça.

— Nós mexemos em algumas feridas bem profundas hoje.

— Eu ainda não terminei — interrompi. — Ela não está livre, você sabe.

— Não vá por esse caminho — Emily reagiu. — Por favor. — Ela me deu um olhar doloroso. Eu estava abalando nossa relação de confiança, nossa relação de irmãos de sangue. Eu sabia disso, e me sentia péssimo. Mas eu tinha que desequilibrar o assassino. Nossas vidas estavam em jogo. E ela era a chave. Respirei fundo. *Me perdoe, Emily.*

— Sim — continuei —, eu vou por esse caminho sim. Eu acho que esse assunto tem relevância para a situação que estamos enfrentando.

Emily ficou de pé, chorando.

— Não, Rafe. — Ela caminhou em direção à cozinha. — A Sessão da Verdade está oficialmente encerrada. Quem quer um café? Vou fazer.

O reverendo James se aproximou do fogo, virando as costas para o resto de nós. Linda se juntou a ele.

— Reverendo James — chamei —, esta é uma Sessão da Verdade. Volte aqui e enfrente a sua.

— O que está havendo? — Suzanne parecia confusa.

— Emily fechou a porta da cozinha atrás de si.

***

Suzanne caminhou até a janela, olhando para o exterior inteiramente branco. Me aproximei e fiquei ao seu lado.

— Você tinha que falar sobre os bilhetes — ela disse entre dentes. — Achei que podia confiar em você.

Eu tinha transformado minhas amigas em inimigas. Mas havia razões para isso.

— Sinto muito, Suzanne. Eu queria ver quais seriam as reações de todos e o que eles sabiam.

Ela olhou de volta para a lareira.

— O reverendo James, você quer dizer...

Assenti.

— O que foi aquela história com a Emily? — sussurrou ela.

Balancei a cabeça.

— Todo mundo tem um segredo escondido, um esqueleto no armário. Mas há tantas peças faltando aqui. Diga-me o que você sabe. Por que você acha que está sendo incriminada?

Ela fez um movimento com a cabeça, demonstrando dúvida.

— Inveja. Ciúme. Vingança. Eu não sei. Eu sinto que é em mim que esse assassino quer chegar.

— Ou talvez essa seja apenas a sua forma narcisista de pensar. — Ela me deu um olhar ferido.

— A Sessão da Verdade ainda está em curso. Me fale sobre os seus esqueletos no armário, Suzanne.

Não sei quanto tempo fiquei ali parado com ela, hipnotizado pela neve lá fora, e em uma conversa que beirava o flerte, a brincadeira, a provocação, mas me senti desconfortável, como se estivesse confraternizando com o inimigo de alguma forma. Estava obtendo informações, entrevistando suspeitos, argumentei para mim mesmo, mas me senti mais como se estivesse curando antigas feridas.

Olhei para a lareira e me preocupei ao ver que o reverendo James não estava lá. Linda estava sentada sobre as pernas no sofá, se aquecendo.

Eu me dirigi a ela.

— Onde está o reverendo?

Ela levantou a cabeça. Tinha lágrimas nos olhos. Ele foi até a cozinha para ajudar Emily, eu acho. Não sei. Eu estava no banheiro.

— Mas que droga. Não podemos andar sozinhos por aí.

Entrei na cozinha.

— Em, esse café vai demorar?

Nem sinal de Emily.

Nem sinal do reverendo James.

A despensa escondia outra porta. Passei por ela e vi que levava ao corredor e subia as escadas. Emily!

Agora eu estava em pânico. Subi até o primeiro andar, voei pelo corredor e entrei na biblioteca, aflito. A porta para o museu da tortura estava aberta, e lá dentro eu ouvi uma pancada. Emily.

Minha nuca se arrepiou, e meu coração bateu duas vezes. Eu realmente não queria entrar sozinho, mas me obriguei a invadir a sala. O vento gelado soprou no meu rosto. A primeira coisa que senti foi o perfume de Suzanne.

— Emily?

O corpo decapitado de Stephen sobre a guilhotina; sua cabeça ainda no chão, envolta em sangue e inchada. O cadáver de Danny empalado nas cinco estacas da dama de ferro. Alison deitada, enrolada em um cobertor. E, no canto, a roda de Santa Catarina, ocupada por um corpo amarrado às suas sete escoras. Um emaranhado de cabelos vermelhos, e um rosto coberto por uma venda, sua boca amordaçada por um dispositivo metálico hediondo. O perfume me fez sentir mal.

OITO CRIADAS ORDENHANDO

Eu a alcancei em três passos e demorei outros dois segundos para remover sua venda. Ela piscou para mim.

— Emily, você está viva! Graças a Deus.

Ela fez um barulho impaciente.

Reconheci o aparelho em sua boca como a pera da angústia. Eu o tinha visto exposto sobre a mesa no primeiro dia: um objeto formado por quatro pétalas de metal que se abriam e rasgavam a boca da vítima, ou outro orifício de seu corpo. Por alguma razão, um milagre, a mola desse instrumento de tortura não havia sido acionada e eu consegui removê-lo de sua boca. Delicadamente, puxei seus lábios para trás a fim de evitar que a espora afiada na extremidade de cada pétala estraçalhar sua carne.

— *Urgh.*

— Não fale!

Empurrei sua língua para baixo enquanto tentava extrair o objeto de sua boca.

Segurei sua cabeça para verificar se havia outros ferimentos.

Ela lambeu os lábios.

— Estou bem, exceto por aquele perfume horrível e doce.

Examinei as cordas que a amarravam à base de madeira. Ela estava atada de um jeito frouxo. Peguei a adaga e cortei as cordas, com cuidado para não machucar sua pele. As cordas estavam servindo de apoio para ela, então a segurei para evitar que caísse, enquanto a levantava gentilmente.

Ela se esticou.

— Nossa, isso dói como o inferno.

— Há uma pequena marca na sua bochecha.

— Vamos pegar aquele filho da mãe.

Eu a encarei fixamente.

— Você viu quem era?

Ela tentou se sentar, mas depois caiu de novo, a mão segurando a boca. Fez um sinal afirmativo.

Suavemente, eu a ajudei a se deitar. Então, tirei o casaco e o ajeitei embaixo de sua cabeça.

— O reverendo James?

As palavras ecoaram na sala. Ela fez que sim com a cabeça novamente.

— Eu estava na cozinha e ele me segurou pelo pescoço!

A raiva borbulhou em mim.

— E veja isto! — Peguei a carta presa na parte superior da roda. Sete cisnes nadando. O cartão de boas-vindas dele.

Ela girou o pescoço para ver.

— Tem certeza que era ele?

Eu sabia que era, mas precisava da confirmação dela. Senti um gosto amargo na garganta. Puro ódio. Como ele ousava fazer isso com Emily!

Pelo menos ela estava viva. De alguma forma, ele tinha estragado tudo. Talvez algo o tivesse atrapalhado.

— Ele chegou por trás e cravou um dardo no meu pescoço. Depois ele enfiou um pano na minha boca com um cheiro doce e enjoativo.

Senti o cheiro no ar.

— Clorofórmio? Misturado com o perfume de Suzanne. Eu vou pegá-lo. — Segurei a adaga com força.

— E então eu acordei aqui, amarrada na roda, essa coisa horrível na minha boca. *Ugh*. Eu pensei que fosse morrer.

Levantei a adaga e bati com a lateral na estrutura da roda de Santa Catarina.

— Vou matá-lo.

Ela se agarrou ao meu braço.

— Rafe, tenha cuidado.

Tirei as algemas do bolso, verifiquei que estavam em ordem e as guardei de volta.

— Você consegue andar? Nós temos que tirar você daqui.

Seus olhos estavam brilhando.

Liderei o caminho para fora da sala, primeiro a adaga, protegendo Emily de qualquer ataque no corredor. Com ela mancando um pouco, caminhamos até seu quarto, e eu me certifiquei de que era seguro.

— Tranque a porta e eu vou encontrá-lo.

— Rafe...? — Ela pegou minha mão, se aproximou e me deu um abraço forte. — Obrigada.

***

Eu tinha que controlar o ódio. Eu era um pensador, uma pessoa que prezava a razão. Mas ver Emily amarrada e a ponto de sufocar me tirou do sério. Invadi a sala de estar, a adaga em punho. E lá estava ele, sentado junto ao fogo, aquecendo-se, como se nada tivesse acontecido. Suzanne sentada à sua direita, Linda à sua esquerda. A raiva me cegou.

— Reverendo James!

Antes que ele percebesse o que eu estava fazendo, eu o agarrei, fechei uma algema em seu pulso direito e segurei a adaga em seu pescoço. Minhas mãos tremiam.

Ele tentou ficar de pé, mas eu o pressionei para baixo em sua cadeira com a lâmina da adaga. Seus olhos estavam esbugalhados. Linda pulou em cima de mim.

— Rafe, o que você está fazendo?

Pressionei a lâmina sob o queixo dele, e minha mão estava tão instável que lhe cortou a pele, minando gotas de sangue.

— Me dê a outra mão.

— Fique longe de mim! — Sua voz tremia enquanto ele se encolhia para o assento da cadeira, evitando a ponta da lâmina. Agarrei sua mão esquerda e fechei a segunda algema nela.

— Seu desgraçado.

Linda correu para defender o marido, mas eu a bloqueei com o braço.

— Fique longe, Linda. Estou avisando.

— Você ficou louco? — o reverendo James levantou as mãos algemadas. Você não pode fazer isso.

— Suzanne, Linda — apontei para o corredor —, vão cuidar de Emily, rápido. Ela sobreviveu a uma tentativa de assassinato.

Suzanne me encarou, sem entender.

— Mas Emily está na cozinha.

— Ela está no quarto dela. Por sorte está viva. — E para o reverendo James: — Estou assumindo o comando aqui, como deveria ter feito quando suspeitei de você pela primeira vez. Agora você vai falar! — Encostei a borda plana da lâmina contra seu pescoço.

O reverendo James se espremeu na cadeira para tentar fugir de mim.

— Eu não sei do que você está falando. O que aconteceu com Emily? Eu fui procurá-la na cozinha, mas...

O punhal cortou sua pele novamente, e uma linha fina de sangue escorreu para a lâmina.

— Você sabe muito bem. Você conseguiu!

Linda me observava horrorizada enquanto eu ameaçava seu marido. E mesmo assim ele agia como inocente. Aterrorizado, mas indignado, fingindo inocência.

— Venha. — Comecei a puxá-lo pelo casaco. — Vamos até o meu quarto.

Ele ficou de pé, pronto para fazer alguma tentativa de fuga, mas eu segurei as algemas para puxá-lo pelos braços. Então, eu detive seus protestos. Ele tropeçou, praguejando contra mim.

— Há um lugar no inferno destinado a você, Rafe — ele cuspiu. — Deus vai cuidar disso. Pelo menos poupe as mulheres.

Eu o empurrei para a frente.

— Você continua dizendo que eu sou o culpado? Eu vi com meus próprios olhos o que você fez! Você é desprezível.

Quando chegamos ao meu quarto, eu o empurrei para dentro e ele caiu no chão.

Tranquei a porta e guardei a chave no bolso. Espiei o corredor e empurrei uma cômoda pesada para a porta. Amarrei a linha no batente.

Duas mulheres desorientadas e apavoradas se acotovelavam na base das escadas.

— O que vocês estão esperando? — gritei para elas. — Emily precisa de ajuda urgentemente.

Corri pelo corredor e bati na porta de Emily.

— É Rafe. Eu amarrei o desgraçado.

Eu a ouvi caminhando para destrancar a porta e abri-la.

Suzanne correu até ela.

— Meu Deus, Emily.

Linda olhava debaixo do batente, atordoada. Como se não pudesse acreditar no que tinha acabado de acontecer.

— Tem certeza que não tem nada quebrado?

Emily sacudiu a cabeça.

— Onde ele está?

— Está algemado, não se preocupe — respondi. — Estamos em segurança aqui. Você precisa de uma xícara de café bem forte.

Ela fez que sim com a cabeça. Fomos até a sala de estar.

— Eu vou fazer o café. — Linda parecia grata por fugir para a cozinha.

Quando ela saiu da sala, sussurrei para Suzanne.

— Ele tentou matá-la.

— O reverendo James? Você o viu, Emily?

— Não, porque ele me agarrou por trás. Injetou uma droga paralisante no meu pescoço e depois me sufocou com clorofórmio.

— Nós não ouvimos nada. — Suzanne estava incrédula. — E estávamos bem aqui.

— Há uma porta dos fundos entre a cozinha e o corredor.

Emily tocou o rosto com cuidado.

— Não acredito que o deixei fazer isso comigo. Eu me sinto tão... impotente. Tão estúpida.

Suzanne estava trêmula.

— Então o que vamos fazer agora?

Caminhei pela sala.

— Vamos manter esse cidadão preso até conseguirmos chamar a porra da polícia. Não admira que ele não quisesse tentar fazer contato com os policiais. Não foi à toa que ele escondeu todos os celulares. Faz todo o sentido. — Dei um soco na minha palma.

Suzanne olhou pela janela. A neve salpicava a vidraça, e além da moldura tudo o que podíamos ver era pelúcia branca. Seus olhos estavam molhados.

— Nunca sairemos daqui.

— Agora vamos conseguir. Nós pegamos o assassino. Ou pelo menos o cérebro por trás dos crimes. Enquanto isso eu vou mantê-lo preso, e nós ficamos tranquilos. Até amanhã. Ou até eu estrangulá-lo com minhas próprias mãos.

Suzanne me encarou, alarmada.

— Você faria isso?

— Eu juro que poderia fazer. — Bati com a palma da mão novamente contra o punho.

Emily pôs a mão na cabeça.

— Estou com uma enxaqueca terrível. A boca está doendo pra diabo. Enjoo, dor de cabeça. Ele deve ter usado fentanil, ou talvez até etorfina. Midazolam, quem sabe.

Eu a ajudei a sentar confortavelmente no sofá.

— Fale a nossa língua, por favor.

A etorfina é o que eles usam em dardos tranquilizantes para animais selvagens. Mas acho que é mais o fentanil, que é um opioide, usado para aliviar a dor. Ele é cerca de 75 vezes mais forte que a morfina e pode induzir à inconsciência. Em doses mais altas, pode deixar a pessoa em coma ou levar à morte. Por alguma razão ele não me deu uma dose forte, graças a Deus.

— Você é um diário médico ambulante — falei. — Acho que vou te chamar de revista *Lancet* de agora em diante.

— É o meu trabalho. Os efeitos colaterais são... náusea, sim, boca seca, sim, confusão, amém, astenia ou fraqueza, amém duplo.

— O que nós podemos fazer para ajudar? — Suzanne quis saber.

— Deve ter um kit de primeiros socorros na cozinha.

— Vou verificar — Suzanne ofereceu.

Emily me puxou para mais perto e apertou minhas mãos.

— Ele me revoltava. Ele sempre me revoltava. Pensar naquelas mãos em mim... que ele iria enfiar aquela coisa no meu rosto. Eu quero colar aquilo na cara dele. Esmagá-la em seu rosto de santinho.

***

Mais uma noite para passar. Nós tínhamos capturado o assassino, mas eu não conseguia descansar. Meu coração ainda estava batendo rápido demais, e a raiva fluía através de mim. Andei pelo quarto de Emily, me segurando para não entrar no meu próprio quarto e confrontá-lo novamente. *Como se atreve? Quem você pensa que é?* Assim como Emily, eu queria torturá-lo, empalá-lo, encaixotá-lo em um daqueles instrumentos de tortura e vê-lo sofrer enquanto seu sangue corria sobre meus pés. Eu queria que ele soubesse como os outros se sentiram. Então eu o deitaria na guilhotina, e o manteria vivo para que ele pudesse ver a lâmina descer sobre seu pescoço. Eu, que me orgulhava da lógica e do raciocínio dedutivo, de ter a cabeça fria, ardia em vingança. Isso me assustou.

A horrível suspeita de que ele não estava sozinho me apavorava. Ele tinha que ter um cúmplice. Uma pessoa sozinha não poderia ter conseguido tudo isso, dadas as terríveis circunstâncias dos assassinatos e das tentativas de assassinato. O concierge. O proprietário. E Linda deve ter sido cúmplice de alguma forma. Foi por isso que, apesar de sua angústia, eu a tranquei em seu quarto e guardei a chave.

Eu deixaria o reverendo no meu quarto para refletir sobre seus pecados naquela noite.

Verifiquei se a porta de Emily estava trancada, depois empurrei a cômoda contra ela. Mas eu me sentia agitado demais para dormir. Emily caiu num profundo sono em meus braços e eu permaneci acordado, lembrando dos detalhes dos eventos das últimas sete noites. Sabendo agora que o nome por trás de tudo isso tinha sido óbvio desde o início. O reverendo havia planejado cada movimento, até mesmo o instrumento de tortura era apropriado para cada pessoa e o dia certo para cada vítima morrer; ele havia cuidado para que a vítima estivesse sozinha na noite do crime. Um canalha ardiloso. Mas eu ainda estava intrigado com muitas coisas. Como ele sabia que Mike estaria lá fora no quarto dia? Como ele entrou no quarto de Ali? E ele deve ter falsificado os bilhetes de Suzanne para atrair as vítimas masculinas para longe dos outros. Ele cometera um clássico ato falho ao admitir que sabia sobre o bilhete de Danny, e tinha estado ausente exatamente no momento em que alguns dos assassinatos ocorreram. Mas eu acreditava agora que ele não poderia ter feito nada disso sem um cúmplice. Essa era minha próxima missão: descobrir quem era e detê-lo... ou detê-la.

***

Custei para pegar no sono e acordei cedo com um susto. Emily também acordou e segurou meu braço.

Ouvimos algo se arrastando e batidas vindas do corredor. Pulei da cama, calcei os sapatos e vesti o roupão.

— Alguém está arrastando uma cômoda.

Emily tinha os olhos arregalados.

— Reverendo James...

Tirei a barricada da porta de Emily. E saí no corredor para ver Suzanne do outro lado. Ela estava com a cabeça para fora do batente e parecia nervosa.

— Suzanne, o que está havendo? Foi você que fez aquele barulho?

Ela apontou para a cômoda pesada atrás de si.

— Não estava conseguindo tirar do lugar — disse ela. — Mas estava um pouco claustrofóbico lá dentro.

De pijama, Emily também colocou a cabeça para fora da porta. Suzanne olhou de um para o outro, percebendo só então que eu tinha dormido no quarto de Emily.

— Vocês dois?

Emily assentiu.

— Paixão platônica — disse ela —, caso você esteja se perguntando.

Suzanne me encarou com ar de dúvida.

— Ah — Emily emendou. A propósito, amigos, feliz Ano-Novo! Hoje é primeiro de janeiro.

Ela assentiu.

— Oitavo dia do Natal. Feliz Ano-Novo.

— Que bela maneira de passar esse feriado — resmunguei. — Pelo menos estamos seguros. — Olhei mais uma vez ao longo do corredor. Tenho que ir ver como ele está.

Elas me seguiram até o meu quarto. A cômoda ainda estava bloqueando a porta. A linha estava intacta. A porta estava trancada. Colei o ouvido no buraco da fechadura.

— Reverendo?

Nem um som. Eu estava prestes a entrar, então decidi deixá-lo cozinhando um pouco mais. Queria interrogar Linda primeiro.

Nós três marchamos de volta pelo corredor até o quarto da esposa do pastor. Peguei a chave e destranquei a porta, dando uma batida suave. Ela não respondeu. Meu coração disparou. Empurrei a porta e felizmente encontrei Linda acordada, orando ao lado da cama.

Ela nos fuzilou com o olhar e não se levantou.

Suzanne caminhou até ela e apertou seu ombro.

— Fico feliz por ver que está bem. Vou fazer um café da manhã para nós.

Eu me voltei para Emily e Suzanne.

— Sim, café é uma boa ideia. Enquanto isso, preciso falar com Linda em particular.

— Claro, chefe — Emily ironizou.

— Tudo bem — Suzanne deu de ombros.

Esperei até que elas saíssem. Eu tinha planejado esse interrogatório à noite. Ela devia saber algo sobre as intenções do marido. Devia estar se sentindo em um beco sem saída, sabendo que ele havia matado seu amante, assim como seus irmãos e irmãs no Senhor. Talvez ela estivesse lhe dando cobertura. Ou então ela estava metida nisso.

— Eu vou lhe contar o que eu sei, Linda, e então você pode me ajudar, nos ajudar, ajudar seu marido e até a si mesma.

Ela não levantou a cabeça para olhar para mim. Seu dedo estava pousado sobre uma passagem da Bíblia aberta em cima da cama.

— Linda...

Em resposta, ela começou a ler a passagem em voz alta, traçando cada palavra com um dedo trêmulo.

— Com labaredas de fogo, tomando vingança dos que não conhecem a Deus e dos que não obedecem ao evangelho de nosso Senhor Jesus Cristo; Os quais, por castigo, padecerão eterna perdição, longe da face do Senhor e da glória do seu poder. — Então ela olhou para mim. Seus olhos estavam vermelhos.

— Linda, não estou fazendo nenhuma acusação. Só quero saber como tudo isso aconteceu.

Ela fechou a Bíblia. Imaginei o ódio que devia sentir por mim.

— Nós devíamos ter imaginado — ela começou.

— Talvez o início de tudo tenha sido o seu caso com Glen.

Ela cobriu o rosto com as mãos. Limpou as lágrimas. Uma Linda diferente olhou para mim. Uma Linda desafiadora, que reuniu forças para deixar de ser a esposa do pastor manso e iniciar um romance extraconjugal. Eu esperava pela negação, mas, para minha surpresa, ela reconheceu.

— Já faz tempo. Um erro terrível. Eu paguei por isso tantas vezes. — Ela apontou para sua Bíblia. — Como você pode ver. Como você acha que eu me sinto? Consegue imaginar o tamanho da dor que me causou aquela exposição, que para você foi tão prazerosa?

Senti pena dela. Queria mostrar compaixão. Estendi a mão.

— Não tive prazer nenhum com aquilo.

Ela se encolheu para longe do meu toque.

— Deus se certificou de que o salário do pecado fosse pago muito antes de você aparecer com os seus julgamentos intrometidos.

— O salário do pecado é a morte. — Lembrei do verso que tínhamos memorizado quando adolescentes. Ele tinha me assombrado naquele tempo, e devia assombrá-la agora.

Ela estremeceu.

— Eu tinha que ganhar o direito de ser uma boa esposa novamente. Eu deveria ser dez vezes mais obediente. Mas ele me perdoou. E as coisas estavam indo muito bem. Até este retiro acontecer.

— O que você sentiu quando reencontrou Glen?

Ela cerrou os dentes, olhou para mim e limpou uma lágrima que escorria em seu rosto.

— Eu não queria vê-lo nunca mais. Mas ele me mandou um e-mail, me disse que seria bom, que esse encontro seria o fim de um ciclo. Ele prometeu que não tocaria no assunto ou me envergonharia. Ele jurou. Mas Jay estava tenso. Quando eu soube que Glen viria, fiquei com medo. Jay tinha ficado furioso com ele, e essa seria a primeira vez que os dois se veriam desde aquele tempo. Dez anos. Não, mais. Eu tive tanto medo que ele fizesse alguma coisa.

— Matá-lo, você quer dizer?

Ela estremeceu.

— Não. Confrontá-lo. E foi exatamente isso que ele planejou. Eu temia por isso. Quando eu vi o que ele estava fazendo naquela primeira noite, fiquei aterrorizada.

— Pedir a todos nós para escrevermos nossos pecados no papel?

— Sim, ele queria que Glen confessasse. Ele queria que eu confessasse. Jay queria arrependimento, desculpas, e depois perdão, reconciliação. Ele queria purgar os demônios que estavam nos atacando a todos. Desobstruir o caminho. Restaurar os Doze à sua antiga glória. Ele nunca, jamais tocaria em um fio de cabelo de qualquer pessoa. Eu sei o que você está pensando, mas não é verdade. "A vingança é minha, eu vou retribuir", diz o Senhor. Jay nunca a tomaria em suas próprias mãos. Jamais. É verdade, nós oramos pela justiça, pela verdade, mas, quando as pessoas começaram a morrer, nós sabíamos que era Satanás... ou um agente de Satanás.

Esse foi o discurso mais longo que eu já tinha ouvido de sua boca. Sempre silenciosa, submissa, agora ela estava abalada e nervosa. E claramente me odiava.

— Então você foi ver Glen no meio da noite. Você sabia que isso iria piorar as coisas. Vocês ainda estavam tendo um caso?

Seus olhos estavam arregalados.

— Eu não me encontrei com Glen.

— Você jura?

— Sobre esta Bíblia. — Colocou a mão sobre o livro.

— Então quem foi que eu vi no corredor com ele?

— Nem imagino. — E então Linda olhou para a porta.

— Suzanne?

Ela assentiu.

— Você acha que Suzanne teve algo a ver com tudo isso?

Ela assentiu de novo.

— Você, Suzanne e Emily.

Eu me afastei.

— Isso é ridículo. Delirante. Linda, seu marido acabou de tentar matar Emily.

Ela se jogou na cama e empurrou a Bíblia aberta para longe.

— Eu não acredito nela. Nem em você. Ela... ela é pura maldade. Como você. Ela inventou isso. — Linda se apoiou contra a cabeceira da cama.

— Eu odeio você. Tento não odiar, mas odeio.

— Você está me culpando, é isso?

Ela estreitou os olhos para mim.

— Aquele livro horrível que você escreveu. Você destruiu nossa reputação com ele. Eu queria que ele enfrentasse você por causa daquele livro. Ele queria que você se arrependesse.

— *Deus está morto*? Meu livro destruiu a Igreja?

— Quando você concordou em vir até aqui, ele quis resolver tudo. Mas então você trouxe toda essa sujeira consigo. É tudo obra sua.

— Ou talvez ele tenha vindo para cá com o objetivo de se vingar de Glen, e de me castigar. Você sabe que hoje é o oitavo dia. Se eu não o tivesse trancado, minha vida estaria correndo perigo. Você acabou de me contar os motivos dele para matar Glen, Emily e a mim. Mais algum? Por que ele queria matar Ali, Mike, Danny e Stephen?

A reação de Linda foi totalmente inesperada. Ela ficou de pé de repente e se atirou em cima de mim. Bateu no meu rosto com força. Agarrei a mão dela para segurá-la, mas ela lutou e lutou.

— Você... seu monstro!

— Olá! — Suzanne estava à porta com uma bandeja de café e torradas.

— Parem! — Emily correu para segurar Linda. Ela a tirou de cima de mim e a sentou novamente na cama. Linda enterrou o rosto nas mãos.

Suzanne franziu a testa para mim. — O que você disse para ela?

Linda cuspiu as palavras para nós.

— Deixem-me em paz, todos vocês.

Suzanne colocou uma caneca de café e um prato de torradas sobre a mesa de cabeceira.

— Vamos deixar aqui, ok? — E para mim: — Venha tomar café conosco na sala de estar.

Eu estava segurando a bochecha, que ardia.

— De qualquer forma, já tínhamos terminado. Depois do café, quero interrogar o reverendo.

— Interrogar? — Linda inquiriu.

— Entrevistar. Que seja. Descobrir exatamente o que aconteceu. Saber se ele tem um cúmplice. Nós ainda não estamos totalmente seguros.

Comemos torradas e tomamos café na sala de estar. Depois, encontrei o que procurava na mesa da sala de jantar: a Bíblia do reverendo, suas anotações de sermão, seu *Livro dos Mártires* de John Foxe repleto de comentários, seu diário. Uma bela coleção de provas. Recolhi o material e sentei perto da janela para ler.

A Bíblia Scofield com capa de couro estava desgastada pelo uso. Eu me lembrava dela, de quando o reverendo James a carregava consigo todos os domingos e a usava para pregar. Dentro da Bíblia encontrei pedaços de papel, páginas com os cantos dobrados e notas manuscritas numeradas de um a doze. Os sermões dele para cada dia! Os sermões começaram com um diagrama dos doze dias do Natal. Dez dos dias haviam sido marcados com o nome de um membro dos doze presentes no início do retiro. *E em ordem de seu assassinato... até agora.* Além disso, cada nome havia sido relacionado a páginas referentes a passagens de *O Livro dos Mártires.*

Maldito! Ele tinha planejado tudo tão bem quanto eu pensava. E tudo bem na nossa frente, arquitetado dentro daquele livro. Virei a página e comecei a ler. Pois hoje, no oitavo dia, primeiro de janeiro, encontrei meu nome rabiscado ao lado de um cabeçalho:

As oito bem-aventuranças — Mateus 5:3-10.

Fechei a Bíblia. Como tinha sido previsto pelo cartão que recebera no primeiro dia, eu seria a vítima do Ano-Novo. Hoje era o meu dia de desgraça. Eu tinha capturado o reverendo bem a tempo.

Mas o que era isso? Em um bolso junto à quarta capa da Bíblia, descobri oito bilhetes dobrados. Abri o primeiro e li: *Não paguei o dízimo integralmente.* Outro dizia: *Não consigo controlar meus pensamentos impuros.*

Em cada bilhete, um nome havia sido escrito antes de um ponto de interrogação. *Stephen? Danny?*

Então eu entendi. Na primeira noite tínhamos escrito nossas transgressões em pedaços de papel, e o reverendo James as tinha queimado. Ou fingiu ter queimado. No entanto, quando os olhos de todos estavam fechados em oração, ele deve ter trocado as anotações por um falso conjunto de bilhetes prontos para serem jogados no fogo, mantendo os originais para que ele pudesse ler as confissões secretas de cada um dos membros.

E então ele havia planejado uma punição apropriada para cada um.

Não, ele tinha isso planejado muito antes disso.

Eu me senti mal: não deveria ler as confissões secretas das pessoas.

Não paguei o dízimo integralmente.

O reverendo tinha adivinhado que esta breve confissão tinha vindo de Stephen. Para Danny ele havia designado:

Pensamentos impuros. Luxúria.
Eu me acaricio todas as noites, e me odeio
por fazer isso. Fantasio com mulheres,
até mesmo mulheres casadas.
Que Deus me ajude.

Mike:

Orgulho. Eu me sinto melhor que todos os
outros. Sou tão impaciente com fraquezas e
erros dos outros. Arrogante.
Sim. Orgulhoso. Sim.

Em um papel menor que os outros ele tinha escrito "Alison":

Eu falo das pessoas pelas costas. Faço fofoca.
Depois sorrio e ajo com falsidade quando elas
estão por perto.
Sou uma hipócrita. Eu finjo bem.
Mas por dentro nada está em ordem.

A Linda ele atribuiu um bilhete que tinha o seu nome:

Você me conhece, Senhor.
O Senhor conhece tudo.
Tentei ser tudo o que o Senhor deseja que eu
seja, mas não consigo, pois sou fraca.
Eu falho. Todos os dias. Eu duvido.
Eu preciso de fé, preciso confiar mais em você,
mas não confio.

O reverendo havia escrito o nome de Suzanne com confiança em seu bilhete, e a escrita era semelhante à que aparecia nos bilhetes que eu havia encontrado:

Nunca acreditei realmente.
Houve uma época em que fiquei em paz com tudo isso. Mas nunca acreditei no pecado, em confessar pecados.
Talvez eu esteja tão perdida que nem sei se estou em pecado.
Você quer uma confissão? Aqui vai:
Eu não amo o meu marido.
Eu não amo meus filhos. Sou obcecada por mim mesma.
Eu sei disso. Eu uso as pessoas.
Mas isso é pecado?
Ou apenas inteligência?

E ali estava a confissão de Emily.

Sou adúltera, mentirosa, falsa, hipócrita, traiçoeira, sexualmente imoral, idólatra, faço sexo com outras mulheres, ladra, gananciosa, bêbada, caluniadora, vigarista e muito mais.

E, finalmente, o meu bilhete.

Deus não existe.

Emily e Suzanne entraram na sala. Rapidamente enfiei os bilhetes de volta no bolso da Bíblia e a fechei.

— Linda quer levar comida para o marido e ver se ele está bem — disse Suzanne.

Emily chegou em seguida.

— Lendo a Bíblia, Rafe?

— Eu entendi tudo. Ele armou tudo isso, por vingança. Para dar uma lição em todos nós. Ele me acusou dos sete pecados capitais. Esse homem está louco. Ele tinha planos para cada dia, exatamente como nós dissemos. E ele quase conseguiu cumprir sua meta. Mas com você, Emily, ele conseguiu estragar tudo.

— Foi esquisito. Ele não apertou aquela coisa de pera no meu rosto, o que quer que fosse. Aquilo teria me sufocado.

— Eu me pergunto por quê. Foi um erro ou ele se arrependeu? — Eu não disse o que estava pensando na presença de Suzanne. O reverendo James tinha tido um caso com Emily. Talvez, apenas talvez, ele tivesse cedido. No último minuto, descobriu que ainda a amava e não conseguiria continuar com isso. — E eu sou o próximo. — Acenei com a Bíblia. — Ele tinha planos para o oitavo dia do Natal, escreveu meu nome ao lado da data, algo sobre as bem-aventuranças.

Suzanne baixou a voz.

— E quanto a Linda? Onde ela está em meio a tudo isso?

— Nós temos que vigiá-la com muito cuidado — pedi.

— Você acha que ela está envolvida? — Emily perguntou.

Baixei a voz.

— Tenho certeza de que ela deve saber de alguma coisa. Afinal, tudo começou com a vingança contra seu ex-amante, Glen. Mas ela está na lista de alvos. Ele queria mostrar que "Tentou se livrar dela também."

— Certo, então já temos os motivos — Emily afirmou. — Mas como ele cometeu todos aqueles assassinatos? Ele não poderia ter feito tudo sozinho.

— Nós suspeitamos disso o tempo todo. Ele deve ter tido um cúmplice. E eu estou pensando...

— Linda.

Balancei a cabeça.

— O concierge! — Emily sugeriu.

Fiz que sim com a cabeça.

— Mas nós não o vimos em lugar algum.

— Ou talvez o dono do castelo, o homem louco que é obcecado por todos esses instrumentos de tortura. Talvez ele quisesse experimentar seus aparelhos nas pessoas. Era uma espécie de fantasia louca, e então o reverendo James e ele inventaram um plano, um plano medieval, para punir os pecadores de seu rebanho, os adúlteros e os apóstatas e blasfemos.

Suzanne estremeceu.

— Então não estamos em segurança, mesmo que mantenhamos o reverendo James trancado.

— Eu preciso falar com ele, descobrir exatamente o que está acontecendo.

— Talvez usá-lo para garantir a nossa integridade, se houver outros.

Os olhos de Suzanne brilharam.

— Como um refém.

Exatamente.

— Não devemos deixar Linda sozinha — disse Emily.

Suzanne ficou de pé.

— Eu vou buscá-la.

***

Linda e Suzanne estavam sentadas na sala de estar de frente para Emily e para mim. Eu a encarava fixamente, ainda sem saber o quanto ela estava implicada nas transgressões do marido. Ela parecia nervosa, entrelaçando os dedos, e continuava lançando olhares para o corredor.

— Acho que vou levar o café para ele — ela sussurrou, não para mim, mas para Suzanne.

Suzanne levantou as sobrancelhas para mim.

— Podemos?

Balancei a cabeça.

— Talvez você não tenha entendido, Linda. Seu marido acabou de tentar matar Emily. Muito provavelmente matou todos os outros. E você está preocupada que ele esteja com fome?

Linda mordeu o lábio.

— Eu quero vê-lo. Você não pode prendê-lo.

— Eu olhei a Bíblia do reverendo. Ele quer nos matar.

— Me dê isso. — Ela tentou dar um bote, mas eu segurei a Bíblia e ela tropeçou.

— É uma prova, sinto muito. Será entregue à polícia para análise.

— Você arruinou tudo. Tudo.

Eu nunca tinha visto Linda desse jeito: rosto vermelho, furiosa, fora de si. Eu gostava mais desta mulher do que da esposa passiva, de olhos apagados e submissa que conhecia. Pensei um pouco.

— Tudo bem, você pode vê-lo, mas ele não pode sair daquele quarto. Se você quiser ficar com ele, vai ter que ser trancada lá dentro também.

— Melhor do que estar aqui com vocês, bando de víboras. Me deixe levar alguma coisa para ele comer e beber.

— Por enquanto não. Eu quero falar com ele primeiro. Vocês fiquem aqui.

***

Peguei a adaga para o caso de o reverendo James ainda ter truques na manga, mas, ao encostar na porta trancada e bloqueada, ouvi apenas silêncio. Ninguém havia perturbado o fio que eu havia colocado do outro lado da porta. Afastei a cômoda, bati e esperei. Então virei a chave.

Entrei no quarto, com a adaga em punho.

— Reverendo James?

Eu tinha muitas perguntas, mas a primeira era primordial: como poderíamos garantir a nossa segurança? Onde estava o seu cúmplice, se é que ele tinha um? Como poderíamos negociar uma passagem segura para fora daqui? Estaríamos ainda em perigo? Mas fui recebido com silêncio e frio.

As algemas estavam repousando sobre a mesa de cabeceira, abertas, uma chave na fechadura.

Merda!

Olhei ao redor da sala, em desespero. Procurei embaixo da cama, abri o armário, corri para a janela e experimentei o puxador. Estava bem fechado. Eu me virei para a porta. Ele não poderia ter saído por ali. Meu coração bateu forte.

— Reverendo James!

Procurando nos bolsos, vi que ainda tinha a chave para as algemas. Essa deve ser a duplicata que deixei insensatamente na vitrine do museu da tortura. Talvez Linda tenha entrado sorrateiramente e lhe dado a chave enquanto estávamos lá embaixo. A raiva subiu pela minha garganta. Minha fúria contra esse homem cresceu. E minha ingenuidade em pensar que eu o tinha trancado em segurança. Como fui estúpido!

Eu precisava pensar primeiro na segurança das mulheres. Corri escada abaixo.

— Suzanne, Emily, Linda! Vocês estão bem? Fiquem juntas.

Emily e Suzanne estavam ao lado do fogo, olhando fixamente para a adaga na minha mão. Eu a baixei.

— Onde está Linda?

— Ela não estava com você? — Suzanne perguntou. — Ela disse que ia buscar comida para o reverendo. Nós pedimos para ela esperar, mas ela não obedeceu.

Balancei no ar a chave da algema.

— Ele fugiu!

— O quê?! — Suzanne e Emily gritaram juntas.

— Fugiu como? — Emily estava apavorada. — Você disse que ele estava trancado no seu quarto.

— E quanto a Linda? — Suzanne quis saber. — Ela disse que...

Corri para a cozinha. Nenhum sinal dela.

— Merda. Eles podem estar em qualquer lugar — Emily se lamentou.

Suzanne franziu a testa.

— Então ela o ajudou.

Emily assentiu.

— Sim, ela estava fingindo. Foi tudo uma encenação.

Eu me sentei junto ao fogo, virando a adaga na mão. Todas as peças se encaixaram no lugar.

— Vamos encarar os fatos: nós somos os únicos não crentes aqui. Quero dizer, vivos. Nós todos participávamos daqueles cultos, todos sabemos como funcionava. Aquela visão fanática de que o mundo estava contra nós, de que estávamos certos e todos eles eram seguidores de Satanás malévolos. Quem sabe que tipo de loucura habita as pessoas? Ele nos chamou de hereges, apóstatas, inimigos de Deus. Invocou Deus para nos ferir, orou por vingança. Ela gritou um versículo para mim quando falei com ela, sobre Jesus nos lançando no inferno por nossos pecados.

Emily concordou.

— Eles estavam planejando nos eliminar. Ele e Linda. Agora eu entendo. Tanto ódio. E o fanatismo.

— E ilusão.

— Eu acho que sei qual foi o motivo da morte de Glen. Foi por ciúme. Uma maneira de purgar a dor do reverendo e a infidelidade de sua esposa. Mas Stephen, Mike, Danny e Ali eram inocentes. Eles eram seus seguidores mais próximos.

— Ele tentou me matar também — Emily lembrou.

— Você é um apóstata. Eu também. Você também, Suzanne. É óbvio o motivo de nós estarmos nessa lista.

Suzanne enrugou o nariz.

— Desculpe a minha ignorância, mas o que é um apóstata?

— Alguém que renuncia à sua fé — disse Emily. — Em algumas religiões, por exemplo, algumas vertentes mais extremistas do islamismo, isso pode condenar alguém à pena de morte. O cristianismo medieval torturava as pessoas por apostasia. Daí o museu da tortura.

— É uma ameaça maior do que o ateísmo — completei. — Alguém que se desgarra, que rejeita os verdadeiros ensinamentos de Deus (sejam eles quais forem), coloca em risco os próprios fundamentos dessa religião. Desvirtua a fé. Você tem que eliminar os apóstatas ou calá-los.

Emily assobiou.

— E nós fomos enganados para vir até aqui. Para dentro dessa armadilha. Merda. Eu devia ter seguido meus instintos. Eu não estava com vontade de vir. Mas queria ver vocês.

— Eu também — admiti. — Eu sabia que era um erro estar aqui, mas sentia que havia algo para resolver.

— Com o reverendo James?

— Não — respondi, olhando para Suzanne.

— Querem ficar sozinhos? — Emily ofereceu.

Suzanne olhou para Emily, quase gentilmente.

— Não. Então, Rafe, você já resolveu o que quer que fosse que veio resolver?

— Ainda não tenho certeza.

Suzanne meneou a cabeça.

— Todos nós tínhamos coisas a resolver. Mas eu senti que estava sendo envolvida em uma trama. Eu sei que o reverendo James está tentando me culpar por esses crimes. Todos aqueles bilhetes falsos usando o meu perfume.

— Quem conhece a mente de um fanático religioso iludido? — perguntei. — Ele vê o pecado em todos os lugares. Sexo, luxúria, adultério, tudo era heresia para ele. — Peguei *O Livro dos Mártires*. — Leia alguns trechos e você vai começar a sonhar com tortura e perseguição, e toda aquela visão de mundo medieval. Receio que nosso reverendo esteja completamente obstinado por retribuir à altura. Sabia que ele guardou nossas confissões secretas?

— O quê? — Emily estava incrédula.

— Ele os queimou — Suzanne estava paralisada. — Eu vi...

Marchei até a mesa de jantar, peguei a Bíblia do reverendo e a levei para perto da lareira. Tirei do bolso de trás a pilha de bilhetes dobrados.

— Um truque de ilusionismo. Ele as usou para planejar os nossos castigos.

Emily e Suzanne fixaram os olhos sobre as anotações na mesa. Ninguém queria pegá-las. Suzanne olhou para mim com os olhos estreitos.

— Você leu?

— Não. — Mas eu hesitei um pouco demais.

— Você leu! — disse Suzanne. — Você leu a minha anotação, não leu?

— Nós temos que ler esses papéis — disse Emily. — Isso vai nos dar uma pista sobre o pensamento dele.

— Acabei escrevendo um monte de besteiras — Suzanne admitiu. — O que ele estava pensando? Que eu confessaria todos os meus pecados?

Emily concordou.

— Eu tinha tantos pecados que não consegui colocá-los num pedaço de papel.

— Então, o que nós vamos fazer? — Suzanne quis saber. — Não deveríamos ter alguma coisa para nos defendermos se ele atacar novamente?

Olhei para a porta aberta.

— Vamos ficar juntos, e nos armar. Nós não vamos a lugar nenhum sozinhos. E precisamos saber onde eles se esconderam. Pelo menos sabemos quem é o nosso inimigo agora.

— E se quisermos ir ao banheiro? — Emily quis saber.

— Você quer?

— Estou cheia depois de todo aquele café.

— Eu também — disse Suzanne.

Ponderei.

— Vamos os três. Eu fico de guarda do lado de fora, vocês duas entram primeiro, depois eu.

— Nós precisamos de armas. — Emily caminhou até o armário da sala de jantar e puxou uma faca de esculpir e um garfo. — Aqui.

Suzanne pegou o garfo e o espetou no ar.

— Não consigo me ver usando isso em ninguém.

— Você vai usar, se uma mão te segurar pela garganta como ele me agarrou — Emily respondeu. — Eu desejei ter uma arma naquela hora.

— Eu tenho uma clava no meu quarto — Suzanne revelou.

— Ótimo. Vamos pegá-la depois de irmos ao banheiro.

Permanecemos juntos. Em vez de um silêncio temeroso, decidi preencher os espaços com nossa presença. Conversávamos muito alto, como se quiséssemos assustar qualquer agressor silencioso que aguardasse nas sombras.

— Tente olhar pelo lado positivo — Emily lembrou. — Ele falhou na minha tentativa de assassinato.

— Eu sou o próximo, se os sermões dele estiverem valendo. Oito criadas ordenhando — descrevi.

Suzanne estava com o olhar perdido.

— Ele nos deu nossos cartões da morte naquela primeira ceia. Ninguém imaginava.

— Qual é o seu, Suzanne? — Emily perguntou.

— Onze tocadores de gaita.

— Então você está segura, pelo menos por alguns dias.

Suzanne suspirou.

— Vocês são tão simplistas que chegam a ser ridículos.

— É a única maneira de lidar com isso — Emily retrucou.

Interrompi a conversa.

— Esperem. *Shh*. O que foi esse barulho?

Nós congelamos.

Um rangido nas tábuas do piso, uma janela batendo. O vento?

— Depois que vocês forem ao banheiro, acho melhor prendermos todas as janelas. E trancar todas as portas dos quartos.

Diante do banheiro feminino, nós paramos e ouvimos. A porta estava fechada, mas o vento soprava sob a fresta no chão.

— Vou dar uma olhada antes de vocês entrarem.

— Todos nós vamos dar uma olhada.

Empurrei a porta e vasculhei cada canto, cada armário. Uma janela estava batendo contra o vento. Eu a fechei e apertei o trinco. Suzanne e Emily checaram a cortina do boxe.

— Tudo em ordem.

Elas fecharam a porta e me deixaram do lado de fora.

— Tranquem a porta — pedi.

Esperei ali. Escutei atentamente os passos, o vento. Dava para ouvir as duas mulheres urinando de tão silencioso.

No momento seguinte, senti uma picada de abelha no pescoço, um pano fedorento foi preso na minha boca. Caí no chão, me sentindo amolecer, como se não tivesse mais nenhuma força muscular. Durante a queda e a inconsciência, pensei ter ouvido gritos ao longe e batidas na porta atrás de mim, mas eles desvaneceram na escuridão. Os membros pareciam pesados, o corpo perdeu a firmeza, e uma luz brilhante recuou em velocidade no meu cérebro. Uma escuridão como a tinta de lula me envolveu.

***

Com a cabeça latejante, o corpo úmido e quente, senti claustrofobia. Uma pressão esmagava meu rosto, e meu nariz ardia. O perfume de rosa e almíscar fez meus olhos arderem e queimou minhas narinas, como se alguém tivesse limpado meu rosto.

— Suzanne — murmurei enquanto abria os olhos —, é você?

A picada no pescoço ardia. Mas essa era a menor das minhas preocupações. Senti cheiro de algodão queimado. Um sabor metálico na boca. Estiquei o braço e senti que estava em um espaço fechado que irradiava calor. Toquei num telhado de metal quente e rapidamente puxei a mão para longe. Meus olhos também estavam queimando agora. Olhei para cima e vi duas luzes difusas brilhantes. À medida que me acostumei com a escuridão, tateei para identificar a forma e a textura do lugar onde estava.

De repente eu soube: enclausurado no touro de bronze. Acima da minha cabeça estava o buraco da boca do animal, e as duas luzes eram suas narinas. Eu havia sido colocado no interior do úbere com suas quatro tetas, deitado de barriga para cima.

O pior de tudo: quem quer que tivesse me capturado tinha acendido o fogo embaixo da barriga do touro. O lugar estava aquecendo, rachando e se expandindo.

— A morte das ordenhadeiras. Não a dama de ferro, mas a vaca que produzia fluidos humanos pelos seus úberes. Eu estava sendo assado vivo.

Você vai ser o leite, Rafe, pensei. Pela escotilha do alçapão, percebi o que me lembrava de ter visto no primeiro dia de visita ao museu. Era por ali que eu tinha sido colocado ali dentro. Tateei e encontrei um corte retangular, mas estava ficando muito quente para tocá-lo e não havia maneira de abri-lo por dentro. Os torturadores que o construíram tinham pensado nisso. Graças a Deus eu estava usando roupas pesadas. Mas dava para sentir, pelo cheiro, que elas estavam começando a derreter. E o oxigênio estava desaparecendo rapidamente. Já estava mais quente do que eu podia suportar. Logo eu estaria gritando de dor, pelas narinas do touro, amplificadas pelo interior oco.

Eu ia morrer.

NOVE DAMAS DANÇANDO

Eu não conseguia respirar. Minha pele começava a formar bolhas. E a dor na coxa esquerda latejava. Eu me remexi e senti um objeto duro no bolso. Claro, a adaga que eu havia tirado do museu da tortura. Estava tão quente que começou a queimar minha perna. Enrolei a mão na manga e a puxei para fora.

Apalpei ao redor, mas onde quer que eu tocasse estava quente. O touro tinha sido moldado como um pedaço contínuo de bronze, polido e arredondado para que a vítima não tivesse onde se agarrar.

Exceto pelos úberes — eles tinham sido uma adição posterior ao touro, e pude sentir a placa irregular onde a vasilha tinha sido enxertada até a barriga inferior. Eu sabia que havia parafusos e porcas, mas não conseguia localizá-los. Talvez conseguisse separar as duas placas de metal que estavam se desgastando. Mas o calor era mais forte nesse mesmo ponto.

Pense, Rafe, não entre em pânico. Tente ser racional.

Mas eu não conseguia pensar. Minha cabeça estava quente. Eu sabia que há uma temperatura crítica na qual o corpo humano não pode mais funcionar e depois disso eu me deterioraria rapidamente. O cérebro seria o primeiro a entrar em colapso. Eu tinha que guardar energia, apesar da dor palpitante.

Comecei a bater na lateral do touro com a adaga.

— Socorro! Estou preso aqui dentro! Ajudem-me a sair daqui!

O eco da minha voz zombou de mim. Ninguém conseguiria ouvir, eu tinha certeza. E quem estaria ouvindo a não ser o próprio assassino?

— Reverendo James! — chamei. E bati de novo com a lateral da adaga.

Calma. Pense racionalmente. A dor, eu sabia (junto com outras sensações corporais semelhantes), era uma resposta do cérebro a terminações nervosas. Se você pudesse se desligar do circuito e entendê-lo, conseguiria parar de senti-lo. A sensação de dor é separada da dor propriamente dita. A dor é subjetiva. As experiências estão na cabeça, se elas estiverem em algum lugar.

Afaste-se, Rafe, da dor. Desprenda-se. Empurre esse grito crescente na sua garganta.

Lutei contra a claustrofobia. Eu odiava espaços confinados, metafóricos ou físicos. Ficar preso em um recipiente de metal que estava superaquecendo, sem ar, era meu pior pesadelo. Mas eu tinha que conservar o ar e a energia. Eu me mexia para aliviar o calor das pernas, movia meu peso, e o touro tremia um pouco. Isso me deu uma ideia. Eu me atirei com força total contra a lateral, sentindo o touro levantar no ar, pairar por um segundo em dois pés e depois cair de volta sobre os quatro. *Quatro pernas boas, duas pernas melhores.* Eu me choquei novamente contra o interior côncavo do estômago do touro, e ele mais uma vez balançou, pendurado no ar. Enquanto eu empurrava todo o meu peso contra ele, senti, sim, que ele havia atingido o ponto de inclinação, e estava caindo. Ele tombou e meu corpo ficou deitado em sua lateral, que agora eu imaginava — eu esperava — estava deitado de lado, no chão frio do museu da tortura. Arqueei o corpo para longe da barriga vermelha e quente e dentro dos úberes, mas não havia nenhum lugar que não me queimasse.

Era só o meu desejo ou o bronze estava esfriando lentamente? Sim. Eu o tinha afastado o suficiente do fogo para provocar esse efeito. Depois de alguns minutos, consegui sentar mais confortavelmente e meu cérebro começou a clarear. Soprei ar dentro do crânio, onde as duas narinas tinham sido moldadas, para que os torturadores cruéis pudessem ouvir o mugido da vítima moribunda. O metal rachou e estalou quando esfriou, e eu comecei a trabalhar na chapa com minha adaga. Firmei a mão e envolvi os dedos na manga enquanto encontrava a ranhura e tentava abrir a placa de metal. Mas ela não se movia.

Manobrei de todos os lados, bati com o punho e finalmente senti que o metal começou a ceder aos poucos. Encorajado, trabalhei mais e ao redor da placa até que finalmente o invólucro se separou e eu consegui alavancar o metal para longe da casca. Ele se afastou relutantemente, e em questão de minutos eu tinha retirado a placa de metal. Todo o úbere veio com ele, dentro do touro. Eu o empurrei na direção da extremidade da cauda e respirei o ar frio que entrou no orifício de abertura que ele deixou.

A euforia durou pouco. O buraco quadrado que eu havia criado era grande o suficiente para um punho, talvez até minha cabeça, mas nunca o meu corpo inteiro.

Agora a claustrofobia voltara a me oprimir. Não havia como escapar dessa maneira. Acima de mim, a porta, aparafusada, era a única saída.

A menos que...

Estiquei o braço fora do buraco do úbere o máximo que pude e senti o parafuso que mantinha a porta fechada. Não consegui alcançá-lo, mas, se me esforçasse e sofresse uma dor dilacerante, eu poderia tocá-lo. Eu precisava mover esse parafuso e sacudi-lo para fora da fenda. Não consegui. Precisava de alguns centímetros a mais. Segurei a adaga pela abertura, esticada, apenas tocando o parafuso. Eu podia levantá-lo, mas não o empurrar para abrir.

Descansei o braço. Minha pele queimou no metal ainda quente, e senti falta de ar. Mas eu tinha que fazer isso ou morreria. O corpo e a mente podem realizar milagres quando necessário. Eu tinha que acreditar. Invocando todas as reservas mentais e físicas para o movimento final, empurrei a adaga e senti o parafuso se mover em seu sulco. Mais um empurrão e a porta estava aberta até o fim.

Ela gemeu, ergueu-se e se abriu ao atingir o lado metálico do touro.

Ar. Ar frio. Caí, escorregando pela lateral do animal de bronze e desabei no chão de pedra. A cena à minha frente parecia exatamente como eu a tinha imaginado: fogo queimando em bandejas posicionadas sob o touro, que agora estava tombado.

***

Eu não conseguia recuperar o fôlego no início, mas estava grato pelo ar frio nos meus pulmões. O peito doía, o corpo repuxava, a pele ardia. Os olhos não se abriam completamente. E eu não podia ficar parado. Precisava estar alerta. Quem quer que me tivesse drogado e colocado dentro do touro ainda poderia estar ali, observando. Reverendo James. Reverendo James e Linda.

Eu olhei discretamente para os oito manequins, o cadáver decapitado, a dama de ferro. Inalei o ar mais livremente agora, grato por estar vivo, grato por respirar, grato por estar livre daquele inferno. Lentamente, meu cérebro se desobstruiu enquanto o oxigênio percorria meu sistema respiratório. Consegui ficar de pé novamente, então abafei o fogo espalhando os carvões, esmagando-os. Minhas mãos ardiam ainda mais com o frio. Verrugas e bolhas já se formavam na pele, e o rosto latejava.

Eu tinha jogado a adaga no chão. Estava melhor agora, então a peguei de volta, mas procurei ao longo da vitrine por uma arma mais robusta. Ponderei sobre o rabo de gato, o machado do carrasco e uma lança comprida. Escolhi um machado de lâmina dupla, polido com esmero. Quantas cabeças esse machado havia cortado? Talvez fosse apenas uma réplica moderna. Testei a lâmina com o dedo. Isso serviria. Apesar de pesado para carregar, ficou bem nas minhas mãos, uma extensão da minha raiva, da minha dor.

Empurrei a porta, atento, olhando para o corredor escuro com o canto dos olhos, procurando os lugares mais iluminados. Se eles pensavam que eu estava morto, eu seria o elemento surpresa. Se bem que, depois de tanto barulho, eu duvidava disso. Permaneci nas sombras e voltei para o banheiro feminino, o lugar onde eu havia sido capturado. Eu me perguntava o que tinha acontecido com Emily e Suzanne.

Fazia quanto tempo? Eu não tinha ideia. Horas? Nenhuma luz veio do final da passagem pela sala de estar. Fiquei ao lado da porta, desconfiado do que iria encontrar. Emily. Suzanne.

A batida do outro lado da porta me disse que elas estavam vivas. Graças a Deus.

Ouvi a voz de Emily:

— Rafe, que merda está acontecendo?

— Vocês ainda estão aqui?

A voz de Suzanne:

— Não podemos sair. A nossa chave não vira na fechadura.

— O que aconteceu com você, Rafe? — disse Emily. — Nós ouvimos você gritar, depois tudo ficou em silêncio por horas e então um tumulto terrível. O que aconteceu?

— Rafe, tire a gente daqui!

Tirei a adaga do bolso e cutuquei a fechadura. Mexendo em dois parafusos minúsculos, consegui soltar um e puxar a tampa. Vi três fios que levavam para dentro da fechadura. Talvez, se eu arrancasse esses fios, a trava se soltasse. Mas talvez, em vez disso, ela prendesse as mulheres no banheiro.

— Ok, vou tentar. — Cortei os três fios com a adaga e a trava fez um clique.

Empurrei a porta. Ela não abriu.

Certo, então eu não era um eletricista.

— Plano B, Emily e Suzanne. Afastem-se da porta, por favor.

Ergui o machado acima da cabeça e bati com todo o seu peso contra a porta de madeira, estilhaçando-a. Meu peito e meus braços doeram como o inferno. Talvez eu tivesse feito mais do que me queimar naquele touro. Talvez tivesse quebrado um tendão. Mesmo assim, levantei o machado e bati de novo. Minha pele queimou como se estivesse pegando fogo. Meu peito chiou e meus pulmões pareciam cheios de fuligem. Mas tentei ignorar a dor. De novo. E de novo. Golpeei ao lado do puxador da porta até que todo o mecanismo da fechadura caiu no chão. Então a empurrei — ou o que sobrou dela — para abri-la.

Emily e Suzanne estavam espremidas contra a parede atrás do vaso sanitário.

— Venham — chamei.

— Rafe!

Eu devia parecer um pouco diferente, porque as duas recuaram.

— O que aconteceu?

— Acabei de pegar uma sauna. Um pouco quente, mas é bom para limpar as vias aéreas.

Emily tocou meu rosto e eu senti um arrepio.

— O touro de bronze. Alguém me enfiou lá dentro e tentou me assar vivo.

Suzanne se encolheu.

— Seu rosto está horrível.

— Alguém me drogou e eu acordei dentro do touro. Obviamente, eu estava destinado a ser queimado vivo. Mas consegui escapar.

Emily tocou meu braço.

— Meu Deus! Nós precisamos colocar alguma coisa nesse braço. E nesse rosto.

— Vamos para a sala. Lá está mais quente. Não que eu precise de mais calor, mas vocês duas estão azuis de frio.

Segurando o machado, caminhei até o fim do corredor. Agora a verdadeira dor entrou em cena. Ninguém precisava me dizer que a carne queimada é uma das mais dolorosas feridas; todas as terminações nervosas ficam próximas à superfície da pele. Puxei uma cadeira de perto do fogo para o centro da sala, onde o calor não podia me alcançar e o frio não podia me congelar.

Vou até a cozinha pegar um pouco de filme plástico — disse Emily.

— Tome cuidado.

Quando voltou, ela me deu três comprimidos de paracetamol e envolveu minha pele queimada em uma película aderente.

Suzanne observava tudo com um ar distante, os olhos alternando entre minha mão livre, que descansava sobre o machado, e o rosto de Emily enquanto ela fazia o seu trabalho.

— Isso parece um filme de terror — ela disse. — Como você conseguiu sair de lá vivo?

— Saí pelos úberes.

— Emily parou de se dedicar aos curativos e considerou a cena.

— Sério?

— Lembra quando vimos os úberes do touro em nossa visita guiada ao museu? Eles foram instalados posteriormente, então eu pude escapar.

— É como *Survivor* — Suzanne ponderou. — Mas aqui a equipe de filmagem não aparece no fim para dizer "parabéns, você ganhou."

Fiz uma careta olhando para o teto, dissociando-me da dor, enquanto Emily limpava as feridas, e me irritei com a analogia de Suzanne. *Survivor*! Tudo para ela era um filme ou um programa de TV.

— O mais curioso é que, se o assassino tivesse conseguido, Emily e eu estaríamos mortos e você, Suzanne, seria a única que restaria. Você seria a sobrevivente.

Ela se virou e me deu um olhar — de medo, de culpa, eu não tinha certeza.

— Rafe, mais cedo você falou uma coisa que não faz sentido. Como exatamente o assassino estava planejando me manter sozinha até o décimo primeiro dia? Hoje é só o oitavo.

Balancei a cabeça.

— Não tenho ideia. Talvez as coisas não estejam funcionando de acordo com o grande plano dele.

— Acho que nós já estragamos o plano — Emily interveio. — O único problema é que eles vão querer terminar o trabalho. Você acha que eles sabem que não deu certo, que você escapou?

— Não tenho dúvida. Repare que você está dizendo "eles" agora. — Afastei a mão dela. — E obrigado. Já pode parar de me enrolar feito uma múmia.

— Reverendo James e Linda — disse Emily.

— É difícil imaginar Linda sendo parte de tudo isso — Suzanne ponderou. — Eu não consigo.

A expressão de Emily era sombria.

— Eu consigo.

— Ainda não acredito que eles nos queiram todos mortos.

Eu me levantei com cuidado e peguei a Bíblia na mesa da sala de jantar. Folheei-a até encontrar as anotações.

— O sermão do nono dia. Nove damas dançando. Os nove frutos do Espírito Santo.

— Como isso nos ajuda? — Emily indagou.

— No oitavo dia, eu estava destinado a ser a vítima. Oito criadas ordenhando. Ele usou o touro de bronze, que tem a ver com a ideia da ordenha. Então, nós temos que descobrir que dispositivo de tortura está associado à dança.

— Quem é o número nove?

Consultei novamente as notas do reverendo.

Linda. E James tem o dez. Talvez eles planejem um duplo suicídio.

— Não faz nenhum sentido — disse Suzanne. — Especialmente se eu for a número onze.

Fechei a Bíblia e suspirei.

— Eu poderia fazer uma refeição. — Voltei a colocar a Bíblia no chão e cambaleei até a cozinha, de onde trouxe sobras de *curry* com arroz e arroz-doce enlatado. Comemos tudo frio. Fiquei de olho na porta e com o machado à mão. Agora eu sabia como os animais selvagens se sentem quando se alimentam. Depois do jantar, bocejei. — Estou exausto.

Suzanne olhou de Emily para mim de um jeito suspeito.

— E como nós vamos dormir?

— No mesmo quarto — respondi. — Vou desabilitar a fechadura da porta. Vamos nos trancar por dentro.

Emily e Suzanne trocaram olhares.

— Então nós vamos todos dormir no mesmo quarto?

— Sim, Em, no seu quarto. Eu durmo no chão. E vamos nos revezar montando guarda.

Recolhemos nossas roupas, e eu juntei meu colchão e minha roupa de cama e os arrastei para o canto do quarto de Emily. Procurei em todos os lugares por qualquer coisa suspeita — câmeras ocultas, entradas secretas, buracos para espionagem.

Agora a porta. Desatarraxei a fechadura como tinha feito antes, puxei os fios para fora. A porta fez um clique e permaneceu trancada.

— Estamos seguros o suficiente para dormir um pouco — anunciei, sem convicção.

***

A noite caiu sobre o quarto de Emily, que rangia e gemia ao vento. Fantasmas do castelo subiam as escadas, batendo na janela para entrar. O reverendo James e Linda também haviam se escondido em algum lugar entre as paredes. Tantas perguntas: O que eles estavam fazendo? Onde estavam? Será que sabiam que eu tinha escapado?

Enquanto as duas dormiam, fiz o primeiro turno. Consegui controlar minha dor, como havia lido em livros sobre filosofia zen, observando-a de fora, sentindo-a, visualizando-a como uma coisa alheia, e assim eu me mantive no controle. *Você não é sua dor, você simplesmente tem uma dor. O seu corpo não é quem você é.*

Fiquei olhando enquanto elas dormiam. Emily estava enrolada no edredom. Suzanne estava deitada de costas, o cabelo sobre o rosto. Observei algo acontecendo em mim. A dor que eu tinha carregado toda a minha vida sobre Suzanne tinha se dissipado. Talvez as suspeitas de seu envolvimento nessas mortes tenham esgotado qualquer sentimento que eu mantivesse. Ou talvez apenas ver uma mulher real, não idealizada, tivesse feito isso. No meu coração, naquele lugar que eu tinha nutrido e mantido vivo por todos esses anos, estava uma pedra dura e seca.

E quanto a Emily? Era verdade que Emily e eu éramos amigos — amigos íntimos —, mas eu tinha idade suficiente para saber que, na vida, as fronteiras, como as discussões, eram confusas e desgastadas nas bordas. Ela tinha me amado e eu tinha mantido seu amor a distância, vendo-a apenas como uma amiga.

Eu não conseguia dormir, mesmo estando exausto. A dor me mantinha alerta e consciente. Fiquei intrigado com a fibra moral do pastor e sua esposa, capazes de levar a cabo uma matança ultrajante. Ouvi cada rangido, cada uivo do vento, cada batida no assoalho, esperando por eles.

Eu tinha falhado miseravelmente. Não tinha conseguido impedir a morte de Alison. Eu tinha sido muito lento. Talvez tivesse sido um fracasso da minha imaginação. Eu não tinha sido capaz de conceber uma crueldade tão insana — e sua extensão. Como nunca tinha vivido a experiência pessoal de desejar matar ninguém, não conseguia compreender.

Pensei na história de *O mágico de Oz*. A história era profunda, do ponto de vista filosófico. Falava sobre o desmascaramento de Deus. O que Dorothy, o Espantalho, o Leão e o Homem de Lata receavam era a onipotência, a onisciência e a onipresença do grande Oz, que todos adoravam e temiam. Mas Dorothy o desmascarou e revelou que ele era apenas um homem insignificante, cujos poderes eram ilusórios.

O reverendo James era Oz, um homenzinho fraco fingindo ser Deus. Tivemos que desmascará-lo, encontrar a tela atrás da qual ele agora se escondia.

Onde ele poderia estar?

Comecei a fazer planos. Se ainda estivéssemos vivos pela manhã, eu os realizaria. À meia-noite acordei Emily e ela assumiu a guarda; e eu dormi como um morto.

***

Acordei no colchão sobre o piso de pedra gelada, envolto em um cobertor. Minhas queimaduras repuxavam. Ainda estava escuro, e Suzanne estava me tocando no ombro.

— Você está bem, Rafe? Você estava tendo um pesadelo.

Eu me sentei, senti a dor voltar e gemi. Olhei em volta.

— Você estava batendo os pés no chão e gemendo.

Cocei os olhos. Até mesmo eles estavam queimados. Emily acordou.

— Bom-dia!

— Dormiu bem?

Ela esfregou o rosto com a mão.

— Também tive pesadelos. Eu ainda sinto aquela coisa no meu rosto, a mão assustadora no meu pescoço.

— Eu tenho um plano.

— E qual é?

— Primeiro nós temos que sair desse quarto.

Embora eu tivesse desativado a fechadura, abri a porta com o machado, e nos arriscamos a sair para o corredor. Emily pegou a faca de trinchar, e Suzanne pegou a clava metálica que havia retirado de seu quarto.

Passamos pelos corredores como ladrões. Meu coração batia rapidamente, e me preparei para uma emboscada. Segurava o machado na frente do corpo; Suzanne brandia sua clava e Emily guardava a retaguarda, de faca em punho. Chegamos à sala de estar e eu espiei. A luz do sol entrava pelas janelas, e o vento tinha diminuído. Estava estranhamente silencioso. A neve estava brilhante lá fora, como na primeira manhã da criação. Eu estava esperando um ataque, mas um olhar rápido mostrou que parecia seguro. Fechei a porta atrás de mim e procuramos em todos os esconderijos possíveis. Entramos na cozinha e fizemos comida e café, depois sentamos e alimentamos nosso medo a manhã toda.

Eu havia contado uma mentira inofensiva às mulheres: na verdade eu não tinha um plano detalhado. Sim, precisávamos sair desse circo de horrores, mas, enquanto trabalhávamos para fazer isso, devíamos criar um espaço seguro.

Minha mente se virou contra si mesma. Como pensaria um assassino? Um cúmplice? Eu precisava imaginar o que eles estavam planejando a seguir. Se os planos deles tivessem falhado e eu e Emily estivéssemos destinados a morrer, então Suzanne seria o próximo alvo. Mas nós éramos todos alvos.

Se nós ficarmos juntos, pensei, *vamos estar seguros, por enquanto.* Até que eu consiga me recuperar o bastante para a batalha. Até que pudéssemos inventar uma estratégia.

Embora eu soubesse que Emily e eu não éramos de ficar sentados esperando algo acontecer conosco, eu estava fraco e sentindo dores. Tomei analgésicos, lavei as feridas e bebi copos e copos de água para evitar a desidratação, obedecendo às instruções de Emily. Mas eu estava inquieto, então coloquei a cabeça para funcionar. Era preciso bolar um plano. Eles tinham que estar escondidos em algum lugar do castelo, mas onde?

Depois do almoço, peguei a chave e tentei destrancar a porta do corredor. Não abria. Eu a empurrei. Tentei a chave de novo. Em pânico, tentei a porta da cozinha. Também estava trancada e não consegui abri-la com a chave.

— Maldição.

— *Shh* — Emily pediu. — Estou ouvindo alguma coisa.

O ruído dos alto-falantes, o assobio de um início de gravação e a mesma voz computadorizada que tínhamos escutado dias antes. Mas desta vez a voz começou a cantar: "No nono dia do Natal, o meu verdadeiro amor me deu...". E depois parou.

Em seguida, repetiu a frase com uma inflexão no final: "No nono dia do Natal, meu verdadeiro amor me deu...".

— É uma transmissão ao vivo — sussurrou Emily. — Ele pode nos ouvir.

— Eu duvido — retruquei.

— No nono dia do Natal, meu verdadeiro amor me deu...

— ... nove damas dançando — Suzanne cantarolou para a voz.

— Correto. Nove damas dançando — a voz repetiu.

Eu congelei. Emily estava certa. A conversa era ao vivo.

— Merda — Suzanne gemeu. — Ele *pode* nos ouvir.

— Quem é você? — exigi.

— Oito criadas ordenhando, sete cisnes nadando, seis gansas poedeiras, cinco anéis dourados... Querem saber quem eu sou? Eu sou o seu guia, companheiros de viagem para o inferno.

Escutei atentamente. A voz estava disfarçada com efeitos, mas eu procurava entonações, pausas, características dos padrões de fala do reverendo James.

— Eu confio que as três bruxas estão lhes amedrontando muito bem. E, Macbeth, quem são essas três damas diante de você? Triplique-as!

— James Miller, pare de brincar — chamei. — Nós sabemos que é você, e você não vai escapar. Seus atentados contra nossas vidas falharam.

— Cuidado — disse a voz. — As mulheres sempre foram a ruína do homem. Eva tentou Adão. Suzanne, Emily, Linda, três bruxas, multiplique por três e terá nove damas dançando ao seu redor.

— Do que você está falando? — Emily tinha a expressão confusa. — Linda está com você. Não finja que ela não faz parte disso.

A voz continuou como se ela não tivesse falado.

— As nove damas dançando são os nove frutos do espírito. Vocês sabem o que eles são, eu espero. Este é outro teste para vocês. Um enigma. Diga-me o que eles são. Nove frutos do espírito? Qualquer um.

Peguei a Bíblia do reverendo e a abri na nota para seu sermão do nono dia do Natal. Li em voz alta.

— Amor, alegria, paz, paciência, benignidade, bondade, fidelidade, mansidão, domínio próprio.

A voz esperou até eu ter terminado e depois continuou.

— Exatamente, exatamente. Agora se perguntem, todos vocês, honestamente, quantas dessas virtudes vocês possuem. Essas virtudes teriam salvado vocês, mas, infelizmente, vocês não têm nenhuma delas. Eu conheço seus corações, seus corações degenerados. Vocês são os incrédulos. Eu os isolei. Poupei suas vidas para dar a vocês uma chance de arrependimento. Tudo o que vocês precisam fazer é se arrepender. Entreguem sua vida a Deus. Parem de adorar ídolos. Mamom. Parem de adorar a si mesmos. Esqueçam a razão.

Houve uma pausa. Emily girou o dedo em torno da orelha.

— Isso é sério?

Falei com o orador, pois assumi que o microfone estivesse por ali.

— Você matou os outros, que eram todos crentes. Se quiser um argumento, um argumento lógico, racional, eu posso falar com você. Mas você não está nem ouvindo.

— E você, Rafe, o sexo feminino será sua ruína. Eu sei tudo sobre você e seus assuntos. Mesmo debaixo deste mesmo teto, você poluiu o retiro. Eu sei. Eu sei de tudo. Deboche. O pecado. Imoralidade.

Emily me cutucou.

— Ele não entende nada de relações platônicas, obviamente.

— Eu sei sobre o caso de Linda e Glen. Ela vai ser punida. Suzanne, eu vi você depreciar a espécie feminina, sua prostituta da Babilônia. Emily, a tentação que seduziu, arruinou e maculou a Igreja. Rafe, sua moral e seus assuntos mundanos. E assim vocês estão condenados à morte se se recusarem a se arrepender. Todos vocês. Suzanne, Emily, Rafe. Linda não está nesta sala, mas terá o que merece. Todos vocês.

— Ele está falando como se Linda não estivesse com ele — sussurrou Suzanne.

— Onde você está?

— Em todos os lugares. Na adega, na cozinha, na sala de estar, em cada quarto. Eu sou onipresente, onisciente. Dancem, senhores, dancem.

O microfone fez um clique, o chiado nos alto-falantes parou, as fechaduras das portas se abriram e a apresentação terminou.

Suzanne me olhou fixamente.

— Merda! Que diabos nós fazemos agora?

Cruzei os braços.

— O jogo começou.

***

— Aonde nós vamos, Rafe?

— Um lugar que ainda não conhecemos. A adega.

— Que adega? — disse Suzanne.

— Ele acabou de falar: a adega.

— Eu nem sabia que havia um porão — Suzanne respondeu.

— Acho que há um conjunto de degraus descendo do corredor, assim como subindo — Emily comentou.

E Glen mencionou isso na primeira noite. Disse que era uma área interditada. Ali pode ser onde as coisas acontecem. Eles têm que estar escondidos em algum lugar, e essa é a única parte do castelo que nós ainda não exploramos.

Nós nos armamos e partimos em comboio. O corredor já estava escuro, e a luz da tarde se inclinava para o outro lado da passagem. Emily estava certa. Encontramos um conjunto de degraus de pedra fria descendo e, no fundo, uma porta bem aberta. A luz tremulava por dentro.

Emily segurou seu casaco.

— Ele está nos esperando. E estava nos observando.

— É uma armadilha — Suzanne alertou.

Ergui o machado como se fosse uma varinha de condão para dispersar todo o mal.

— Vamos.

Agora Emily estava tremendo.

— Não podemos entrar aí.

— Protejam os olhos.

Levantei o machado e arrebentei a fechadura da porta aberta. A madeira se partiu no chão. Bati novamente e a porta desabou.

— Rafe, a porta já estava aberta.

— Não queremos ficar presos lá dentro depois que entrarmos.

— Nós não vamos entrar — Suzanne anunciou.

Passei sobre os escombros da minha destruição e elas me seguiram.

— Confiem em mim.

A adega era iluminada por luzes brutas de néon, tremeluzentes e cintilantes. A sala era um calabouço de teto baixo e úmido de um único ambiente, mas amplo o bastante para que eu pudesse ver que não havia lugar para alguém se esconder e nos preparar uma cilada. Fiquei ao lado de uma parede e olhei fixamente para as filas e filas de garrafas de vinho. Elas estavam empoeiradas. Adesivos com datas me diziam que o vinho era caseiro.

A sala não era aquecida, e deveria estar fria, mas sentimos calor emanando de uma outra sala na extremidade das prateleiras. E vinha um ruído de lá. Movimentos, sussurros e rangidos. Alguém estava ali. Olhei em volta das prateleiras e espiei lá dentro.

Uma voz trêmula nos saudou.

— Quem é?

Eu esperava ver Oz. Esperava o covil do assassino. Esperava um ataque, uma armadilha, mas não isso.

Essa era uma voz com medo, uma voz apavorada, agoniada. Uma voz abafada, amordaçada. E uma voz que eu conhecia muito bem.

— Reverendo James.

O reverendo estava no centro de um depósito vazio, amarrado a um cavalete, aquele que todos tínhamos visto lá em cima, no museu da tortura. Os braços estavam esticados acima da cabeça, as pernas abertas. Suas roupas haviam sido retiradas, mas ele estava coberto por um casaco peludo.

— Graças a Deus você veio — ele disse, de olhos esbugalhados, a cabeça coberta de suor.

Eu cambaleei.

— Isso foi um truque?

— Por favor, não estou aguentando mais.

A máquina tinha sido projetada para esticar e quebrar os ossos da vítima. Emily apontou para a parte superior do dispositivo, onde uma chave aumentava a pressão. Ela virou a chave. Estava apertado.

— Para o outro lado, para o outro lado — orientei.

— Devagar, por favor.

— Segure isso. — Dei o machado a Suzanne. — Fique de olho nele. Não baixe a guarda. Vigie as portas. Isso pode ser uma armadilha.

O reverendo James sacudiu a cabeça.

— É uma armadilha. Ele está esperando por você. Por todos nós.

— Quem?

— Satanás.

Ele não pode ter amarrado a si mesmo.

— Foi Linda que fez isso?

Sua angústia parecia legítima, e a estrutura tinha sido apertada o suficiente para mantê-lo sentindo dor, mas não o suficiente para quebrar algo. Aliviei a pressão.

— Desamarre-o — pedi.

— Tem certeza? — Emily indagou.

Assenti.

Ela usou a adaga para cortar os panos que o amarravam. Quando o ajudei a sair do cavalete, ele mal conseguia se mover e desabou no chão. Emily o levantou, procurando por ferimentos, mas mantendo a guarda levantada para o caso de ele atacar. Vi o característico ponto vermelho em seu pescoço.

Suzanne segurava o machado com força, guardando a porta.

— Onde está Linda?

Os olhos dele se arregalaram de terror.

— Ela não está com vocês?

Esse não era o reverendo James que tínhamos conjurado no último dia; não o assassino, a voz que brincava conosco.

— Há quanto tempo você está aqui?

— Você me trancou no meu quarto, então eu senti a presença de Satanás, seus dardos ardentes, e me vi aqui. Pensei que já estivesse no inferno. Para sempre. Eu não sei. Orei muito por um milagre. Um anjo.

— Nós pensamos — disse Emily. — Nós pensamos...

O reverendo James olhou para si mesmo.

— Sinto muito que vocês tenham que me ver assim. Mas eu preciso tirar esta coisa de cima de mim.

Reconheci o cilício que tínhamos visto em exposição na sala de tortura. Ele era usado pelos monges para que eles não ficassem muito confortáveis na nudez, criado para irritar a pele com sua crina de cavalo. A pele do reverendo estava irritada.

— Deixe-me ajudá-lo — ofereci.

— Eu não estou composto.

Encontrei suas roupas em uma pilha no chão. Suzanne e Emily olharam para o outro lado enquanto eu o ajudava a sair do casaco de pelos e entrar em suas próprias calça e camisa.

— Eu sei onde há alguns analgésicos — disse Emily —, caso o senhor precise.

Nós ajudamos o reverendo James a se levantar. Ele não conseguia ficar em pé sozinho, então passei a apoiá-lo.

— A única que falta é Linda — disse Emily.

O reverendo James lhe deu um olhar atordoado.

— Ela desapareceu pouco depois que o senhor foi trancado no quarto.

— Pensamos que ela tivesse colaborado na sua fuga.

— Quem fez isso com o senhor? — Suzanne questionou.

— Demônios — ele respondeu. — Muitos deles. O próprio Satanás dirigindo tudo.

— Ele não está bem da cabeça — sussurrou Suzanne.

— Aquela droga que me deram — Emily lembrou. — Pode fazer você sentir tontura e ter alucinações.

Fiz um sinal com a cabeça.

— Me fale sobre isso.

— Linda... — Emily disse.

Sacudi a cabeça.

— Não sozinha.

— Eu ainda acho que isso é uma armadilha — Suzanne insistiu. — A porta da adega estava aberta. Nós fomos conduzidos até aqui. Como se estivéssemos destinados a encontrar o reverendo. Fomos atraídos para dentro da adega. Ele nos deu a pista naquele discurso.

Os cabelos na parte de trás do meu pescoço se arrepiaram. Enxerguei sombras saltando dos cantos escuros da sala. Mas conseguimos ajudar o reverendo James a deixar a adega e subir os degraus para a sala sem incidentes. A luz do dia já estava desbotando.

Na sala de estar, ele afundou no sofá. Fechei as portas abertas e fiquei de guarda.

Suzanne fez um café para ele, que segurou a caneca com as mãos trêmulas. Emily encontrou o kit de primeiros socorros e lhe deu os analgésicos.

O reverendo caiu em um sono febril, e Emily examinou suas feridas. Sentamos ao seu lado, em choque ao descobrir que nosso principal suspeito de assassinato era uma vítima. Ele acordou uma hora depois, na escuridão do crepúsculo, desnorteado e ainda tremendo. Emily sentiu sua testa.

— Talvez seja melhor comer alguma coisa, reverendo.

Suzanne se levantou.

— Eu também quero.

— Eu vou com vocês.

— Fique descansando, Rafe. Você também está se recuperando.

Jantamos em silêncio, e a cor voltou para as bochechas do reverendo. Eu também me sentia muito melhor.

— Nós pensamos que fosse o senhor — disse Suzanne. — Rafe leu todos os seus sermões, e, cada um apontava para a morte de alguém pela tortura. — Ela pegou a Bíblia dele e folheou as anotações em cada dia do Natal. — E, depois que o senhor desapareceu quando alguns dos crimes foram cometidos, pensamos que fosse o assassino.

O reverendo James tomou sua Bíblia das mãos de Suzanne.

— Eu sei o que vocês estavam pensando. Mas eu juro: quem está fazendo isso está zombando de mim, está zombando do Senhor, usando meus sermões para fazer o mal. Não admira, pois até Satanás se disfarça de anjo de luz. Eu simplesmente quis fazer uma homilia sobre "Os doze dias do Natal" e o que eles significam. Não queria... nada disso. — Ele parecia sincero, desconcertado. — Eu pensei que fosse você o culpado, Rafe — continuou. — O descrente que veio para se vingar de nós, crentes. O seu livro...

Franzi a testa.

— Eu sou um filósofo, não um assassino. E eu também quase fui morto.

Ele pareceu assustado.

— Eu não sabia disso.

— O touro de bronze — expliquei. Oito criadas quase me transformaram em leite.

Seu rosto demonstrava dor.

— Ele pegou os meus sermões e os usou contra mim.

— Quem? — disse Suzanne.

— Satanás.

Tentei afastá-lo de sua alucinação sobrenatural.

— Escute, reverendo. Concentre-se. Você estabeleceu a ordem desses cartões. Você planejou tudo isso. Cada morte corresponde a cada uma das nossas transgressões, corresponde a *O Livro dos Mártires* e também aos dias do Natal. Tudo muito bem pensado. Tudo muito óbvio. Tinha que ser você.

Ele pareceu prestes a sofrer um colapso. Estremecia e cuspia enquanto gaguejava.

— Satanás em pessoa! Vejam!

Apontou um dedo tremendo para a mesa da sala de jantar. Por um segundo esperei ver fogo do inferno e enxofre, mas ele estava apontando para o jogo americano de Linda. Corri em direção à mesa, e Emily e Suzanne me seguiram. O reverendo James tentou se levantar de sua cadeira, mas caiu para trás novamente.

— Linda....

Sobre a mesa, no lugar de Linda, estava um porta-facas que não havia estado lá uma hora antes. De cada um dos nove anzóis desse suporte, pendia uma boneca Barbie nua, presa à linha de pesca.

Espiei o cartão com as nove damas dançando, que jazia sob o porta-facas. Nele, um versículo bíblico havia sido escrito, como sempre, na caligrafia de Suzanne e embebido em seu perfume doentio. Eu o li em voz alta:

— Depois, havendo a concupiscência concebido, dá à luz o pecado; e o pecado, sendo consumado, gera a morte.

— Merda — falei, e olhei para Emily, para Suzanne e para o reverendo, cujas pupilas pareciam dilatadas.

Ele apontou um dedo para o ar, olhando para o nada.

— Desapareça, Satanás, em nome de Jesus Cristo. Jesus Cristo é o Senhor. Fuja, Satanás, fuja.

— Quem fez isso? — Suzanne perguntou.

Ela caminhou pela sala e empalideceu quando eu lhe mostrei o cartão com sua caligrafia. Sentiu o perfume e meneou a cabeça.

— O cartão de Linda era o nono dia do Natal — Emily lembrou.

— Sim. E hoje é...

— O nono dia do Natal. Dois de janeiro.

— Onde ela está? — o reverendo James quis saber, com a mão sobre o coração. Onde está minha esposa?

— Nós pensamos — Emily respondeu — que vocês dois estivessem agindo juntos, então não sabemos onde ela está.

— Então ela é a pessoa — Suzanne concluiu. — Ela é a assassina.

— Temos que encontrá-la — suplicou o reverendo James. — Eu sei o que vai acontecer com ela.

— Você sabe por que está metido nisso — acusei.

Ele tentou ficar de pé novamente.

— Ela recebeu o cartão das damas dançando. Ela me mostrou depois do jantar naquela primeira noite. Não deveríamos, mas nós conversamos sobre isso. Foi horrível...

— O quê?

— Falamos sobre Herodes, sobre Salomé dançando sedutoramente pela cabeça de João Batista. Eu ia usar essa passagem no meu sermão do nono dia. Mas, depois que João foi decapitado...

— Stephen, você quer dizer.

— Stephen. Então nós sabíamos, ambos sabíamos que Satanás estava aqui, ele havia se apossado das nossas palavras, e ela sentiu que havia causado sua morte por pecar, por... dançar. Uma metáfora da luxúria, da sedução.

— A culpa foi de Satanás, sem dúvida — retruquei, incapaz de evitar o tom cáustico na voz.

— Não, veja — disse o reverendo James, de pé e cambaleando na minha direção, fazendo caretas de dor enquanto se apoiava na perna esquerda. — Dançando. Eu sei onde ela está.

— Onde?

E então eu soube também.

***

Encontramos o museu da tortura tal como eu o tinha deixado quando escapei — excessivamente frio, o touro de bronze danificado e tombado de lado, o caixão da dama de ferro segurando um cadáver congelado e flácido, a cabeça de Stephen no chão em mantas, seu corpo coberto na guilhotina, Alison deitada junto à janela em um lençol fino, e a roda de Santa Catarina abandonada, quebrada e desmembrada. Um espaço onde o cavalete havia sido exposto, a vitrine invadida e desfalcada. Uma múmia em um sudário.

Mas não era isso que o reverendo James e eu estávamos procurando. Olhávamos para as vigas, onde havia oito manequins de loja sem roupa amarrados e enforcados. Só que agora havia nove torsos dançando lá em cima. Uma mulher pálida havia sido adicionada e também pendia pelo pescoço.

DEZ CAVALHEIROS SALTANDO

O olhar do reverendo James ficou estático. Seu rosto empalideceu.

— Linda? — ele sussurrou.

Minha garganta se fechou.

Pendurada como um pássaro morto, o cabelo sobre o rosto, um laço de couro ao redor do pescoço, usando as roupas em que a vimos pela última vez quando desapareceu. Há quanto tempo ela estava ali?

Suzanne cerrou dentes.

— Eu vou vomitar.

O reverendo segurou meu braço e depois desabou em um desmaio, arrastando-me consigo. Meus braços arderam com a dor das queimaduras, mas permaneci deitado no chão, segurando-o delicadamente.

Emily correu para apoiar sua cabeça.

— Tenha calma, reverendo. Respire devagar.

Fiz força para me levantar e olhei para cima novamente. Os outros manequins balançavam devagar, mas Linda era bem mais pesada. A cabeça estava inclinada e os ombros caídos, o que lhe conferia um ar de decepção. A viga parecia estar apodrecida. Será que suportaria o peso de Linda ou viria abaixo? Eu me estiquei e toquei seu pé. Estava gelado.

— Ela está aqui há horas.

Emily se afastou do reverendo e se posicionou ao meu lado. Ambos sabíamos que o enforcamento por suspensão, o estrangulamento, provoca morte lenta. Pode levar até vinte minutos, e a vítima frequentemente luta enquanto tenta respirar e se içar para escapar do laço. Uma morte dolorosa. Mas Linda parecia tranquila e calma. Procurei pela marca vermelha de dardo em seu pescoço. Quando a encontrei, apontei-a para Emily.

— Acho que ela já estava morta antes de ser amarrada — disse Emily, mais para confortar o reverendo do que qualquer outra coisa, percebi.

O reverendo James sentou-se.

— Ele foi um assassino desde o início. Ele destruirá, mas será detido sem a necessidade da intervenção humana. — Então desmaiou novamente, fechando os olhos.

— Calma, reverendo — Emily pediu. E para mim: — Ele perdeu o juízo.

Fui obrigado a dar um desconto ao reverendo James, o borbulhante naufrágio de um homem caído no chão. E Suzanne parecia incapaz de arquitetar uma coisa como essa.

Quando olhei novamente para o alto, notei que perto da viga onde Linda estava pendurada havia uma escotilha quadrada na parede, logo acima da porta. Uma possível entrada para o teto?

— Alguém a introduziu na sala por cima; seu corpo não tinha sido suspenso. Há um alçapão no teto.

— Tem razão — disse Emily. — A polícia vai ter que investigar isso.

— Vamos estar todos mortos antes de a polícia chegar aqui — Suzanne murmurou.

— Não diga isso — Emily protestou.

— Vamos sair deste lugar maldito — chamei. — E pensar em como passaremos mais uma noite no purgatório.

***

Foi uma noite sombria. Todos nós nos abrigamos novamente em um único quarto, mas dessa vez tínhamos o reverendo James como um acréscimo desconfortável. Bloqueei a entrada arrastando contra a porta o maior número de móveis que consegui, passei a chave na fechadura e arrumei os quatro colchões um ao lado do outro, o reverendo James espremido no meio de nós.

Emily ficou acordada. Eu também não conseguia dormir.

— Eu sei que não é razoável, mas ainda tenho a sensação de que esses dois têm algo a ver com tudo isso — Emily sussurrou.

— É difícil pensar nele como inocente, isso é certo. As reações do reverendo James parecem inconsistentes — admiti.

— E ela está fingindo — Emily continuava em tom quase inaudível.

Dei a ela um olhar confuso.

— O que você quer dizer?

— O comportamento dela. Ela está se sentindo culpada, e isso não me surpreende. Não estou dizendo que ela é a assassina, mas ela sabe de alguma coisa. Ela está incomodada.

— Nós vamos descobrir.

A certa altura, Emily adormeceu. Acordei Suzanne por volta das três horas. Ela abriu os olhos ao meu toque, assustada.

— Preciso dormir um pouco. Você pode vigiar por um tempo?

— Merda. Tive aquele pesadelo de novo — ela resmungou. — Mas sim, claro. Vá dormir.

Contudo, achei difícil pegar no sono ao lado de pessoas que poderiam ser, eu ainda acreditava, cúmplices de alguma forma nessa trama macabra.

***

De manhã, acordei de um sono pesado. Os outros também estavam despertando, parecendo exaustos e confusos.

— O Senhor me deu forças — disse o reverendo James. — Louvado seja o Senhor.

— Bem, nós estamos vivos — afirmei.

— Ao contrário de Linda — Suzanne considerou.

— Ao contrário de Linda. — O reverendo James olhou para ela como se só agora se lembrasse da morte da esposa. Então ele prendeu o ar e caiu de volta na cama, pálido. Fechou os olhos e sua boca se contraiu.

— Venha, reverendo, vou preparar um café para o senhor — Emily chamou. — Pena que não tenhamos um diazepam.

Arrastei os móveis de volta, apenas o suficiente para passarmos pela porta, e montei guarda enquanto eles usavam o banheiro, um de cada vez. Fiquei segurando o machado com força. Colei as costas na porta do banheiro para que ninguém pudesse me pegar à traição. Depois caminhamos rapidamente, juntos, até a cozinha. Jurei que ninguém ficaria fora da minha vista por um segundo sequer.

Eu estava completamente perdido, de volta à estaca zero. Nem era a estaca zero: era a menos um.

Trabalhei com Emily e Suzanne na cozinha preparando ovos, bacon, torradas e café. O reverendo James ficou sentado à mesa de jantar olhando para o espelho como se não se reconhecesse.

Ele não tem nada a ver com isso, pensei. Meus principais suspeitos ou estão mortos ou perturbados.

Minutos depois, nós nos sentamos e eu tomei meu café superdoce.

— Que foi? — Suzanne me interpelou. — Rafe, você está me encarando.

— Não tive a intenção — desculpei-me, e meneei a cabeça.

Nunca tinha prestado atenção no teto dessa sala antes, mas agora eu via: um alçapão pairava bem acima de mim, cuidadosamente projetado para se camuflar em meio às tábuas do revestimento. Ele tinha uma pequena fechadura.

Suzanne me passou as torradas.

— Rafe, eu preciso perguntar uma coisa. Você era o número oito. Linda, a número nove. O que ia acontecer no décimo dia?

O reverendo James tinha o olhar vazio.

— Eu nunca desejei que isso acontecesse. Eu nunca desejei...

— Mas então... — incentivei. — O que você *queria* que acontecesse?

— O Senhor me disse para reunir todos vocês a fim de que Ele mostrasse os erros cometidos em suas trajetórias. Ele mandou que eu usasse "Os doze dias do Natal" para expulsar o pecado e levar vocês de volta aos braços dEle. Eu só estava trabalhando na Sua obra, arrepender-se e retornar ao Senhor. — Seus olhos se voltaram para o teto. — Perdoe-me, Linda. Eu pretendia confrontar você com seu adultério.

Eu me perguntei se ele realmente acreditava que ela estaria ali, depois da morte, ouvindo-o pedir perdão, pairando perto do lustre da sala.

— E quanto ao seu cartão?

Ele colocou uma mão trêmula no bolso e tirou de lá um pedaço de papel dobrado e amarrotado. A ilustração de dez homens usando cartola, saltando sobre um arbusto como fazem os cavalos de corrida.

Fiz um aceno com a cabeça.

— Dez cavalheiros saltando.

O reverendo James olhou fixamente para o cartão que ele segurava.

— Eu queria que Suzanne tivesse ficado com o número dez e eu com o onze. Esse era o meu plano, mas de alguma forma os cartões se misturaram.

Lancei a ele um olhar aguçado.

— Quem os trocou?

— Não sei.

— E quem é o número doze?

— Não há número doze — o reverendo James explicou. — Para essa data eu planejei fazer uma conclusão sobre o que nós aprendemos durante o retiro. Nós somos... nós éramos apenas dez aqui. Uma perdiz em uma pereira seria o começo. E então colocaríamos Cristo no centro do nosso encontro. Depois, dez versículos. Os doze tocadores de tambor deveriam ser o fim triunfante, com a purificação, o perdão do Senhor, todos os nossos pecados purgados. Era assim que devia ser. Não era para ser desse jeito, não era! — Ele engoliu em seco e seus olhos se arregalaram. — Eu não queria que isso acontecesse, eu juro. Nada disso.

— Eu vou pedir mais uma vez. Diga por favor o que você queria que acontecesse.

— Eu me reuni com Stephen e nós planejamos todos esses dias, com os Doze sendo o eixo da programação. Eu tinha em mente que seria uma boa maneira de aprender sobre "Os doze dias do Natal". Um sermão perfeito dividido em doze dias. Nós conversamos inclusive sobre o uso dos instrumentos de tortura como um recurso didático. Um para cada dia.

Eu me levantei, em estado de choque.

— O quê? Você sabia?

Seus olhos pareciam aterrorizados enquanto eu me inclinava sobre ele. Os lábios tremiam enquanto ele falava.

— Sim. Para cada pessoa haviam sido designados um dia e um instrumento de tortura. No segundo dia eu ia falar sobre adultério e apedrejamento. No terceiro eu ia mostrar a todos a guilhotina, para falar sobre decapitação. No quarto dia... — Ele pôs a mão sobre o coração. — Se ao menos eu soubesse que...

Dei um soco em seu peito.

— Então você planejou essas mortes macabras.

Emily segurou meus ombros e eu me arqueei para trás, arrepiado pela dor. Respirei fundo.

— Continue.

— Não. Linda fez os cartões e eu planejei os sermões: eles se encaixaram tão bem que eu senti Deus guiando meus pensamentos. Nunca pensei... que isso poderia acontecer. Eu não consigo acreditar. E Linda... Linda. Nós planejamos falar sobre a correspondência entre a morte dos mártires e os instrumentos de tortura. Sinto muito, Rafe, o touro... Mas nunca passou pela nossa cabeça levar aquilo para a vida real. Era para ser uma atividade lúdica sobre moral.

Eu olhava para o espelho grande da sala, encarando fixamente seu reflexo.

— Então você sabia, enquanto cada morte ia acontecendo. É como se você tivesse previsto cada uma delas. Você não foi pego de surpresa. Você sabia o que iria acontecer a seguir. E nunca disse nada. Isso é desprezível.

Ele olhou para o vazio.

— Quem mais sabia? A quem mais você contou? Com quem você planejou isso? Com o concierge? Você se encontrou com o proprietário do castelo e discutiu a correlação dos instrumentos de tortura com os dias do Natal?

— Não, não. Apenas Glen, Stephen e Linda. Mas tudo está se tornando realidade. É como uma profecia. Uma terrível profecia satânica. E agora todos nós vamos morrer, de acordo com o que eu planejei.

— Graças a Deus a pera da angústia não funcionou. — Emily colocou a mão no ombro dele. — E Rafe também escapou da morte. Não é inevitável. Não é predestinado, como você costumava dizer na Igreja.

Ele apertou o cobertor sobre o peito e falou, em um sussurro estrangulado.

— Linda não conseguiu escapar.

— Sinto muito. — Suzanne pegou a mão do reverendo. Ele parecia ter um milhão de anos de idade.

Isso é estranho, pensei. Esse homem odioso tinha arruinado nossas vidas, e ali estávamos nós, consolando-o.

Eu, porém, não era tão misericordioso.

— Reverendo, o que *O Livro dos Mártires* diz sobre o décimo dia? Quem foi martirizado no décimo dia do Natal, e como?

Ele balançou a cabeça.

— Ninguém. Eu não planejava expor meus próprios... pecados.

Passei as mãos pelo cabelo.

— É claro que não! Então, na sua opinião, o que vai acontecer hoje? Qual é o instrumento de tortura que você definiu para hoje, para ensinar a nós, pecadores, alguma lição do seu Deus hediondo?

— Não blasfeme, Rafe.

— Merda. Estou falando sério. Existe um esquema aqui, e quem quer que esteja fazendo tudo isso está seguindo o seu livro, reverendo James. O seu sermão. Até agora tudo funcionou ao pé da letra. Nove damas dançando... os sete raios da Roda de Santa Catarina...

— Eu não entendi as oito criadas ordenhando — Emily confessou. — O que o número oito tem a ver com o touro?

— Eu contei — respondi — enquanto estava lá dentro. Oito aberturas: quatro úberes, duas narinas, dois olhos. Acredite em mim, eu agradeci por aquelas aberturas. Elas me mantiveram vivo por tempo suficiente para escapar. Foi por meio delas que eu consegui respirar.

— Mas qual instrumento de tortura naquela sala tem dez aparatos? — Emily ponderou. — O cavalete? Ele tem vários níveis. São dez?

— Não consigo lembrar — disse o reverendo. — Eu não estava contando, posso garantir.

— Aquele objeto que eu vi na vitrine... que esmaga os dedos, um em cada buraco — pensei alto. — Dez dedos?

— Quem é esse doente? — Suzanne perguntou. — Quem?

— Segundo a gravação, ele é um de nós — retruquei, olhando um por um. — Qual de nós?

— Não seja estúpido, Rafe — Suzanne rebateu. — Não pode ser um de nós. Ele só queria nos jogar uns contra os outros.

— Eu concordo — respondi. — Talvez isso tenha sido mesmo uma falácia. Reverendo, você conheceu o proprietário, o louco que coleciona aquelas coisas?

O reverendo James meneou a cabeça.

— Este castelo foi encontrado em um site. Estava anunciado em nome de B&B. Stephen e Glen providenciaram tudo.

Mas Stephen e Glen agora estavam mortos.

— E quanto ao concierge? — Emily quis saber. — Todos nós o conhecemos. Ele cuidou dos preparativos da viagem, trouxe todo mundo, preparou a comida. Será que ele...

Imaginei o homem pequeno, com seus dedos delicados e sua marca de nascença na mão.

— Que motivação ele teria? A menos que um de nós o colocasse nisso... Você, por exemplo, reverendo James. E agora você criou um álibi, pedindo que ele o amarrasse no cavalete para se passar por vítima.

— Pensando bem, o concierge era um pouco assustador —Emily opinou. — Parecia ter algum interesse em nos manter aqui.

Olhei para ela, pensativo. Ela encolheu os ombros.

— É só uma impressão que eu tenho. Nada de concreto. Eu só o acho assustador, circulando por aí.

— Que motivo alguém teria para matar todos nós? — Suzanne indagou.

— Tenho certeza de que você fez inimigos em algum momento — eu me dirigi ao reverendo. — Seja honesto. Alguém pode ter planejado uma vingança contra você.

— Quem sabe um membro da igreja descontente que não conseguiu o que queria? — Emily sugeriu.

— Ele passou a língua pelos lábios.

— Nosso único inimigo é o próprio Satanás.

Ficamos sentados em silêncio. Mas agora eu tinha um plano.

— Eu acho que o corpo de Linda foi suspenso pelo alçapão no teto. Vou até lá para investigar. E todos vocês vão ficar bem aqui e me deixar cuidar desse assunto, porque, seja o assassino um de nós ou alguém de fora, vamos estar todos mortos em pouco tempo se eu não fizer alguma coisa.

***

Suzanne e Emily permaneceram sentadas à mesa, tomando café. O reverendo James estava no meio das duas. Peguei uma lanterna e uma faca de açougueiro de uma gaveta da cozinha e deslizei para a sombra do corredor. Esperei, escutei, subi as escadas e tateei pela escuridão até o museu da tortura. Empurrei a porta. O lugar estava escuro feito breu. Liguei a lanterna e prendi o fôlego. Tentei ouvir qualquer movimento ou presença, mas ouvi apenas o silêncio da morte.

A janela aberta mostrava o cenário branco de sempre. A quietude. E a sala estava gelada. Como Emily havia dito, o museu da tortura cumpria muito bem o papel de necrotério, de modo que os cadáveres estavam sendo mantidos sob resfriamento. Amarrei a faca na parte de trás da calça e guardei a lanterna no bolso da camisa para deixar as mãos livres.

O corpo de Linda balançava suavemente no ar, com suas oito companheiras. Posicionei um dos armários que serviam de vitrine embaixo da escotilha quadrada no teto e o escalei. Se eu me esticasse e me segurasse no topo da porta, poderia alcançar a tampa do alçapão e empurrá-la. Um buraco negro se abria atrás dele. Dando um impulso, entrei no teto perto do vão da porta.

Recuperando o fôlego, fiquei atento a qualquer som.

Uma rajada de ar frio soprou em meu rosto. Enquanto eu dirigia minha lanterna para o espaço ao redor, a forma do sótão se tornou visível. Vi um entroncamento de vigas de madeira; essa área do castelo havia sido reformada e reforçada com suportes feitos de tábuas novas. Incrédulo, descobri que ao longo das vigas havia uma espécie de passarela de madeira que parecia percorrer todo o espaço. Corria paralelo a ela, e no mesmo nível, um gradeado metálico. Entendi do que se tratava: era uma espécie de monotrilho. Eu já tinha ouvido falar de mansões e castelos que contavam com sistemas de roldanas e trilhos para que criados e comerciantes pudessem transportar mercadorias para os vários aposentos. E eu sabia que algumas residências escondiam uma rede de passagens acima das vastas salas de jantar e cozinhas para facilitar a movimentação de mercadorias e alimentos pelos empregados.

No nosso caso, o interesse era facilitar a movimentação de cadáveres.

Joguei luz no lado esquerdo do trilho, que terminava em uma parada abrupta na outra extremidade do museu da tortura, onde notei o topo de uma escada. Caminhei ao longo dele, esforçando-me para manter o equilíbrio e apoiando as mãos no teto, então espreitei por cima da borda. A escada era muito longa, e eu imaginei que deveria descer até o alçapão que eu tinha visto no teto da sala.

Iluminei do lado direito e o trilho mostrou um brilho prateado. Parecia em uso, não tinha ferrugem nem estava opaco. Decidi seguir aquela linha. Eu me equilibrei sobre o gradeado e me estabilizei, forçando as mãos ao longo das vigas do teto, e cheguei a uma bifurcação no trilho. Lembrei da disposição dos quartos. O acesso do lado esquerdo levava à ala feminina, o direito, à masculina. Eu estava prestes a pegar o caminho da esquerda quando vi que essa passagem estava bloqueada por algo retangular e escuro.

Parei imediatamente, sem fôlego. Escutei. Toquei o objeto. Era de metal. Um carrinho, eu via agora, um pequeno veículo sem carroceria. Dei-lhe um impulso suave e ele deslizou com facilidade ao longo do trilho. Estava bem lubrificado. E tinha sido bastante usado. Era silencioso, pensei, e forte o suficiente para carregar um corpo morto ou inconsciente. Agora eu sabia como ele — eles — tinham feito tudo isso.

Uma vez que a passagem estava bloqueada pelo carrinho, peguei o acesso da direita, acima do banheiro masculino. Estava imaginando coisas ou comecei a ver luzinhas vermelhas piscando em intervalos irregulares? E então avistei mais uma coisa que me atordoou: não apenas um, mas uma série de alçapões de cada lado, que, presumi, levariam aos vários quartos abaixo deles — o do reverendo, o de Danny, o de Stephen, o de Mike, o meu.

No meio de cada alçapão enxerguei um pequeno buraco de espionagem, com uma lente encaixada, fios que terminavam em uma luz vermelha piscando em um painel ao lado. Rastejei, verificando cada alçapão e tentando adivinhar para qual quarto levava.

Eu estava impressionado. Parecia que todos os aposentos do castelo tinham um acesso por cima, até mesmo a sala de estar no andar térreo.

Agora eu entendia tudo. O castelo havia sido escolhido precisamente porque possibilitava essa mobilidade secreta para o assassino.

Segui o trilho até o fim da passagem, deduzindo que ali ficava o banheiro usado pelos homens, e parei de repente. Um retângulo plano de luz infiltrava-se por baixo de uma porta adiante. Prendi a respiração e fiquei atento, tentando entender do que se tratava.

Ouvi o zumbido de alguns equipamentos lá dentro.

Puxei a faca, segurei-a na mão direita e achatei o corpo contra a porta. Certamente era possível que o assassino não fosse um de nós. Que ele estivesse naquela sala, naquele exato momento.

Eu tremia muito. O coração estava acelerado, a respiração, superficial.

Contei até três e empurrei a porta gentilmente. Mas ela não abriu. Empurrei com mais força e, apesar de ter estalado e chacoalhado, não cedia.

Merda. Eu me afastei, esperando por qualquer movimento.

Poderia tentar arrombar, mas sabia que não chegaria muito longe se alguém estivesse lá dentro. Se alguém já soubesse que eu estava aqui. Eu me virei e comecei a voltar pelo caminho por onde chegara. Sempre que passava por um alçapão, puxava os fios e as câmeras, e as luzes vermelhas paravam de piscar. Um quarto, dois quartos, três, quatro, cinco — todos os quartos dos homens. Então eu rastejei pelo outro acesso, empurrei carrinho silenciosamente à minha frente e arranquei as câmeras que vigiavam os quartos das mulheres: um quarto, dois quartos, três, quatro. Por último, o banheiro.

Continuei voltando e encontrei o alçapão por onde tinha subido. Puxei os fios que o guarneciam também. Em frente ao trilho havia mais uma passagem. Essa levava até a biblioteca, presumi, pois a sala onde estava ficava adjacente à do museu da tortura. Arranquei sua câmera e os fios também.

Nossa. Eu estava tremendo, mas feliz com meu trabalho. Peguei o acesso direito novamente para checar se alguém havia passado por ali, mas tudo estava em silêncio, e a porta no fim do trilho continuava fechada.

Eu espreitei e me preparei para voltar ao museu da tortura, a fim de sair pelo alçapão e pular sobre o armário que me ajudara a subir, quando meu sexto sentido — minha intuição, aquela maquinação científica e racional do cérebro — avisou que algo estava errado.

O ar lá embaixo estava diferente; um odor estranho. Havia um ruído, como se alguma coisa tivesse sido deslocada. Tudo isso me dizia para parar. Enquanto eu mirava a lanterna para baixo e tentava entender o que via, apaguei a lanterna e me levantei rapidamente, meu coração quase explodindo.

O móvel que eu arrastara havia sido removido. Em seu lugar, o assassino havia posicionado um instrumento de tortura mortal, o berço de Judas. Bem debaixo da abertura no teto. Se eu tivesse caído, seria empalado.

O berço de Judas era uma plataforma de madeira alta, de quatro pernas, com uma pirâmide de metal muito pontiaguda em cima dele. Usado principalmente na Inquisição espanhola, as vítimas eram rebocadas até a "cadeira", de modo que a pirâmide era introduzida em sua vagina ou ânus.

A única maneira de retornar ao chão sem ser empalado naquela coisa era me pendurar na corda onde Linda estava exposta. Minha queda não seria tão longa se eu a usasse como alavanca. Guardei a faca e balancei a corda com um puxão, para ter a certeza de que ela suportaria meu peso. Até ali, tudo bem. Eu escorreguei, sentindo o rosto e os ombros gelados dela enquanto me atirava para fora do berço e pousava com força no chão.

Assim que pousei, me ergui em posição de ataque, sacando a faca. O assassino podia estar ali esperando por mim.

Silêncio.

O que eu sentia — além do choque e da dor por aterrissar no piso de pedra vindo lá do alto — era indignação. Não era medo. Não era terror. Era raiva. Como essa pessoa se atrevia a fazer isso comigo? E se esse assassino estivesse no pequeno grupo de sobreviventes, ou fosse um louco qualquer escondido nas paredes do castelo? Que tipo de sádico maldito tramaria uma coisa dessas? O dono do castelo, um doido varrido colecionador de instrumentos de tortura, ansioso para colocá-los para funcionar em um grupo insuspeito de convidados? Seu concierge, um cúmplice solícito? Quem quer que tenha sido, agora era uma questão pessoal. Esse criminoso estava me perseguindo, conhecia todos os meus movimentos, declarara guerra contra mim. Naquele instante prometi pegar essa pessoa, não importava o que fosse preciso.

Foi fácil explorar essa raiva. Minha vontade cresceu até um tamanho satisfatório. Eu era capaz de tudo agora. Podia matar com as próprias mãos, se fosse necessário.

Ele ainda podia estar no museu da tortura, assim como podia ter retornado à sala de estar. Chame-me de paranoico, mas por um momento pensei que os três restantes poderiam estar envolvidos nisso.

Eu lançava o foco da lanterna sobre cada canto da sala e depois olhava em direção à porta, ciente de que poderia haver outras armadilhas prontas para me atingir. Procurei por fios na altura da garganta, armadilhas metálicas preparadas para me capturar pelos pés. Mas cheguei à porta sem incidentes. Talvez o assassino estivesse na sala de controle, vendo suas câmeras serem desligadas uma a uma. Ou escondido em algum lugar do corredor, planejando seu próximo assassinato.

A porta de saída do museu da tortura estava fechada.

Um calafrio de claustrofobia percorreu minha espinha. Forcei a maçaneta.

A porta estava trancada.

Naturalmente.

Deslizei pela parede, tateando pelo caminho até achar a passagem para a biblioteca. Mas ela também estava trancada.

O assassino acompanhava todos os meus movimentos. Eu estava preso. Talvez fosse minha vez de morrer agora.

Ainda não. Procurei por uma arma mais potente entre os modelos disponíveis no museu. Arrancador de língua. Extrator de unhas. Lança de empalar. Finalmente encontrei algo do meu agrado. Um martelo de madeira com uma haste afiada na parte dianteira da empunhadura. “Martelo de guerra, ou malho”, dizia a etiqueta. “Século XIV.”

Apertei o malho em ambas as mãos e o levantei acima da cabeça. *Vamos ver do que você é feito, martelo de Thor.*

A porta era dura, impossível de quebrar ou de partir. Tão indestrutível quanto a fechadura.

Olhei para a janela grande, que estava aberta. Uma saída óbvia.

Mesmo no primeiro andar, seria uma queda livre até o pátio. O frio também não estava convidativo.

Mas a neve era profunda.

Vamos lá. Dez cavalheiros saltando.

Voei pela janela, com o malho firme na mão direita. Senti por um segundo aquela flutuabilidade enganosa antes de a gravidade começar a agir, e me vi despencando em direção ao pátio. Esperava que a cobertura de neve fosse bem profunda.

Transpassei um colchão gelado e afundei na neve. Rapidamente, lutei para não ser soterrado. Debaixo da superfície, a neve estava esfarelando. Rastejei, empurrei e nadei procurando a direção que levava à frente do castelo.

O frio estava começando a deixar meu corpo entorpecido. Para ajudar, eu estava molhado da neve. Iria congelar em breve.

Onde estava o malho? Eu o havia soltado quando aterrissara, e ele devia estar enterrado embaixo de dois metros de neve. Sem esperança de encontrá-lo, tentei chegar até o pátio, ao lado do castelo. Minha meta era a porta da frente.

A vontade de chegar lá era tão forte que aquilo quase passou despercebido: uma única garagem, escondida na parte de trás de um estábulo desativado. As portas estavam mal ajustadas, enferrujadas, mas tinham sido fechadas com um cadeado novo — e estavam parcialmente abertas por causa da neve acumulada no chão. Na altura dos olhos dava para ver um lampejo vermelho lá dentro.

Notei o brilho de um para-choque, uma placa de carro, um pneu.

Primeiro pensamento: vamos conseguir sair daqui! Emily, Suzanne e eu. Ou somente eu. Procurar a polícia. No entanto, enquanto lutava contra a neve, eu não conseguia imaginar nada além de uma motoneve nos levando embora. E aquilo não se parecia com isso. Mesmo assim, consegui chegar até a garagem, onde os blocos gelados prendiam as portas.

E, então, tive uma vertigem. Olhei pela segunda vez, sem acreditar no que estava vendo.

O carro era um Fiat Uno. Ou estava enganado ou era o mesmo veículo em que eu tinha chegado a esse lugar, dez dias antes.

Mas o concierge tinha partido. Ou assim me dissera o reverendo

James.

Os dez dias inteiros passaram pela minha mente. A desconfiança persistente em relação a ele, a intuição de Emily — tudo fazia sentido agora. A realidade — o que chamamos de realidade é na verdade um caleidoscópio de impressões, suposições e construções narrativas — se moveu e se ajustou. Peças do quebra-cabeça se encaixaram no lugar. Não todas elas, mas o suficiente.

***

A porta da frente estava destrancada. Sacudi a neve do corpo no corredor e me dirigi até a sala de estar. Encontrei meus três companheiros de quarto exatamente como os deixara, amontoados diante do fogo.

Decidi guardar para mim a descoberta do carro do concierge, pelo menos por enquanto — até descobrir exatamente o que aquilo significava. Mas uma ideia estava se formando na minha mente.

— Graças a Deus você está bem! — Suzanne exclamou. — Nós estávamos tão preocupados com você.

— Rafe, você está encharcado. — Emily se levantou de um salto. — O que aconteceu?

— Eu só preciso de um tempo para descongelar. — Eu não parava de me sacudir na frente do fogo.

— Vou buscar uma bebida quente para você — Suzanne anunciou.

— Você está bem? — o reverendo James perguntou.

— Vocês ouviram algum barulho vindo lá de cima? — perguntei. Escrutinei cada rosto, um por um. Mas ninguém revelou nada de errado.

Emily balançou a cabeça.

— Eu ouvi algumas batidas, passos, mas pensei que fosse você. O que estava fazendo lá fora?

— Eu quero saber se vocês ficaram aqui o tempo todo enquanto eu estive fora. Deem-me a sua palavra de que ninguém saiu desta sala.

Eles pareciam intrigados. Ninguém tinha saído da sala, me asseguraram.

Consegui me secar bem rápido diante do calor abrasador, mas não parava de tremer.

— Graças a Deus você está bem, Rafe — Suzanne disse. — Não sabíamos o que pensar.

— Está tudo bem, Rafe? — Emily não tirava os olhos de mim. — O seu olhar está estranho, não sei. Com raiva.

— O que você descobriu? — Suzanne estava desconfiada.

— Preciso mostrar uma coisa para vocês. Quero que todos venham comigo. Ninguém vai ficar aqui. Eu preciso que vejam exatamente o que eu vi, e depois nós vamos pegar o assassino. Mas antes de tudo nós temos que achar uma escada.

— Eu vi uma nos fundos da despensa — Emily lembrou. — Por quê?

— Aonde nós vamos?

— Para o museu da tortura. Vamos subir no teto.

— O quê? Você subiu?

Assenti e observei cuidadosamente cada rosto.

Suzanne estremeceu.

— Eu não vou subir.

— Todos nós vamos. Eu reuni vocês neste grupo. Não vou esperar pelo próximo truque brilhante, o próximo instrumento de tortura. Nós vamos pegar o assassino. E encontraremos um dispositivo de tortura que seja apropriado para enforcá-lo.

Em resposta, o reverendo James caiu no chão, com as mãos sobre o estômago.

***

— Tragam um pouco de água para ele. — Emily ajoelhou-se ao lado do reverendo James e sentiu sua testa.

— O que ele tem?

— Eu estou bem — disse o reverendo James, falando com dificuldade. Mas ele claramente não estava. Inclinou-se para um dos lados e se encostou, vomitando sua última refeição. A testa estava úmida e ele parecia febril, e continuou tremendo mesmo depois que o levamos para perto do fogo e o enrolamos em um cobertor.

Ele se sentou, mudo, no sofá. Estava claro que hoje não ia a lugar nenhum.

Em vez de levar a carga para o compartimento secreto, fui obrigado a esperar em uma tensão terrível, antecipando o ataque. O reverendo James delirava e cuspia versículos bíblicos, apontando para mim e Suzanne e empurrando Emily para longe quando ela tentava fazê-lo tomar água.

— Isso tudo tem sido demais para ele — disse Suzanne —, e para mim também.

Meu estômago de repente se revirou de susto.

— Foi alguma coisa que ele comeu?

Emily pensou um pouco:

— Pode ser. Ou algum inseto que o picou, ou talvez tenha sido envenenado. Se for um envenenamento, nós vamos saber em pouco tempo.

— Envenenamento? — Suzanne estava incrédula. — Mas nós comemos o mesmo que ele, e estamos bem.

— Você preparou a refeição. — Olhei para Suzanne.

Ela me olhou de relance.

— E o que tem isso?

Balancei a cabeça.

— Só estou dizendo.

— Você acha que eu... — Suzanne me deu um olhar de puro rancor. — Depois de tudo o que nós conversamos. Eu confiei em você! Eu... — Ela correu para a cozinha.

— Suzanne, por favor. Fique aqui. Nós não podemos confiar em ninguém. Não é nada pessoal.

***

Encontrei a escada de alumínio encostada à parede traseira da despensa. Puxei-a para fora e a levei até a sala de estar. Ela nos ajudaria a subir até o teto e até o compartimento que eu tinha visto de cima, no fim do trilho.

Quando chegou a tarde, o reverendo James havia caído em um sono febril no sofá. Emily limpou sua testa com um pano úmido.

— Ele está ardendo em febre e desidratado.

Ela continuava a lhe dar goles de água fria, mas na maior parte do tempo a bebida escorria pelo seu queixo e ele a repelia.

Suzanne se aproximou do sofá onde ele estava deitado.

— Ele vai ficar bem?

Emily assentiu.

— Se for um caso normal de intoxicação alimentar, em umas 24 horas ele estará melhor.

— Nós não temos 24 horas — grunhi.

— Agora — ela acrescentou —, se for alguma coisa mais séria...

Eu não queria sair de novo e deixá-lo ali sozinho. Então nós esperamos. Eu temia que uma sabotagem tivesse acontecido. Temia que essa fosse sua sentença de morte. Envenenamento. Que, por não ter morrido no cavalete, o assassino tivesse planejado outra forma de tortura para o reverendo. Talvez um dos primeiros mártires cristãos em *O Livro dos Mártires* tivesse sido envenenado no décimo dia do Natal.

Algumas horas depois, no fim da tarde, ele dormia mais sereno, mas ainda não estava em condições de se mover, muito menos de subir até o sótão. Como estava ficando escuro, eu me resignei a aguentar mais uma longa noite. De que me servira ver algumas peças do quebra-cabeça se juntarem quando ainda estávamos presos ali, à mercê do criminoso?

***

Nós três nos juntamos para fazer o jantar. Estávamos desconfiados da comida agora, mas eu assumira o comando, procurando alternativas às refeições que haviam sido pré-preparadas para o grupo. Todos estavam com fome, e precisávamos nos preparar para o ataque final, que aconteceria, eu tinha decidido, no dia seguinte, bem cedo.

— Eu não estou acusando você — argumentei com Suzanne, que tinha parado de falar comigo. — Só estou considerando todas as possibilidades.

Para substituir o assado designado para a refeição dessa noite, rotulado e congelado em uma Tupperware, encontrei algumas latas de canja, que deviam ser seguras, uma vez que estavam lacradas e dentro da validade. Emily serviu ao reverendo algumas bolachas secas, mas ele não conseguiu digerir nada e só tomou alguns goles de água.

Servimos a sopa na sala de jantar e comemos cautelosamente. Concordamos que, dali em diante, evitaríamos a comida que o concierge nos deixara. Pelo sim pelo não.

***

Eu tinha que procurar um lugar seguro para dormir. Todos os quartos tinham um alçapão no teto, e, ainda que eu tivesse arrancado o máximo de câmeras possível, ainda poderia haver mais, e o assassino, ou assassinos, contava com o acesso a qualquer quarto que escolhessem. Decidi que meu próprio quarto era o mais seguro. Demoramos algum tempo carregando colchões para lá, empurrando a escrivaninha para o centro do aposento e encostando uma cama no teto para que o alçapão não pudesse ser aberto.

O reverendo James mal conseguia andar, mas, com dois de nós o apoiando, ele subiu as escadas e desmaiou em uma das camas. Emily o cobriu.

— A intoxicação alimentar é sempre intensa, mas dura pouco. Vamos esperar que seja só isso mesmo e que ele esteja bem amanhã.

Depois que estávamos todos do lado de dentro, arrastamos o pesado guarda-roupa para a frente da porta. Enquanto Suzanne estava fazendo sua cama no outro canto do cômodo, Emily sussurrou para mim:

— Eu quero saber sobre esse seu plano.

— Não vamos estragar a surpresa.

Ela se ofendeu.

— Você ainda não confia em mim?

Apontei para cima.

— Desliguei os fios das câmeras que eu pude ver, mas o quarto ainda pode estar monitorado. Apenas confie em mim. Você confia em mim?

— É claro.

Mas seu olhar para mim me disse o contrário.

ONZE TOCADORES DE GAITA

— Rafe! Rafe! Acorde!

Uma luz pálida entrava pela janela. Já era de manhã. Suzanne me sacudiu pelo ombro. Sua aparência era fantasmagórica.

Emily estava de cócoras sobre o reverendo James.

Eu me sentei.

— Como ele está?

O rosto de Emily estava sem expressão quando ela se virou para mim.

— Ele está morto.

Tive um sobressalto.

— Meu Deus! Mas como?

Olhei imediatamente para o alçapão e depois para a porta. Ambos permaneciam tão vedados quanto estavam na noite anterior.

Ela sacudiu a cabeça, depois abriu a boca e examinou sua língua.

— Como fui estúpida. Eu realmente pensava que fosse só uma intoxicação alimentar. Mas o coração dele parou. Ele foi deliberadamente envenenado, Rafe. Um veneno muito poderoso!

Eu me aproximei e tomei o pulso dele. Estava frio como pedra.

— Bem na nossa frente.

— Não havia nada que pudéssemos fazer — Emily nos consolou. — De verdade. Ele tinha que ter ido para um hospital.

Soltei um palavrão.

— O décimo dia. Exatamente conforme programado. Bem debaixo do nosso nariz. Então alguém colocou veneno na comida dele. Mas nós estávamos todos na cozinha. Quando isso pode ter acontecido?

Pela maneira como olhávamos uns para os outros, eu sabia agora que todos alimentávamos suspeitas. Emily deu uma olhada rápida em Suzanne, Suzanne devolveu um olhar hostil, e então as duas me encararam. Qualquer um de nós poderia facilmente ter enfiado cianeto no prato do reverendo James. Eu queria poder contar a elas o que tinha descoberto, mas não podia ser agora. Eu ainda não tinha certeza do que era.

Suzanne mordeu o lábio.

— Nós todos ajudamos a fazer o café da manhã. Eu não vou comer mais nada nesta casa. Nunca mais.

— O suicídio também é uma possibilidade — Emily observou. — Ele viu a esposa enforcada, o seu rebanho torturado e assassinado. E talvez ele soubesse mais do que estava deixando transparecer. Talvez ele tenha tomado cianeto ou algo assim. Quem sabe...

Fiz que sim com a cabeça.

— Ele sabia de alguma coisa, eu concordo. E agora ele vai levar o que sabia para o túmulo.

— O que nós vamos fazer? — Suzanne questionou.

Eu não tinha muitas opções.

— Vamos deixá-lo aqui mesmo. Abra a janela para manter o corpo dele resfriado. E nós vamos ficar lá embaixo.

Arrastei a cômoda para longe da porta e, alertas, nos movemos em um trio apertado escada abaixo, na direção da cozinha. Novamente, fizemos todos os movimentos de uma manhã normal. Fiz café, tendo o cuidado de usar pacotes lacrados, água engarrafada e leite ultrapasteurizado em caixinha. Sentamos à mesa da sala de jantar, em frente ao espelho.

— Eu não quero nada — Suzanne fez uma careta enquanto eu tentava lhe servir uma xícara. — Eu já disse que nada vai tocar os meus lábios de agora em diante. — Ela me olhou de relance.

A árvore de Natal ainda piscava suas luzes cintilantes, e os enfeites metálicos brilhavam à luz do fogo.

— Não podemos derrubar aquela árvore estúpida? — Emily sugeriu.

— A tradição manda conservar a árvore montada até a décima segunda noite do Natal — Suzanne observou.

Marchei até lá e desliguei as luzes. Um brilho assustador ainda emanava do espelho, como uma imagem retardada das luzes da árvore.

— Vejam! — Emily apontou para o lugar do reverendo James à mesa. O jogo americano tinha sido recentemente decorado com dez figurinhas do sir Topham Hatt, personagem do livro *Thomas, a locomotiva a vapor*, em torno de uma folha de papel. Acendi minha lanterna e vi que se tratava da lista dos dez mandamentos, arrancada de uma Bíblia, e de um verso bíblico assustador rabiscado embaixo com a caligrafia de Suzanne:

> *A sua garganta é um sepulcro aberto.*
> *Com as suas línguas tratam enganosamente.*
> *Peçonha de áspides está debaixo de seus lábios.*
> *Romanos 3:13*

— Veneno de áspides — Emily repetiu. — O assassino está nos contando como ele agiu.

— Veneno de cobra embaixo da língua dele — Suzanne concluiu.

— Talvez não literalmente — respondi. — Mas o assassino quer que nós saibamos que o reverendo James foi envenenado.

— E assim — Emily falou para si mesma, e também para que pudéssemos ouvi-la — esse maníaco segue em frente, implacável, dia após dia, e nós ainda não temos nenhuma pista de quem ele é. Que dia é hoje? O décimo primeiro dia?

Suzanne tremeu e abraçou o estômago.

— Quatro de janeiro. O meu dia.

— Ele não conseguiu pegar Rafe, nem a mim — Emily a tranquilizou. — Suzanne, ele não vai lhe fazer mal. Nós podemos vencê-lo.

Suzanne olhou para Emily com desconfiança.

— Ou ela. Ou eles.

— Ninguém mais vai morrer — garanti.

— Foi o que você disse há dois dias. — Os olhos de Suzanne eram como punhais. — Você prometeu que nos manteria vivos. Não confio em você de jeito nenhum. Você disse...

— Calma, Emily — pedi. — precisamos manter o sangue frio.

Suzanne agora atacava Emily.

— Claro. O reverendo James morre no mesmo quarto em que nós estamos dormindo e você me pede calma. A minha morte está programada para acontecer hoje e nós não temos como sair deste buraco infernal nem como parar esse assassino. E você me pede calma. Vocês dois e essa pequena conspiração presunçosa, você e Rafe. Eu juro, acho que às vezes...

Eu me coloquei entre elas, mas pude ver nos olhos de Suzanne o que ela pensava.

— Todos nós estamos em choque, Suzanne — garanti. — Mas não vamos perder você. Não mais. Eu tenho um plano. Já sei o que fazer.

Ela encostou a testa na mesa da sala de jantar e colocou as duas mãos sobre a cabeça.

— Não aguento mais.

Não posso dizer se Emily também sentia, mas para mim o comportamento de Suzanne parecia uma encenação melodramática. Talvez eu estivesse sendo insensível demais. Eu não a excluíra da lista de suspeitos. Ela estava firme em seu posto desde a primeira morte.

Suzanne respirou longamente três vezes e depois se sentou.

— Desculpem. Isso está me afetando demais. Me digam o que nós podemos fazer.

— Nós precisamos entender qual é o *modus operandi* desse criminoso — comecei. — O décimo primeiro dia. Vamos ler o sermão dele. — Caminhei até a Bíblia do reverendo James e folheei suas anotações.

— Mas... o reverendo está morto agora, então ele não orquestrou tudo isso... — Suzanne refletiu.

— Eu sei que não faz sentido — contemporizei. — Eu sei. Eu tinha a certeza de que o reverendo James estava por trás de tudo isso, de que era ele o autor dessa trama. Ele confessou que tinha organizado os doze dias para que eles se desdobrassem dessa maneira. Mas agora eu não tenho mais certeza de nada.

— O que diz o sermão de hoje? — Emily perguntou.

— O décimo primeiro dia do Natal — Suzanne repetiu. — Onze tocadores de gaita. Seja lá o que isso signifique.

— Onze discípulos fiéis — eu li. — E um traidor. Um traidor dos Doze.

Emily se debruçou sobre o que eu estava lendo.

— Leia o sermão dele para nós, Rafe.

— Não tem nenhuma pista boa. — Folheei as anotações dele. — Babilônia. Eva. Sedução. Lilith. As mulheres são tentações, só servem para seduzir os homens. Um versículo sobre uma prostituta famosa que cometeu fornicação... — Virei a página. — Pecadoras, blasfemas adúlteras, Hollywood é a nova Babilônia, sexo, a nova religião babilônica. Um monte de baboseira.

Suzanne tirou as anotações da minha mão e as examinou, com as mãos trêmulas.

— Ele sempre disse que Hollywood era como Sodoma e Gomorra. Como a Babilônia.

Fechei a Bíblia.

— Vamos começar a caça ao tesouro — anunciei. — Vistam roupas quentes. Nós vamos lá fora.

Emily enrolou bem o casaco ao redor do corpo.

— Pensei que iríamos até o teto. — Ela apontou para a escada apoiada na sala de estar.

Suzanne me olhou com desconfiança.

— Eu não sei. Por que nós deveríamos ir com você?

— Porque eu não quero que mais ninguém morra. Só por isso.

***

Através da vidraça, o sol parecia uma hóstia branca subindo no céu azul claro. A neve brilhava no chão. O vale continuava sufocado por um profundo cobertor branco.

Estava acabando. Eu sentia. Esse era o último lance do jogo.

— Para onde nós vamos? — Suzanne quis saber.

No armário do hall de entrada pegamos roupas e casacos pesados, além de chapéus, cachecóis e luvas, e nos encaminhamos para a porta da frente. Empunhei o machado. Não iria a lugar nenhum sem essa arma. Eu esperava que a porta estivesse bloqueada, mas não estava. Então eu a abri.

A neve parecia incongruentemente bonita, brilhante e branca. Conforme o sol se fortalecia, eu sentia seu calor no rosto, e tomei isso como uma promessa. Apesar de a temperatura estar bem abaixo de zero, eu a sentia renovar meu espírito. Clarear minha mente.

Entramos na neve profunda e chapinhamos ao redor das muralhas do castelo.

— Fiquem por perto — exigi.

Eu não arriscaria, não poderia deixar uma das duas sozinha novamente.

Localizei a caixa de fusíveis na altura da minha cabeça sob o beiral de uma gárgula suspensa, uma águia demoníaca empoleirada numa mureta na parede. A porta da caixa de força estava aberta, e dentro dela enxerguei os fusíveis em fileiras limpas e um ponteiro que girava, indicando o consumo da corrente elétrica.

Interruptor principal. Para cima: ligado. Para baixo: desligado.

Abri a caixa de fusíveis e desliguei a chave de energia principal. E, por garantia, levantei o pesado machado bem alto e abaixei-o, arrebentando a caixa de fusíveis..

— Acabou — falei.

— O que você está fazendo? — Emily segurou meu braço.

— Você enlouqueceu? — Suzanne estava assustada. — Nós precisamos da energia.

Ela me encarou, e eu consegui ler seus pensamentos. Eu era o assassino. Tinha levado as duas para fora a fim de matá-las. Ela se encostou em Emily.

Contudo, Emily, eu tinha certeza, estava pensando o mesmo sobre ela. Quem havia servido comida ao reverendo James no dia anterior? Suzanne. Teria sido fácil para ela colocar algum veneno na comida ou na água dele. Mas ela estava atuando de uma forma tão amedrontada hoje. É isso. A palavra-chave era "atuando". Ela trabalhara tão bem em seus filmes que interpretar esse papel não seria um grande desafio.

Emily encolheu os ombros.

— Que belo plano, Rafe. Poderia nos dizer por que você acabou de cortar a energia do castelo?

Abracei as duas.

— Simplesmente porque nós temos que interromper o funcionamento de qualquer câmera, qualquer mecanismo eletrônico. Os assassinos precisam de energia elétrica para controlar as coisas. E agora, o próximo passo. — Eu as levei de volta para a porta da frente.

***

Lá dentro, a sala de estar e a de jantar e a cozinha estavam escuras, inspirando presságios. As brasas brilhavam na lareira.

Eu não queria largar o machado, então orientei Emily a colocar a escada debaixo do alçapão quadrado, no meio do teto. Observei atentamente as reações das duas.

— Estará escuro lá em cima. — Estabilizei a escada. — Vamos dar um passeio pelo teto. Você primeiro, Em — pedi, indicando os degraus.

Emily se deteve.

— Por que você não sobe primeiro?

— Eu vou ficar por último. E eu subi ontem. Está tudo bem.

Ela encolheu os ombros e começou a pisar na escada enquanto eu a segurava.

— Agora empurre o alçapão — instruí. — E entre. Acenda sua lanterna e se afaste um pouco para que nós possamos entrar.

Ela se esticou, empurrou o alçapão para cima e o soltou. Conseguiu entrar pelo buraco com facilidade, revelando o espaço escuro e com cheiro de mofo acima da sala. Projetou a luz de sua lanterna para o vazio e depois subiu.

— Deve haver uma escada comprida à sua frente, estou certo?

Emily olhou para baixo.

— Sim... bem aqui.

— Agora é a sua vez, Suzanne.

— Eu? Nem pensar.

— Você vai ficar bem — argumentei. — Emily está nos esperando.

Ela balançou a cabeça.

— Podem ir. Eu espero aqui.

— Nós vamos juntos.

— Venha, Suzanne — Emily chamou.

Suzanne estremeceu, mas então algo pareceu mudar nela, como se tivesse percebido que não tínhamos escolha a não ser confiar uns nos outros. Ela tirou sua bandana e a amarrou na cabeça feito um lenço.

— Pode estar empoeirado lá em cima — explicou.

Subi atrás delas pela cavidade no teto, uma mão ainda segurando o machado, a lanterna no bolso da camisa. Deitei o machado no chão, dentro do espaço.

As lanternas cintilaram, dissipando a escuridão e revelando uma parede e uma escada que conduziam à passagem secreta. Isso era o que eu tinha visto de cima.

— Agora vamos recolher a escada.

— Não entendi o que é essa coisa de metal — Emily disse quando chegou ao topo.

Assim que Suzanne e eu a alcançamos, a exortei a começar a caminhar pelo trilho.

— É uma espécie de monotrilho secreto — esclareci. — E leva a alçapões que dão em todos os quartos.

— Eu nunca imaginaria — Emily balbuciou.

Eu as fiz avançar, mantendo Suzanne no meio de nós.

Andamos pela passagem, sobre o museu da tortura à direita, a biblioteca à esquerda, e depois pegamos o acesso direito, sobre os quartos dos homens. Até chegarmos à porta.

— Parem! — sibilei. — Eu vou na frente a partir de agora.

Passei por Suzanne, equilibrando-me sobre a linha metálica para chegar até lá. Segurando o machado com uma mão, empurrei a porta com a outra.

Uma fresta se abriu.

A luz cintilava lá dentro.

Mas eu tinha desligado a eletricidade. Talvez essa sala tivesse sua própria fonte de energia. Se fosse o que eu suspeitava, isso seria provável.

Invadi a sala, com o machado em punho.

Emily e Suzanne vieram logo atrás e se agarraram a mim.

Não havia ninguém no lugar.

O quarto, do tamanho de um pequeno banheiro, brilhava e tremulava iluminado por velas. Velas em toda parte — em uma mesa larga, sobre um computador e nas laterais de dois monitores. Uma cadeira giratória ficava no meio. Estávamos em uma sala de controle. Sem nenhum controlador para ser visto.

O cheiro me invadiu: o perfume de Suzanne.

Não havia sombras para um assassino se esconder. Nenhum armário de onde ele pudesse sair. Não havia alçapão. Essa sala estava hermeticamente fechada, e nós chegamos pela única entrada.

Mas quanta iluminação! As velas iluminavam as paredes. E havia muitas fotos em exposição, parecendo a galeria de algum artista plástico famoso, alguma celebridade.

— Você já esteve aqui antes? — Emily perguntou.

— Estava trancada ontem, entrem meninas.

Elas me olharam fixamente.

— Vou ficar segurando a porta — disse Emily. — Deve ser uma armadilha.

Suzanne apontou.

— Vejam.

Os quadros na parede não eram obras de arte. Eram recortes de páginas de revistas de fofocas. Havia recortes de jornais, cópias ampliadas desses recortes. E outras fotos, mais antigas.

Sempre a mesma pessoa.

O medo de ser atacado ou descoberto foi esquecido.

— Meu Deus — Suzanne balbuciou.

— É você. — Emily estava incrédula.

Eu também não podia acreditar no que estava vendo. O perfume inebriante me intoxicou. Era uma sobrecarga sensorial, um pesadelo berrante.

— Estou vendo. Estou vendo.

Suzanne na cerimônia do Oscar. Suzanne em uma viagem de férias. Suzanne em seu papel principal naquele filme rodado no Taiti.

Apenas Suzanne.

Polaroides de Suzanne na escola, aos dezesseis anos, desfilando com a fanfarra. Suzanne no palco sendo coroada na final do concurso Miss Colégio Riverside.

— Eu não sei o que isso significa — Emily disse.

Suzanne tremia ao passar de imagem em imagem, reconhecendo seu passado, às vezes intrigada.

— Quem tirou esta foto? Esta sou eu no meu quarto de quando era adolescente.

Apontei para a mesa do computador, onde havia um painel, cercado por velas.

— Veja.

Segurei o machado com mais força. No centro do painel estava a mensagem.

Uma bailarina em miniatura dançando em um carrossel, e ao seu redor — não era necessário contar — onze bonequinhos, homenzinhos de plástico tocando gaitas e flautas .

— Onze tocadores de gaita — Emily sussurrou.

— Estou com medo — Suzanne gemeu.

A inscrição logo abaixo não era lisonjeira. Emily leu os versos em voz alta, sua voz tremendo.

— Venha; eu te mostrarei o julgamento da grande prostituta que está sentada sobre muitas águas: com quem os reis da Terra fornicaram, e os habitantes da Terra se embriagaram com o vinho da sua fornicação. — Ela parou, e então continuou: — E os dez chifres que viste sobre a besta, estes odiarão a prostituta, e a farão desolada e nua, e comerão a sua carne, e a queimarão no fogo.

Fiz um sinal afirmativo com a cabeça.

— Uma cópia do sermão do reverendo que eu li hoje.

Suzanne sussurrou:

— O que significa tudo isso?

— Significa que alguém está tomando os sermões do reverendo James ao pé da letra — respondi. — Tudo planejado nos mínimos detalhes. Mesmo depois da morte dele.

— E isso significa que alguém está monitorando todos os nossos movimentos — disse Emily. — Ela apontou para uma luz vermelha piscando no painel acima de uma pequena lente de câmera em formato de olho de peixe. — Nós estamos sendo observados. Alguém está assistindo a tudo.

— Não mais — decidi. — Caminhei até a luz, destaquei algumas etiquetas adesivas e as colei sobre a lente. Mais alguma câmera?

Enxerguei uma lente esférica em cima de um armário, desses que servem de arquivo, no canto, e usei mais etiquetas para obscurecer a lente. Olhei para os rostos das minhas duas companheiras. Elas estavam sem cor.

— É curioso. A eletricidade neste lugar vem de uma fonte autônoma. — Examinei o painel. — Eu desliguei a chave geral do castelo, mas esta sala ainda está cheia de ligações elétricas funcionando.

Acionei um interruptor no painel e a sala se inundou de luz. O computador acendeu e os monitores ganharam vida. Uma fileira de interruptores no painel brilhou em verde sob as palavras impressas: *Porta Um. Porta Dois. Porta Três.* Até a *Porta Vinte e Quatro.*

— Era isso que eu queria! — Examinei os interruptores.

— Vejam! — Emily exclamou. — Os monitores. Corredores mal iluminados.

Apertei um botão e um cadeado clicou atrás de mim.

— Ele nos trancou aqui dentro. — Suzanne teve um sobressalto.

— Não — repliquei. — Eu nos tranquei aqui dentro.

Então, liguei todos os interruptores ao mesmo tempo.

— É assim que funciona. Agora todas as portas estão trancadas... aquelas que ainda funcionam. E fechadas. Não fique tão preocupada. Você está segura aqui comigo.

Brinquei um pouco com os monitores.

— Aqui estão os ângulos do castelo... ou o que sobrou dele. A sala de estar. Ah, e a cozinha. A biblioteca. Mas nenhum desses outros funciona. Devem ser as câmeras dos quartos, que eu desabilitei.

— Meu Deus. — Suzanne pegou um objeto brilhante de cima da mesa.

— Isso parece o seu anel — observei. — O anel que Glen estava usando no dedo mindinho. Eu o vi no corpo dele caído na neve.

— Você não me contou.

— Quem quer que esteja fazendo tudo isso, está fazendo por sua causa.

Suzanne parecia pálida.

— Quer dizer que ele o tirou do corpo de Glen?

— Deve ter tirado como um troféu, talvez — Emily refletiu.

— Acho que estou entendendo agora. Glen foi punido porque era obcecado por você.

— É isso. Você é o centro disso tudo, Suzanne.

Fiz um sinal em concordância.

— Todos os bilhetes que você supostamente escreveu. Eram para atrair as vítimas, mas também para julgá-las, para expor suas verdadeiras intenções. O perfume...

— Eu juro que nunca fiz isso. — Suzanne se encostou na parede. — Estou com medo. Realmente assustada.

Emily a abraçou.

— No início eu pensei que o reverendo James, ou quem quer que seja o assassino, estivesse tentando incriminar você — falei. — Você parecia estar por perto em todas as mortes. Mas então eu pensei: *Não, isso é uma obsessão.* E era.

— Também pensei que o culpado fosse o reverendo James — Emily acrescentou. — Punindo nós todos pelo que fizemos.

— Todos nós somos parte do jogo — falei —, como peças de um quebra-cabeça, interligados. Suzanne, reverendo James, Emily e eu. Todos nós somos peças-chave neste jogo. Mas quem está no controle?

— Você sabe que não sou eu — Emily reagiu.

— Nem eu — Suzanne emendou.

— No fim das contas, o assassino é alguém de fora. — Emily continuou. — Não tem como qualquer um de nós três estar envolvido nisso. É o concierge. Ou o dono do castelo.

Suzanne assentiu.

— Eu percebi que ele era assustador.

— Ele era seu fã? O concierge.

Suzanne balançou a cabeça.

— Quando ele estava servindo o jantar, me ignorou completamente. Eu acho que ele nem sabia quem eu era.

— Talvez o dono tenha uma adoração fanática por você — Emily não parava de falar. — Mas nós não sabemos o que ele quer.

— Obviamente ele quer você, Suzanne — despejei. — E obviamente quer punir a todos nós pelos muitos crimes que nós cometemos. Inclusive o crime de estarmos envolvidos com você de alguma forma. Os Doze. Eu não sei. Ele nunca teve a intenção de matá-la. O décimo primeiro dia é para você.

Ela meneou a cabeça.

— Não. — Apontou para a última parte do verso que tínhamos lido no console: — "... e a farão desolada e nua, e comerão a sua carne, e a queimarão no fogo". Vocês acham mesmo que essa pessoa nunca pensou em me matar?

Nesse momento eu também a abracei.

— Nós nunca vamos deixar isso acontecer.

Emily sentou-se na cadeira giratória, afastou para o lado os onze tocadores de gaita e bateu os dedos no teclado. Uma tela de computador se acendeu.

Olhei para o monitor.

— Emily, o que você está fazendo?

— Já que nós temos computadores aqui, quem sabe eles têm acesso à internet? Talvez possamos ligar para a polícia, discar 190, ou o que quer que seja na Itália. — Ela ajeitou o teclado e começou a digitar.

— Meu Deus, eu acho que nós estamos conectados à internet.

— Chame a polícia! — Suzanne gritou. — Chame a polícia. Rápido.

— E a ambulância, os bombeiros, um helicóptero, todo mundo — exigi. — *Squadre volanti.*

Suzanne segurou em meu ombro. Eu me virei e ela apontou para um dos monitores.

— Cuidado!

No monitor que vigiava o corredor do lado de fora, alguma forma escura se aproximava da porta rapidamente.

O carrinho!

A porta tremeu e uma batida muito forte sacudiu a sala como um relâmpago.

— Jesus. Nós estamos sendo usados como marionetes.

O carrinho manobrou e recuou ao longo do corredor, atirando-se mais uma vez contra a porta. Mais uma vez a porta estremeceu, mas não caiu.

— Merda. — Eu não podia acreditar.

— Estamos sendo atacados — disse Emily.

Olhei fixamente para o monitor e tentei ver onde estava o carrinho.

— Eu seguro a porta. Emily, você tenta chamar a polícia. Suzanne, fique de olho no monitor e me diga o que está acontecendo.

Calculei o peso do armário encostado a um canto e o arrastei pela sala, empurrando-o contra a porta. O carrinho bateu novamente, e com tanta força que toda a sala tremeu. Uma foto de Suzanne caiu da parede. Mas a porta continuou em pé, sua fechadura intacta.

Só mais um golpe seria necessário.

— Emily, conseguiu alguma coisa?

— Achei um site que fala sobre chamadas de emergência. Eles mandam digitar 112. Vale para toda a União Europeia. Ou 113. *Polizia.*

— Mas e se você não tiver um telefone?

— Eu vou dar um jeito — Emily respondeu.

Suzanne deu um grito.

— Está manobrando e voltando novamente.

Segurei o armário contra a porta, esperando o próximo golpe.

— Já entendi. Estou ligando — disse Emily alguns segundos depois. — Ligando agora... onde está o microfone nessa coisa?

Os alto-falantes do computador fizeram um clique e nós ouvimos uma voz.

— Olá? Qual é a sua emergência?

— Precisamos de ajuda!

— *Pronto?* Qual é a sua emergência?

— Merda. Eles não estão nos ouvindo. O microfone não está conectado. — Ela se atrapalhou com o cabo do microfone e o ligou ao computador.

— Cuidado! — Suzanne gritou.

O impacto do golpe seguinte derrubou o armário e eu fui obrigado a segurá-lo para evitar que caísse sobre a cadeira. Eu o aprumei, mas a porta tinha sido arrombada. Eu sabia disso porque uma corrente de ar frio entrava na sala aquecida, vinda do corredor gelado. A fechadura bipou uma vez e clicou ao ser arrancada da madeira.

— Merda.

Empurrei o armário de volta ao lugar e Suzanne ficou de olho no monitor para acompanhar o movimento.

— Não tem nada lá fora.

Agarrei o machado com força.

— Tudo pode estar sendo controlado remotamente.

— Mas não desta sala. Ele deve estar em outra parte do castelo.

Emily gritou para o microfone.

— Venham rápido, 112, emergência. Por favor, venham rápido.

Milagre dos milagres, a voz de uma mulher respondeu em inglês, com sotaque italiano.

— Por favor, mantenha a calma. Diga onde você está e qual é a emergência.

— Houve um assassinato. Vários assassinatos. Nós estamos presos no Castello di Rocca. Emilia. O assassino está tentando nos pegar...

Aguardamos enquanto a socorrista absorvia as informações.

— Fique calma e permaneça na linha. Por favor, nos dê sua localização exata.

Emily olhou para mim.

— Eu não tenho ideia de onde nós estamos.

— *Castello di Rocca*, porra — gritei para o microfone. Eles deviam saber onde ficava. — Perto de Reggio Emilia. Ciano d'Enza. O rio Enza. Diga para rastrearem a chamada.

— Ciano d'Enza — Emily gritou. — Venham rápido. Ele vai nos matar.

O computador apagou. Os monitores escureceram. As luzes foram desligadas.

— Ficamos sem energia — disse Emily. — À luz cintilante da vela, o rosto dela parecia vermelho e fantasmagórico.

— Eu vou matá-lo — prometi. — Quem quer que seja, não vai entrar nesta sala. Prometo isso a vocês.

Segurei a raiva como um líquido quente prestes a transbordar de uma xícara. Me arrepiei enquanto segurava o machado. Eu estava pronto.

Suzanne se debruçou sobre Emily.

— A polícia virá?

— Sim, eles estão vindo.

— Ouçam, vocês duas. Agora nós só precisamos esperar. Vamos vigiar. Nós temos que mantê-lo longe daqui.

Eu disse isso para tranquilizá-las, mas o desânimo em meu instinto me avisava de que a mensagem não tinha sido transmitida, de que os serviços de emergência não faziam ideia de onde estávamos e poderiam até tratar a ligação de Emily como um trote.

O cheiro me alertou antes do som sibilante de que estávamos sendo monitorados de todos os ângulos. Quem quer que fosse esse assassino, ele tinha muitos truques na manga. Ele não ia entrar na sala, não comigo empunhando um machado. E também não precisava disso. A verdade, a horrível verdade, era, eu percebi, que ele ia nos intoxicar.

— Rápido, tente bloquear a entrada do gás.

— O que é isso? Veneno?

— Cubram o nariz e a boca — instruí. — E então percebi que Suzanne já tinha colocado a bandana na frente do rosto.

— Deve haver um ventilador aqui. Essas velas precisam de ar.

Afastei o armário da porta para respirar o ar fresco do corredor. Depois senti o cheiro de um perfume pungente vindo do carrinho. O assassino deve ter colocado um tubo que levava ao buraco da porta feito pelo carrinho e agora estava bombeando gás para dentro da sala. Eu precisava pará-lo. Eu tinha que...

Meus últimos pensamentos foram: *Ele está nos envenenando com o perfume de Suzanne. Ou ele misturou o clorofórmio com o perfume dela.*

***

Acordei com a sala girando, algemas de metal apertadas nos pulsos. Estava algemado de costas com Emily na cadeira giratória. O armário estava afastado da porta, que agora estava bem aberta.

— Emily, você está bem?

Emily moveu a cabeça para trás e bateu na minha.

— Ai.

— Suzanne! — Girei o pescoço ao redor da sala. — O que foi aquilo?

— Acho que era alguma forma gasosa de etorfina — Emily explicou.

— Eu já falei sobre as coisas que eles usam para tranquilizar animais selvagens. Pelo menos ainda estamos vivos.

— Suzanne! — chamei novamente. Eu me remexi na cadeira.

— Ela não está aqui, Rafe.

Não podia ser.

— Ela... — Emily não terminou o que tinha começado.

Nós estávamos pensando a mesma coisa, eu sabia.

— Ela deve fazer parte disso — Emily prosseguiu. — Ela colocou aquela bandana no rosto antes mesmo de nós sabermos que estávamos sendo intoxicados.

— Mas... e aquele santuário? O que era aquilo? Nada disso faz sentido. Ela é o alvo. Ela é uma vítima.

— E eu quero saber por que nós ainda estamos vivos — falei. — Ele... ela... eles poderiam ter nos matado... de novo. Nós estamos sendo enganados aqui.

— Não se anime, Rafe. Estamos algemados a esta cadeira.

— Algemados. Hmm. — Tentei dobrar o pescoço para ver as algemas. — São as mesmas que usei para prender o reverendo James.

— Ele nos quer vivos — Emily gemeu — até o fim. No décimo segundo dia. Isso me dá náuseas.

— Se são as mesmas algemas que eu usei no reverendo James, então nós temos uma chave — falei. — No meu bolso.

— Louvado seja o Senhor. — Mesmo nessas circunstâncias terríveis, sua resposta irônica me fez rir.

— Você consegue alcançar o bolso esquerdo da minha calça? — arrisquei. — Estou sentindo a chave. Vou tentar me esticar na sua direção.

Ela torceu a mão e esticou os dedos. Senti o apalpar, procurando a chave.

— Está aqui!

— Agora a parte difícil — falei. — Você consegue colocar a chave na fechadura e girá-la?

— Fácil.

Mas não foi fácil. Emily se esforçou e suou, tentou segurar as algemas, parou um pouco para descansar até finalmente enfiar a chave na fechadura. Ela a torceu lentamente e conseguiu destrancá-la.

Tirou a algema do meu pulso.

— Mulher-Maravilha — elogiei, agradecido.

— Agora você tira as minhas.

Eu a libertei com facilidade.

— Minhas mãos estão completamente dormentes — Emily gemeu. — Mas nós estamos livres. E agora?

— Vamos sair daqui.

— E quanto a Suzanne? — ela quis saber. — Temos que encontrá-la.

— Se ela foi sequestrada, sim. Se ela estiver em conluio com esse louco, não.

De qualquer maneira, precisávamos saber onde ela estava. Emily apontou para o painel com onze homenzinhos tocando gaitas e flautas que ela havia afastado para mexer no computador. A bailarina de plástico no centro tinha sido quebrada em pedaços.

— Pode ter acontecido quando o carrinho bateu na porta. Balançou a sala inteira — eu disse.

— Ou isso pode significar que ela já está morta.

— Venha. Eu sei onde procurar.

***

Nossas armas se foram, mas ainda tínhamos as lanternas. Mesmo assim, ficamos cegos na passagem escura após o brilho da sala iluminada pelas velas. Tropecei no carrinho do trilho e bati com a canela. Uma emboscada era previsível. Conseguimos avançar, e eu levei Emily pela mão até o alçapão que, segundo me lembrava, levaria ao museu da tortura. Abri a tampa do alçapão e espreitei.

Não sabia o que esperar. Talvez a vítima do décimo primeiro dia do Natal.

Dirigi a luz da lanterna para o cadáver de Linda, mais abaixo. O ar frio soprava forte por toda a sala, uma vez que as janelas estavam bem abertas.

— Estamos no meio da noite — constatei. — Nós ficamos no sótão por horas.

— Não me obrigue a descer por aí — disse Emily enquanto me via sair pelo alçapão.

— Melhor do que ficar aí em cima. — Mirei uma área do chão que estava desocupada, saltei, rolei e me coloquei de pé. — Eu seguro você.

Emily passou pela abertura e se soltou na minha direção, caindo bem em cima de mim.

Nós iluminamos a sala: a guilhotina, a janela aberta onde as cortinas dançavam como fantasmas graciosos, a dama de ferro, a cabeça decepada. Cadáveres.

Eu esperava por outro. E me perguntava qual teria sido o instrumento de tortura diabólico que teriam usado nela. Um cadáver empalado no berço de Judas. Mas não havia nenhuma vítima recente.

Meu estômago doía. Vasculhei o armário em busca de armas.

— Pegue, Emily. — Passei para ela um extrator de língua e peguei um soco inglês para mim, e também um estripador de seios, para garantir. — Cuidado. Alguém pode estar de tocaia.

Congelei ao som de uma respiração difícil, do gemido da madeira. Uma luz cintilante que lançava sombras de demônios nas paredes traseiras vinha de debaixo da porta fechada da biblioteca.

— Lá dentro — Emily sussurrou.

Fiz um sinal afirmativo com a cabeça.

— É uma armadilha — ela sussurrou novamente. — Não...

Mas eu não hesitei. Empurrei a porta, com as armas na frente do corpo.

Velas acesas pontilhadas no chão.

A roda de Santa Catarina tinha sido colocada no centro da biblioteca. Por que eu não notara sua ausência no museu da tortura? Suzanne estava dobrada para trás sobre a roda, amarrada pelos tornozelos e pulsos. Ela abriu os olhos, primeiro com terror e depois com alívio.

— Graças a Deus. Rafe! Emily!

Ao redor dela, uma centena de velas brilhantes pingavam cera sobre o piso.

— Onde ele está? — gemeu ela.

— Quem? — Emily estava confusa.

— Não sei. Eu não o vi. Acordei amarrada nesta monstruosidade. Estou aqui há horas. Mas eu sabia que ele viria me buscar ao amanhecer.

— Ela apontou com um movimento de cabeça para a parede atrás de nós, onde um bilhete havia sido afixado:

> *Amanhecer. No décimo segundo dia do Natal, o meu verdadeiro amor me enviou doze tocadores de tambor.*

Ela estremeceu.

— Acho que serei sacrificada. A mais cruel das mortes. Depois de ver aquele quarto com todas as minhas fotos, eu sei...

— De jeito nenhum.

Desamarrei suas mãos, Emily soltou seus pés, e juntos nós a ajudamos a sair da roda.

Puxei sua mão esquerda.

— Veja.

Suzanne sacudiu a mão, surpresa por ver o anel em seu dedo. O anel que Glen havia usado, o anel que o assassino havia retirado do corpo dele e deixado na sala de computadores.

Eu a encarei fixamente. Sentimentos muito conflitantes. E suspeitos. Mas agora ela tinha que ser inocente, eu estava certo disso.

No entanto, ela havia sido deixada ali para viver, não para morrer. Como uma armadilha. Fiz uma varredura na sala, verificando as portas. E então ouvi um barulho acima das nossas cabeças. Um estrondo. Estava fazendo eco aos batimentos do meu coração.

Tum. Tum. Tum.

— O que é isso? — perguntei.

— Doze tocadores de tambor? — Suzanne arriscou. — Deus, não, ele está vindo atrás de mim.

Ouvi a batida. E soube o que era.

— Vamos sair. O pátio. Rápido!

DOZE TOCADORES DE TAMBOR

A escuridão ainda envolvia o castelo, mas, quando saímos da biblioteca e corremos para a sala de estar a fim de olhar pela janela, vimos raios brancos no horizonte — o amanhecer do décimo segundo dia do Natal.

Um holofote vindo do céu percorreu o pátio, e nós erguemos o rosto para ver os faróis de um helicóptero iluminarem as paredes do castelo. Apontamos nossas lanternas para o céu através da janela, e momentos depois o helicóptero começou a descer sobre o pátio.

Meu coração disparou.

— Deu certo, Emily! Eles levaram a sério o seu pedido de socorro.

Quando a aeronave pousou, a neve espirrou nas janelas bloqueando a nossa visão. As hélices haviam criado uma pequena tempestade e a força do motor agitava as vidraças. Sentimos a vibração do ar, a neve voando por todo lado, o estrondo das hélices enquanto o helicóptero manobrava seus esquis sobre a pista de gelo. Jatos de ar atiravam neve contra as paredes do castelo.

Quando o pouso terminou, pude ver o helicóptero em todos os seus detalhes: um bimotor Kawasaki BK117. Estava equipado com holofotes, câmeras e guinchos para operações de busca e resgate. Assim que aterrissou, três paraquedistas uniformizados, com armas de ataque, desembarcaram e correram em direção à porta principal. Apressei-me até a entrada, abri a porta e levantei as mãos.

— Obrigado por estarem aqui!

O líder baixou a arma.

— *Qualcuno ferito?*

— Há sete cadáveres — gritei. — Nós achamos que o assassino ainda está no castelo.

Mas era impossível ser ouvido com os motores ligados. Eu me afastei para permitir que os paraquedistas passassem pela entrada da frente.

— Quantos vocês são? — um deles gritou para mim.

— Três sobreviventes — gritei de volta, sinalizando com os dedos levantados. Emily e Suzanne se aconchegaram a mim.

Dois médicos carregando mochilas andaram pela neve e seguiram os paraquedistas para dentro, seguidos por um homem vestido com um casaco de esqui azul-celeste fluorescente, como se ele pretendesse passar o dia esquiando.

— *Energia?*

Balancei a cabeça.

Na sala de estar, os médicos rapidamente examinaram Emily e Suzanne. Um deles colocou uma grande lâmpada elétrica sobre a lareira.

O civil se apresentou como *ispettore* Tivoli.

— *Cos'è successo?*

— Por onde eu começo? — falei. — Talvez o museu da tortura. Há quatro cadáveres lá dentro; mas há também um corpo em um dos quartos, um na lagoa e outro no monte de neve debaixo da torre. Posso lhe mostrar a localização exata.

— *Madre mia.*

— Mas ouçam: o assassino ainda está no castelo. Vocês precisam verificar isso. Este lugar tem corredores secretos acima das salas e uma sala de controle escondida. Eu mostro para vocês.

O inspetor traduziu tudo isso para os paraquedistas que aguardavam em seus postos quando ouviram a última informação.

— Rafe! — Emily chamou. — Ela apontou para a mesa da sala de jantar. — Ainda não terminou. O jogo...

A cabeceira da mesa tinha sido adornada com doze bonequinhos de tocadores de tambor e um pergaminho no qual havia sido impresso o Credo dos Apóstolos. Terminei a sua frase:

— ... ainda não terminou.

Caminhei até a mesa, peguei o papel e li os conhecidos doze artigos de fé que eram o fundamento da Igreja Cristã.

Na parte inferior, rabiscado no que se parecia muito com a caligrafia de Suzanne:

> *E assim o turbilhão do tempo traz suas vinganças. Eu vou me vingar de toda a sua matilha!*

— Outro versículo bíblico — Emily suspirou.

— Não — Suzanne corrigiu. — Isso não é da Bíblia. É Shakespeare. *Noite de Reis.* A décima segunda noite. A última fala do discurso de Feste e depois a fala de Malvólio.

Olhei fixamente para o espelho, tentando decifrar o enigma. Encarei minha imagem refletida. Você podia olhar para o espelho ou podia olhar através do espelho para o que estava sendo refletido. Ou você podia olhar atrás do espelho, como Dorothy olhou atrás de uma cortina em *O mágico de Oz.*

Noite de Reis? Uma lembrança ecoou desconfortavelmente na minha mente, fora do meu alcance consciente. Até que Suzanne disse:

— Você lembra da peça da escola em que nós atuamos? *Noite de Reis.* Talvez tenha algo a ver com isso.

Noite de Reis fala sobre reflexos, disfarces, personagens se disfarçando de outros personagens. Sobre aparência e enganos e... vingança.

— Sim, a ver com tudo — falei, percebendo de repente a verdade. — com tudo. Tem a ver com espelhos. Reflexo.

***

Estive ocupado toda a manhã caminhando pelo castelo com os paraquedistas e o inspetor. Ele isolou as cenas dos crimes, e eu expliquei a sequência dos eventos, como os assassinatos foram descobertos.

Então, nós enfrentamos o ar da manhã e eu apontei o paradeiro do cadáver congelado de Mike na lagoa, já completamente enterrado na neve. O mesmo quanto a Glen. Indiquei onde ele havia caído, e os marcadores que eu usara para identificar o local exato.

— Ele é muito importante — falei. — A chave de todo esse mistério. Por favor, me avisem quando vocês conseguirem localizar e recuperar o corpo dele.

Contei sobre o concierge e seu carro na garagem, e o inspetor assentiu. Ele conhecia o *signor* Antonio Alfieri da vila.

Ao meio-dia, o castelo e seus arredores, segundo o inspetor, estavam "seguros", declarou ele em seu inglês muito formal. Nenhum vestígio do assassino havia sido encontrado, apesar de terem vasculhado os corredores secretos e revistado a sala de controle e o porão. A perícia chegaria mais tarde, depois que os sobreviventes fossem transportados pelo ar, e ele prometeu que eles revirariam o lugar de cabeça para baixo. Os corpos dos falecidos seriam tratados com a dignidade necessária, removidos para o necrotério mais próximo, e os parentes seriam informados. Mas tudo era por enquanto uma cena de crime, e nós tínhamos agido bem em não tentar mover ou adulterar as provas.

— Ainda não encontraram o assassino. — Emily gemeu. — Eles revistaram todas as salas, os corredores, as passagens secretas.

Balancei a cabeça.

— Estão procurando nos lugares errados. Eu sei exatamente onde ele está.

— Você sabe? — Emily questionou. — Pelo amor de Deus, diga.

— Acabei de descobrir. Ou melhor, Suzanne descobriu por mim.

— Eu?

Emily e Suzanne estavam de pé ao redor do fogo, enroladas em cobertores. Eu andava para lá e para cá. As peças estavam finalmente no lugar. Eu só tinha que conseguir provar a minha tese.

Nesse momento, o inspetor e sua equipe se juntaram a nós na sala de estar. A ironia, e eu não acreditava em sincronia, era que havia doze pessoas nessa reunião, uma epifania no momento da revelação: nós três, quatro paraquedistas, os dois médicos, o inspetor, o piloto do helicóptero... e o assassino, que estava ainda dentro do castelo, eu supunha.

Não. Eu sabia. Eu sabia exatamente onde ele estava.

Chegou a hora do almoço e os socorristas trouxeram comida. Não íamos tocar nas delícias do concierge por medo do veneno, então nos contentamos com alguns *paninis* e um pouco de *brodo*.

Depois do almoço, sentamos em círculo na sala de estar, tomando café. Fiquei em frente ao espelho e chamei a atenção de todos.

— Como todos sabemos, o décimo segundo dia do Natal é o dia da epifania, quando Cristo revelou ao mundo a verdade sobre si mesmo.

O inspetor acenou com a cabeça, com um ar confuso. Ele não tinha vindo aqui para ouvir um sermão.

— Não se preocupe, *inspettore*, não estou fingindo ser Cristo. Ou tentando agir como Cristo. Sou um filósofo, então não acredito em plano espiritual, ou em predestinação divina para a humanidade, ou no significado cósmico dos sinais numerológicos. Nem mesmo em coincidências. Introduzida inicialmente pelo psicólogo Carl Jung, a noção de sincronicidade sustenta que a ocorrência simultânea de eventos sem relação causal pode consistir em "coincidências significativas". Portanto, os eventos estão relacionados.

Emily franziu as sobrancelhas.

— Vá direto ao assunto.

— Os doze dias são o meu ponto. Talvez o reverendo James acreditasse realmente que Deus organiza os eventos dessa maneira, ou quem sabe Satanás. Mas o que aconteceu aqui foi um escárnio, o arremedo de um plano. O assassino explorou as superstições ingênuas e medievais do reverendo James em um padrão significativo pelo qual o universo é numericamente consistente. E é disso que eu quero falar. Por que esse assassino agiu dessa maneira, como ele o fez e, o mais importante, quem ele é.

Eu ainda não tinha certeza se estava à altura da tarefa. Havia reunido tudo o que podia ao longo do caminho, e as pistas agora faziam sentido. Mas talvez estivesse me enganando, tentando enxergar um padrão significativo baseado em insignificâncias aleatórias. Talvez eu estivesse procurando um paralelismo causal inexistente?

Eu me dirigi ao inspetor.

— Nós somos os remanescentes dos discípulos de um grupo religioso chamado os Doze, liderado pelo reverendo James, que organizou este retiro para nos isolar e nos fazer arrepender pelos nossos pecados. Mas alguém queria vingança, julgamento. Alguém nos queria mortos. E, se você me der alguns minutos, vou tentar explicar.

O inspetor cruzou as pernas e se recostou no assento.

— Prossiga.

— A peça número um é a gravação tocada na quarta noite do Natal. Aquilo foi planejado. E essa pessoa que desejava a nossa morte afirmou que era um de nós. Um Judas, um traidor dos Doze. Isso nos desconcertou, porque começamos a nos acusar uns aos outros. Mas ele cometeu um erro. Essa história não é um livro de Agatha Christie, um conto de mistério. Esses crimes não poderiam ter sido cometidos por qualquer um de nós. Os assassinatos que testemunhamos exigiam conhecimentos de engenharia, cálculo, colaboração. Como todos sabem agora, há uma elaborada rede de passagens e equipamentos de vigilância neste castelo, e instrumentos de tortura pesada, o que impossibilitaria um único assassino de realizar todos esses crimes.

— Então, se não era um de nós — interrompeu Emily —, então quem foi? O dono do castelo? Só ele saberia sobre essas passagens. Ou o concierge.

Fiz um sinal com a cabeça.

— Uma pessoa queria a todos nós mortos. E essa pessoa estava no grupo. Mas eu suspeitei que houvesse uma conspiração. Ele ou ela tinha que ter um cúmplice. Um assassino. O concierge, talvez...

— Você está dizendo que nós ainda somos suspeitos? — Emily tinha os olhos esbugalhados.

Fiz que sim com a cabeça novamente.

— Um assassino que quer ter a satisfação de ver suas vítimas morrerem de formas horríveis teria gostado de permanecer até o fim para ver o resultado da arte dele... ou dela.

Emily olhou para Suzanne e eu rebati seu olhar. Então as duas olharam para mim. Talvez todos esperassem que eu confessasse que eu era o assassino.

— Os doze dias do Natal não renderam doze mortes — constatei. — Apenas sete. Talvez nós três devêssemos sobreviver? Talvez ele estivesse apenas brincando conosco. Ele poderia ter nos matado, mas não o fez. Ele nos queria vivos no fim. Para quê?

— Não estou entendendo — disse o inspetor.

— Vamos voltar ao primeiro assassinato. Ou ao acidente. Ou à farsa que deu horrivelmente errado. Ou ao engano.

O oficial me ouvia atentamente. De vez em quando, os outros sussurravam uns para os outros, traduzindo minha narrativa para o italiano.

— Todos nós viemos para este lugar trazendo segredos, e muitos tivemos a intenção de expô-los, ou tornar os outros responsáveis por ações passadas. Sabemos, por exemplo, que Glen, a primeira vítima, tinha um caso com a esposa do reverendo, Linda. Sabemos também que Suzanne o havia magoado, que ele ainda não tinha superado essa dor, e que planejava confrontá-la neste retiro. Ele usou o anel dela até o dia da morte.

Suzanne acenou com a cabeça.

— Glen me chamou para mostrar esse anel. Ele queria, nesses doze dias, resolver as coisas com você. Ele mesmo me disse. Você me mostrou uma carta que dizia o mesmo. E ele não era o único. Quase todos os homens aqui eram apaixonados por você; e eles esperavam ter a chance de falar com você sobre isso. Você recebeu bilhetes e ouviu sussurros de Danny. E até mesmo eu, devo confessar, tinha assuntos para resolver.

Suzanne abriu a boca para se opor.

— Eram bilhetes falsos. Não fui eu que escrevi.

— Além disso, Glen sabia de alguma coisa. Ele disse a Emily e a mim para trancarmos nossas portas. Ele sabia que algo iria acontecer. Ele sabia que havia um plano para matar todos nós. Talvez ele conhecesse o assassino. Mas ele morreu antes de poder me contar.

— Ele foi assassinado para que não conseguisse abrir o jogo — Emily constatou.

— Abrir o jogo? — perguntou o inspetor.

O homem ao seu lado traduziu para ele.

Eu continuei.

— Não foi por acaso. A sacada tinha sido adulterada.

— Então quem matou Glen? — Emily indagou. — Você sabe?

— Obviamente, o reverendo James seria um suspeito. Ele queria vingança por ter sido traído pela esposa e por Glen. Mas ele ficou horrorizado quando descobrimos que Glen realmente havia sido assassinado. Ou talvez Linda tenha sido a autora. Eu vi alguém falando com Glen pouco antes de ele ser assassinado.

— *La trama densa* — o inspetor comentou.

— Eu suspeitava de Linda. De Alison. Até mesmo de você, Emily. Mas no corpo dele havia um traço de perfume. Seu perfume, Suzanne.

Suzanne balançou a cabeça.

— Eu fui incriminada.

— Talvez. Talvez não. Talvez você e o assassino tenham traçado um plano, e criado esse teatro, uma pista tão óbvia que não se podia acreditar.

— *Che?* — disse o inspetor.

— Assassinato número dois. Stephen veio falar comigo. Estava apavorado. Ele também sabia de alguma coisa, mas foi tirado de cena antes que pudesse falar. Isso se tornou um padrão aqui. Ele sabia dos planos do reverendo James, e então, quando descobriu que Glen tinha sido assassinado, imaginou que o reverendo estivesse querendo acabar com todos nós.

Emily concordou.

— Esse era o meu palpite.

— Sim, nós percebemos então que havia um padrão, e que ele se baseava nos sermões do reverendo James. Glen foi apedrejado até a morte por adultério, Stephen foi decapitado, assim como aconteceu no primeiro e segundo dias do Natal com os primeiros mártires cristãos. Começamos a suspeitar que houvesse um esquema em andamento.

Suzanne se remexeu na cadeira, parecendo desconfortável.

— Mas Stephen estava por trás de todos os arranjos, segundo dizia o reverendo James. Ele alugou o castelo, ele trabalhou com James nos sermões, ele veio até aqui com antecedência para preparar as coisas. Então talvez ele tenha sido o organizador de tudo isso, mas depois teve uma crise de consciência, e por isso precisou ser descartado.

Emily balançou a cabeça.

— Eu também pensava assim. Mas...

— Depois os assassinatos em série, como planejado. Um por dia. E cada um deles tinha uma coisa em comum.

— Os doze dias — disse Suzanne.

— O seu perfume, Suzanne. Cada uma das cenas de crime cheirava ao seu perfume.

— Eu disse que ele estava tentando me envolver.

— Eu pensei assim no início, mas depois percebi: os assassinatos aconteceram *por sua causa*. Ele não queria envolver você, mas as vítimas. Cada um tinha algum tipo de vínculo com você. Cada assassinato era uma mensagem para você. E foi assim que eu decifrei o mistério.

— Decifrou? — Suzanne arregalou os olhos.

— Sim. O problema com Glen. Ele nunca a deixou em paz. Ele era obcecado por você. Stephen a amava. Nunca a esqueceu. Danny e Mike também eram apaixonados. E eu. — Caminhei pela sala para evitar o olhar de Suzanne. Senti o rosto queimar. — Eu me apaixonei por uma imagem, mantive aquele fantasma vivo por vinte anos. Mas acabou.

Ela também tinha o rosto vermelho.

— Não!

— Danny pediu para se encontrar com você.

— Mas eu não escrevi bilhete nenhum.

— Mike parecia um cachorrinho quando você estava por perto.

— O que você está dizendo? Ele os matou por minha causa?

— Você viu o santuário. Tudo isso foi por sua causa.

— Então por que duas mulheres foram mortas? — Emily questionou.

— Eles eram todos inimigos. Suzanne, eles estavam com ciúme de você. Linda a odiava. Alison a odiava. Elas camuflavam o ódio num julgamento cristão piedoso. Você era a prostituta da Babilônia.

Suzanne estremeceu.

— O concierge nem me conhecia.

— Pense bem. Foi um de nós.

— Você está com essa ideia fixa — disse Emily. — Mas nós não tínhamos os meios. E podemos descartar os mortos da lista de suspeitos.

— Talvez não — continuei. — Convenientemente, Glen está morto. Stephen também. E o reverendo James admitiu que ele e Stephen planejaram esse circo para purgar nossos segredos, nossos pecados.

— Mas ele não planejou os assassinatos — disse Emily.

— Convenientemente? — repetiu o inspetor Tivoli. — Por que convenientemente?

— Alguém viu o cadáver de Glen?

— Todos nós vimos.

— Tem certeza? Inspetor, por favor nos diga o que você encontrou, e o que eu suspeitava havia algum tempo, mas não tinha certeza até que Suzanne me lembrou de *Noite de Reis*, a peça da escola.

O inspetor deu um passo à frente.

— Meus homens resgataram o corpo que caiu da sacada. O cadáver foi identificado, como você sugeriu, como um homem desaparecido da vila nos últimos doze dias, *signor* Rafe. O concierge, Antonio Alfieri.

Suzanne e Emily tiveram um sobressalto.

— O quê?

Fiz um movimento de cabeça.

— Eu presumi que fosse o corpo de Glen. Todos nós pensamos. Mas depois, depois que comecei a suspeitar de que tudo não estava como deveria, voltei ao local do crime e dei outra olhada. E descobri que a mão que usava o anel também mostrava uma marca de nascença, no formato de um corpo feminino. Eu tinha visto essa mesma marca de nascença quando o concierge me trouxe aqui no primeiro dia.

— Quer dizer que Glen...

— Não está morto. A pessoa que eu vi com ele antes de ele "morrer", achei que fosse uma mulher. Estava tão preparado para pensar que fosse um romance noturno, mas era o corpo miúdo do motorista que eu vi entrando em seu quarto. Aconteceu uma discussão. Então Glen deve ter matado o homem e plantado o seu corpo para que nós encontrássemos, eliminando-se, assim, da lista de suspeitos. O aviso de Glen serviu para desviar minha atenção e colocar a culpa no reverendo.

— Entendi. Ninguém acusaria um homem morto de ser o assassino — Emily concluiu.

— Mais tarde encontrei o carro do concierge escondido atrás do castelo, na garagem. Ele não saiu daqui.

— Você nunca me contou isso — disse Emily.

— Desculpe, Em. Nós estávamos sendo monitorados. Eu não podia deixá-lo ouvir que o tinha descoberto.

Suzanne sentou-se novamente, apertando a barriga.

— Estou me sentindo mal. Foi tudo por minha causa.

— Então o que aconteceu com Glen? — Emily perguntou.

— Ele deu andamento aos planos do reverendo James. Todas as anotações de sermões eram reais, mas os assassinatos não faziam parte do plano do pastor. Ou de Stephen. Não é de admirar que o reverendo James pensasse que Satanás tinha vindo para assombrá-lo.

— Então, se Glen fez tudo isso, ele ainda está...

Fiz que sim com a cabeça.

— E a estrutura engenhosa que ele elaborou foi projetada para monitorar todos vocês, para fazê-los entrar em pânico, para deixá-los em agonia.

Suzanne retorceu as mãos.

— Por quê? Por quê?

— Ele odiava o reverendo James, odiava Alison, os fanáticos religiosos que o condenaram, que o expulsaram da Igreja. E Linda tinha dado as costas para ele. Ele tinha ciúme de mim, odiava os homens que estavam apaixonados por você, Suzanne. Queria você para ele. Vingança, assassinato, ódio, amargura. O reverendo James desenhou o caminho para ele seguir.

Emily afundou no seu assento.

— E onde ele está agora? Glen?

— Ele está nos observando enquanto falamos. Está me ouvindo.

— Na sala de controle?

Balancei a cabeça.

— Mas uma coisa ainda me intriga. Por que ele me deixou vivo, e também a Emily? Emily por duas vezes. Nós éramos seus amigos, seus aliados. Talvez ele tenha mostrado misericórdia. Talvez tenha se arrependido. Talvez ele tivesse dúvidas. Devo perguntar a ele mesmo? Glen?

Ao meu lado, um paraquedista segurava em suas mãos um aríete portátil vermelho brilhante usado para arrombar portas.

— *Permesso*? — Tirei o equipamento dele e, em um movimento rápido, espatifei o enorme espelho que ocupava toda a parede atrás de mim.

Os policiais apontaram suas armas, primeiro para mim e depois para a sala escondida atrás do espelho. Enquanto o vidro se estilhaçava e caía no chão, uma figura magra ficou diante de nós, desgrenhada, sem barba, mas não chocada por ter sido descoberta.

Glen parecia ter esperado por isso. Ele ergueu as mãos e deu um passo à frente, sem pressa, avançando na direção das armas dos paraquedistas.

Atrás dele vimos um quarto com uma cama, uma geladeira, um computador, um sofá. Seu alojamento secreto, onde ele tinha morado todo esse tempo. O espelho escondia uma vidraça, assim ele podia assistir a tudo o que acontecia na sala de estar. Desde o início, ele observava cada movimento nosso. Eu sempre tivera pressentimentos, intuições baseadas em sentimentos estranhos. O vidro unidirecional nem sempre é unidirecional. À noite. No silêncio, eu ouvia sons estranhos. Quando desliguei as luzes da árvore de Natal, um reflexo de luz ainda brilhava no espelho. Mas não era um reflexo.

— Eu falei certo, Glen? O que eu deduzi é verdade?

— Como você soube? — Glen deu um passo à frente na sala.

— A pista sobre Malvólio. Na peça da escola, você interpretou Malvólio. Então eu soube que era você. Eu pensei muito quando vi a marca de nascença em formato de mulher no que deveria ser a sua mão. E o espelho? Nós estávamos olhando para você todo esse tempo. Só no final eu percebi que os espelhos também podem olhar de dentro para fora. Ou, como em *O mágico de Oz*, pode haver pessoas escondidas atrás dele. Ou do vidro unidirecional.

Glen assentiu e deu um sorriso torto.

— Você é tão inteligente.

O tumor em seu braço parecia pior. Seu rosto era um mapa manchado de pele enxertada e manchas coloridas. Ele parecia assombrado, os olhos fundos, com meias-luas pretas embaixo deles. O reverendo James diria que ele parecia demoníaco, possuído.

Suzanne andou de costas perto da lareira.

— Rafe, você estava certo. Glen, nós pensamos que você estivesse morto. Nós ficamos arrasados. Nós...

— Foi você — Emily acusou. — Todas aquelas mortes.

Glen cruzou os braços. Não tentou se defender.

— Nós não merecíamos — disse Suzanne. — O que nós fizemos para que você nos odiasse tanto?

Glen balançou a cabeça.

— Fazer essa pergunta significa que você merece tudo o que eu joguei sobre as suas costas. Você não tem ideia da angústia que eu tenho vivido todos esses anos. A definição do verdadeiro mal é que você nem sabe a dor que está causando.

— Que dor eu causei? — Suzanne choramingou. — Nunca fiz nada de mal para você.

Glen abriu um sorriso macabro.

— Você destruiu minha vida. Você brincou comigo, me provocou, me usou; e, depois que eu estava desesperadamente apaixonado por você, me jogou no lixo. Eu era um brinquedo, fui usado para acariciar o seu ego. Você brincava com os homens, destruía a vida deles. Não me diga que você não sabe o que fez.

Suzanne ficou paralisada.

— Você me perseguiu por anos. Tentei ser sua amiga, mas isso só piorou as coisas.

— Você me fez sofrer. Eu nunca consegui esquecê-la. Nunca.

— Não dê ouvidos a ele, Suzanne — Emily advertiu. — Você não pode ser considerada responsável pela obsessão de um homem por você. Ele é o maluco aqui. Você não fez nada.

Suzanne mordeu o lábio.

— E os outros... — Glen continuou. — Eles me destruíram também. Aquele que vocês chamavam de reverendo James podia muito bem ter pegado um martelo e quebrado minhas pernas. Com seus sermões venenosos, ele destruiu minha autoconfiança, condenou minha juventude, me fez purgar meus desejos domingo após domingo, meus próprios impulsos. Acabou com a minha autoestima, me fez sentir um lixo com tantos pensamentos impuros. Enquanto isso, aquele santo homem se esbaldava com Emily! E sabe-se lá com mais quem. Então eu decidi dar uma lição nele. Linda foi minha primeira vingança. Foi uma sensação boa. Mas ele manchou meu nome, ele e Stephen. E Alison e Linda se viraram contra mim.

— Você teve um caso com a mulher dele — disse Suzanne.

— Vocês arruinaram minha reputação naquela cidadezinha. Eu não conseguia arranjar emprego. Ninguém me contrataria, então deixei o lugar e me alistei no exército. A única maneira de eu poder me expurgar da Igreja Alegria da Ressurreição, de toda a maldade deles, da traição de Suzanne.

— Mas eu não...

— Foi bom, muito bom. Mudei o meu corpo, me transformei, e, na minha primeira missão, aprendi a matar. A torturar inimigos do Estado. Gostei da sensação que aquilo me deu. E assim comecei a fantasiar sobre vingança. Sobre trazer vocês de volta, todos vocês, cristãos presunçosos. Aprendi sobre armadilhas. Aprendi muito sobre mim e sobre quem eu sou.

O inspetor avançou para silenciá-lo, mas eu estendi a mão.

— Deixe-o falar. Nós precisamos saber o que aconteceu. É uma confissão. Vá em frente, Glen.

Ele assentiu.

— Então, quando o reverendo começou a falar de fazermos um retiro, comecei a fazer planos.

— Mas por que eu? — disse Emily. — Eu também fui uma vítima dessa Igreja. E muito mais do que isso.

Os olhos de Glen estavam frios e firmes sobre ela.

— Eu ia matar você, Emily, mas não consegui. Eu senti que você também era uma vítima. Vocês dois eram meus aliados. Os dissidentes. O resto deles, eu queria que todos sofressem. Até mesmo você, Rafe. Vocês eram todos tão presunçosos sobre a morte, sobre a vida eterna. Os Doze eram todos tão piedosos e arrogantes. "A morte não tem aguilhão", o reverendo James costumava pregar. Bem, agora tem. Minha lição... é realmente a morte.

— Então você tinha que matar todos os Doze — eu quis saber. — E quanto a Sean e Jack?

Ele se virou para mim.

— Não, eu não os matei. Quando ouvi falar das mortes deles, foi isso que me fez pensar. E se houvesse uma maldição sobre os Doze, e todos eles tivessem que ser eliminados um a um? Então o reverendo veio com essa ideia de retiro e eu o apoiei, encontrei este castelo, planejei minha vingança.

— E eu? — disse Suzanne. Ela não conseguiu olhar para ele, mas ficou de pé, os braços cruzados, jogando os cabelos para trás.

— Eu estava no controle total. Nunca lhe faria mal, Suzanne. Nunca. Tudo isso foi por você. Tudo. Eu queria que você sentisse medo, sim, mas eu nunca iria te machucar. Você sabe disso. — Seu olhar era terno, desarmado.

— Você acha que isso me impressionaria?

Glen caminhou até ela, os braços esticados na frente do corpo.

— Suzanne, eu vim para resgatá-la.

Ela se encolheu e recuou.

— Encoste na parede — o inspetor ordenou, e Glen obedeceu. Ele estava sorrindo, calmo, nada perturbado.

— Então você orquestrou tudo? — questionei. — Você usou os sermões do reverendo James, equipou o castelo, ajustou as câmeras, todos aqueles instrumentos de tortura.

— O castelo já estava equipado com câmeras e salas secretas — disse Glen. — Foi isso que me deu a ideia. Eu visitei vários locais meses antes, conheci esse aqui e achei perfeito. O dono era insano, exatamente como eu precisava. Ele costumava espiar os convidados e assistir a orgias por trás do espelho. Festas sadomasoquistas. E seu fascínio por instrumentos de tortura foi muito educativo. Ele me mostrou como cada um era usado. E a ideia desabrochou. Era assim que eu me vingaria. Como eu os acordaria para o terror do que vocês tinham feito comigo. Eu planejava tudo, e ouvia todos os planos para fugir, os usava contra vocês.

— Você está doente — Suzanne murmurou.

A polícia segurava os braços dele enquanto ele se esforçava para se aproximar dela.

— O amor é uma doença que devora quando não é recíproco. Como o câncer, ele penetra na sua alma, no seu coração. Até chegar o momento em que você é obrigado a fazer alguma coisa. Matar-se. Matar alguém. Queimar essa dor. E você não tem ideia do você fez com as pessoas? Não tem ideia.

Suzanne se escondeu dele.

— Você é um monstro.

— Já chega — disse o inspetor.

Eu o parei. Queria ouvir tudo. O policial recuou e Glen caminhou novamente para o meio da sala, o centro do palco. Suzanne ficou a dois metros de distância, com os braços cruzados. Desafiando-o. Eu a admirava agora. Ela estava mais forte, confrontando-o. Nós ficamos em um círculo ao redor deles, como se estivéssemos assistindo a uma peça. Uma tragédia.

— Vocês me transformaram neste monstro! Você, Emily. Você, Suzanne. E você, Rafe, você sempre teve todas as garotas comendo na sua mão. Era sempre para você que elas corriam. Suzanne dançando ao seu redor. E aqueles homens baixos, Danny, Mike, e seus pensamentos nojentos sobre você, Suzanne. E Alison, a piedosa puritana. Os Doze me desprezaram, então eu cuspi em vocês, em todos vocês.

— Você está louco — Suzanne acusou. — Se você pensou que isso iria consertar as coisas...

Glen sorriu.

— Mas vai. Eu vou conseguir me vingar de toda a sua matilha. Você leu Shakespeare. Você zombou de mim como fizeram com Malvólio. Você me provocou, fez meu coração de brinquedo.

— Não, Glen, eu nunca...

— Você fez. Vocês todos fizeram. Mas, na décima segunda noite do Natal, o bobo se torna o rei e o rei se torna o bobo. — Em um movimento hábil, ele puxou Suzanne, e passou o braço em volta de seu pescoço, tirou uma pistola *slim* da meia e a apontou para a sua cabeça. — Ninguém se mexe ou ela morre.

Usando-a como escudo, avançou contra o círculo e a arrastou em direção à porta da frente. A polícia levantou suas armas novamente, mas ele foi rápido demais. Saiu pela porta, puxando Suzanne em suas costas como um escudo.

— Ah, enfermeira Emily — ele chamou —, era fentanil que eu usava, uma solução injetável. Mas ele é apresentado em outras formas também, por exemplo, na forma de gás. É mortal quando usado em espaços fechados. Boa sorte! — Ele bateu a porta e a trancou pelo lado de fora.

— Detenham esse homem! — o inspetor ordenou.

Ouvi um som de assobio da sala que ficava atrás do espelho agora quebrado, e depois o clique das portas internas enquanto eram trancadas. Ele tinha acionado o sistema operacional novamente. Até isso havia sido planejado!

O jogo final.

— Atirem! — gritou o inspetor. — Os policiais correram para a janela, armas levantadas.

— Não! — gritei de volta. — Ele está com uma refém.

— Ele não pode ir a lugar nenhum — Emily lembrou. — Está preso aqui. Não tem como sair.

O gás sibilante, invisível, inodoro, estava enchendo o ambiente.

— Nós temos que sair desta sala — exigi. As portas estavam trancadas. Para a cozinha, para a sala de estar e jantar, para o corredor.

— Cubram a boca e os olhos — ordenou o inspetor.

Tossindo e gaguejando, todos nós corremos para a porta. Senti um calafrio e um ardor pelo rosto.

Então Emily chamou, sua boca coberta com um lenço.

— Ouçam.

Uma vibração do lado de fora da janela. Uma pulsação lenta. Lenta no início, depois cada vez mais rápida. Eu soube imediatamente o que era. O piloto também sabia.

— *Madre mia.*

— Ele está levando o helicóptero!

— Afastem-se. — Um oficial atirou na fechadura e a bala ricocheteou perigosamente no corredor. A madeira se dividiu no ar. Ele atirou novamente e a fechadura se estilhaçou. A porta se abriu.

Corremos para o lado de fora, tomando enormes golpes de ar fresco e frio e agradecidos por estarmos longe do alcance do gás.

A cena era desanimadora, surreal. Glen no assento do piloto do helicóptero, as hélices girando mais rápido e mais rápido, e Suzanne no banco da frente. Ele a havia amarrado e agora estava movendo os controles da aeronave.

— *Quale idiota ha lasciato l'elicottero incustodito*? — gritou o inspetor. — *Pazzo.*

— Ele deve ter aprendido a pilotar no exército — Emily sugeriu.

— Maldição — falei. — Ele planejou isso até o último detalhe. Até mesmo a fuga, se nós descobríssemos.

Os policiais apontaram suas armas.

O helicóptero subiu devagar e depois foi para o ar.

— *Sparare! Sparare!*

— Não, não atirem! — gritei o mais alto que pude.

Os homens atiraram, mas erraram feio, depois atiraram mais uma vez. Uma das hélices se torceu e uma bala ricocheteou no pátio. O helicóptero baixou, depois continuou a subir até seis metros do chão. Agora eu podia ver seu plano: escapar para o vale.

— Não! — Emily gritou.

— Parem de atirar! — gritei. — Ele tem uma refém!

— Não podemos deixá-lo escapar — respondeu o inspetor.

Ou o helicóptero estava danificado ou Glen não era um piloto hábil.

Ele se aproximou de uma das muralhas do castelo, recuperou o controle e se afastou para o centro do pátio novamente. Então deu uma guinada vertiginosa antes de subir mais alguns metros.

Suzanne se mexeu para fora do banco do passageiro e tentou sair pela porta aberta. Glen estava ocupado tentando retomar o controle da aeronave, mas a segurou com uma mão enquanto ela se inclinava para fora. Ela gritou. Enxerguei sua boca aberta, mas não ouvi nada acima do ruído do motor.

— Pule, Suzanne — gritei, percebendo seu plano.

É claro que ela não podia me ouvir, mas sabia o que fazer. Embora o helicóptero estivesse agora a dez metros no ar, logo abaixo havia a neve fofa onde eu havia caído. Isso iria amortecer sua queda. Apontei para o lugar e tentei sinalizar com força. Eu não sabia se ela me via, mas pareceu que ela ia fazer uma tentativa. Ela lutou para se livrar dele, mas Glen a segurou pelo cabelo enquanto ela se projetava para fora da porta.

Eu vi que precisava agir.

— Me dê isto.

Tomei a arma do policial que estava mais perto e apontei para o lado direito do helicóptero, na altura da hélice. Disparei.

Foi mais uma distração do que uma batida relevante, e o helicóptero guinou para a direita. Glen soltou Suzanne em seu esforço para endireitar a aeronave, e ela usou aquele segundo de liberdade para saltar pela porta. Flutuou como um anjo por alguns segundos, seu cabelo se desgrenhou como fios de fada, depois ela desapareceu na extensão da neve branca.

O helicóptero subiu e girou. A hélice já não conseguia manter o curso indo da torre para o vale. Eu sabia da intenção de Glen agora, voar alto sobre o vale do rio Enza. Mas o helicóptero estava danificado. Girou e começou a descer rapidamente na direção da encosta.

Ele tentou endireitar a aeronave, desviou rapidamente, não conseguiu se corrigir e se chocou contra o penhasco, saltando novamente para cima antes de sucumbir à gravidade e despencar em velocidade para o vale abaixo.

Assistimos ao impacto, ouvimos a queda, e depois vimos a bola de fogo subir e pintar o céu de vermelho e laranja.

EPÍLOGO

No dia 6 de janeiro, Emily, Suzanne e eu olhávamos para as montanhas nevadas de Reggio Emilia embalados pelo calor do hall do hotel. Atrás de nós, as malas estavam empilhadas, prontas para quando o táxi chegasse. Suzanne ficaria por mais um dia, a fim de conhecer uma delegação do seu fã-clube. A imprensa havia descoberto sua presença e estava acampada na porta do hotel.

— Bem, que retiro — eu disse.

— Sim — Emily concordou. — Nunca mais.

— Eles detiveram o dono do castelo também, para que ele seja interrogado — comentei. — Estou feliz por termos recusado a proposta deles para ficar e prestar depoimento. Expliquei que precisávamos voltar para casa, para nossas famílias.

— Você não tem família, Rafe — Suzanne observou.

— O que você vai fazer agora, Suzanne? — Emily quis saber.

Suzanne bebericou seu chocolate quente.

— Um filme. Um thriller chamado *No inverno profundo*, eu acho.

— Sério? — Emily sorriu.

— Quem dera pudesse recusar — Suzanne confessou. — Estou precisando de um pouco de distância da neve.

— Uma coisa eu não entendi — disse Emily. — Eu não acho que Glen pretendesse se matar. Qual era o plano dele?

— Ele queria matar todos nós e ter Suzanne para sempre no castelo, com cadáveres apodrecendo ao redor — descrevi.

— Não — disse Emily. — Acho que ele tinha planejado a fuga de helicóptero. Glen e Suzanne voam juntos ao pôr do sol e vivem felizes para sempre.

Suzanne estremeceu.

— Ele nunca deixou de ser aquele garoto da escola. Nunca esqueceu o rancor que sentia dos Doze.

— Algumas pessoas nunca mudam — disse Emily.

— Graças a Deus acabou — Suzanne comemorou. — Não vejo a hora de ir para casa. Mas antes tenho que enfrentar essa turma. — Ela apontou para as vans estacionadas do outro lado da rua: Rai, Canale 2, Sky News. — Acabaram me achando.

— O táxi chegou!

Morrendo de frio, Emily correu do hotel para o carro que a esperava e entrou pela porta de trás. O motorista fechou a porta e depois empilhou nossa bagagem no porta-malas. Flashes piscaram pela rua. Eu queria entender como Suzanne conseguia conviver com pessoas que farejavam cada movimento seu.

Suzanne descansou uma mão no meu braço.

— Rafe, antes de você ir, uma última coisa...

— Claro.

— Você já se perguntou por que eu aceitei o convite para o reencontro?

Apontei para as equipes de imprensa do outro lado da rua.

— Você queria esperar a poeira baixar depois do último escândalo.

Ela sorriu.

— Já esqueceram. Enfim, eles sempre têm uma história nova. A bola da vez é um amante obsessivo que me atraiu para um castelo na Itália e se matou por minha causa.

— Honestamente, eu não pensei que você viria. Fiquei surpreso quando soube que você estava aqui. Então eu achei que fosse para fugir da atenção da mídia. Não foi?

— Não foi a única razão. Eu tinha alguns fantasmas para eliminar.

Olhei nos olhos dela.

— O que você quer dizer?

— Você.

Ela tocou meu lábio com o dedo.

— Você não sabia?

— Sabia o quê?

Ela suspirou.

— Eu amava você, Rafe, seu idiota. Por anos. Na escola. No grupo dos Doze. Mesmo depois. Você nunca notou. Você estava sempre tão envolvido consigo mesmo.

— Não é possível!

Analisei o rosto dela buscando qualquer sinal de inverdade. Ela estava sorrindo ironicamente, sim, mas seus olhos diziam a verdade. Isso era possível? Eu estava tão centrado em minha própria obsessão que não tinha percebido esse pequeno detalhe?

— Todos os outros caras sabiam. Morriam de ciúme de você. Mas você era tão misterioso, tão distante. E eu era orgulhosa demais para deixar você saber como eu me sentia.

— Eu não fazia ideia, Suzanne.

— Não, claro que não. Por um tempo eu imaginei que a fama iria impressionar você, que você viria correndo para mim. Mas você era imune. Estava fora do meu alcance. De qualquer forma, eu vim aqui para cuidar daqueles fantasmas, e estou feliz porque eles se foram para sempre.

— Suzanne.

Ela balançou a cabeça.

— Está tudo bem. Eu estou bem. Nunca teria dado certo. Você e eu somos parecidos demais. É melhor você ir agora. — Ela se apoiou e me deu um beijo no rosto. — Cuide-se, Rafe. Alguém está esperando por você.

Inclinou a cabeça em direção ao táxi.

— Cuide bem dela. Ela merece.

Ela se voltou para a entrada do hotel, olhou mais uma vez, acenou, e a porta deslizou atrás de sua silhueta.

AGRADECIMENTOS

Obrigado a Shelley por participar desta conspiração; e à maravilhosa equipe Bloodhound, especialmente Betsy, Tara, Clare, Heather e Sumaira, por seu excelente trabalho neste livro.